有爱的青春陪伴者

一看你就喜欢我

深井冰的冰 著

Do you like me

花山文艺出版社

图书在版编目（CIP）数据

　　一看你就喜欢我 / 深井冰的冰著. -- 石家庄 ：花
山文艺出版社，2021.11
　　ISBN 978-7-5511-5964-7

　　Ⅰ. ①一… Ⅱ. ①深… Ⅲ. ①长篇小说－中国－当代
Ⅳ. ①I247.5

　　中国版本图书馆CIP数据核字(2021)第131517号

书　　名：一看你就喜欢我
　　　　　YIKAN NIJIU XIHUAN WO
著　　者：深井冰的冰
统筹策划：张采鑫
特约编辑：欧雅婷　姜文迪
责任编辑：董　舸
美术编辑：胡彤亮
责任校对：郝卫国
装帧设计：颜小曼　Cain酱
封面绘制：雨十一
出版发行：花山文艺出版社（邮政编码：050061）
　　　　　（河北省石家庄市友谊北大街330号）
销售热线：0311-88643221
传　　真：0311-88643225
印　　刷：长沙鸿发印务实业有限公司
经　　销：新华书店
开　　本：880×1230　　1/32
印　　张：9.5
字　　数：280千字
版　　次：2021年11月第1版
　　　　　2021年11月第1次印刷
书　　号：ISBN 978-7-5511-5964-7
定　　价：39.80元

目录
contents

目录
contents

第一章
我爱挖掘机

别人撅我，我撅沈恪。

——《挖掘机性能记录本》

夏日炎炎，炽热的太阳光晃得地面白花花的，挖掘机发出轰隆隆的噪音。

施工现场的东南角有一棵枇杷树，郁郁葱葱的枝叶遮住阳光，一方阴凉正好罩住旁边的石子堆。

唐晚晚戴着安全帽坐在石子堆上，认真记录挖掘机的性能。

"唐工！"

隐约间听见有人喊她。

唐晚晚抬头，突然屁股下的石子堆一阵松动。

唐晚晚愣了好几秒才缓缓回过神。

好险，挖掘机的挖斗没有铲到她的屁屁，保住了小翘臀。

"赵猛！猛子！快停下！"

"你把唐工挖起来了！"

"挖斗里是唐工！"

工人们叫喊着从四面八方跑过来，挖斗却在继续上升。

赵猛是开挖掘机的。

唐晚晚坐在挖斗里，呆若木鸡。

裤兜里的手机顽固地振动个不停，唐晚晚小心翼翼地掏出来，来电显示"少女妈"。

肯定是催相亲的。

接通后，果不其然。

"你王阿姨的儿子的同事的同学是个医生，你的最爱。我待会儿把照片发给你。你们明天一起去看电影，具体情况你今晚回家再说。"唐妈妈噼里啪啦说了一通，久久没等来回应，"晚晚？你在听吗？"

"太吵，听不清。"

"你在哪儿？"

"挖斗里。"

"什么？"

"啪——"唐晚晚的脸颊被一枝沉甸甸的枇杷果抽打了下。

挖斗在半空中骤停了几秒，忽然向下降。

"妈，我正坐着热气球摘枇杷，忙着呢，回头再聊。"唐晚晚挂断电话，连忙伸手摘下一串黄灿灿的枇杷。

她剥皮吃了一颗，汁多甘甜。

挖斗稳妥妥落在平地上，经理忙上前，问道："唐工，没事吧？"

"没事。"唐晚晚笑了下。

她穿着普通的工装连体裤，皮肤白皙，鼻尖的细汗晶莹剔透，日光太晒的缘故，脸颊微微泛红，笑起来的时候有一对梨窝。

经理心想：多么水灵的一个小姑娘，不懂为什么志在挖掘机。

唐晚晚抬腿从挖斗里爬出来，嘴唇上还沾着枇杷果的汁液，水润润的。

几个年轻的工人不由得红了脸。

"老大，没磕着吧？"赵猛慌忙跑过来，"太阳太晃眼，我没看清。"

"我就是科大的，刺激。"唐晚晚说了个谐音梗冷笑话，完全不期待赵猛能理解，还笑着分给他几颗枇杷，"师父，车技贼稳。"

赵猛比唐晚晚小三岁，但是唐晚晚一直喊他师父，他则叫她老大。

唐晚晚从小就喜欢机械类的东西，大学考到科大机械设计制造及自动化专业，毕业后在本市一家重工企业工作。为了便于熟悉物料，她头一年在基层一线车间跟着工人们一起作业。

赵猛是那时带她的车间师父，但他从不以师父自居，反而总是嘿嘿笑着喊她一声"老大"。

唐晚晚现在已经晋升为设计工程师，被人尊称一声"唐工"，不需要天天在生产现场盯着，工作还算轻松。

她今天来工地是测评新升级的挖掘机性能和装配情况。

赵猛技校毕业，技术在行，但没什么文化，一直留在车间工作。他偶然得知唐晚晚今天要来工地测评挖掘机，自告奋勇跑过来开挖掘机，没想到差点出了事故。

赵猛是个大块头，个头高，肌肉结实，比唐晚晚高出一个头还要多，这会儿站在她面前垂头丧气的。

他挠了挠头，不好意思地说："我开挖掘机只挖到过你一个人。"

唐晚晚正跟经理对数据，闻言想也没想，脱口而出："嗯，你开叉车也只叉到过我一个人。"

之前在车间时，她和赵猛搭在一起出了好几起糗事，诸如被叉车"壁咚"、裤腿被钉在机床上、泡面里加螺丝钉……那都成了车间工人们的饭后笑料。

以至于后面很长一段时间里，每次看到赵猛，唐晚晚就有一种"死神来了"的感觉。

所以今天的挖掘机事件，唐晚晚早已见怪不怪，倒也没太大感觉。

赵猛挠了一会儿头，盯着唐晚晚的眼睫毛冒出一句："我以后也只叉你一个人。"

唐晚晚满头问号地说："加油。"

和经理核对过各项数据后，唐晚晚收起记录本，骑摩托车驶离工地，赶去公司交报表。

她在停车场又接到老妈的一通电话，老妈愣是给她念了一篇言情小说。

唐晚晚听得心直痒痒："麻烦发给我。"

"想要？"唐妈妈一声冷笑，"那今晚回家住，试试我给你新买的小裙子，明天穿着它去和这个医生相亲。国庆结婚，年底生孩子。"

"不至于，为了一篇小说真的不至于。"唐晚晚捏爆一颗黄透了的枇杷，"把男主替换成冷兵器机械，我可以自己动笔写八千字无删减版。"

"唐晚晚！"

"略略略。"

唐晚晚挂断电话，连吃了两颗枇杷，手机进来两条消息。

师父：【工友拍的。】

师父：【图片】

图片中的唐晚晚坐在挖斗里，伸手去摘树上的枇杷，笑容灿烂。背景是蓝天白云，配上绿叶黄果，颜色搭配非常舒服。

无意中的抓拍，构图却很巧妙，有艺术大片的气质。

唐晚晚抓起摩托车车肚里的一串枇杷放在脸旁，随手自拍了张照片。

前置摄像头，无滤镜无美颜无修图，钢铁直男式硬核自拍。

她一看照片，枇杷没拍糊，便直接把这两张照片发了朋友圈。

她刚发布就收到一条评论。

tgpnjstdlv：【你吃屎了？】

唐晚晚想也没想，快速回复：【吃你了。】

tgpnjstdlv：【语法错误。"了"是过去时，此处应该用将来时。】

唐晚晚冷着脸，盯着这串字母昵称，一点也想不起来这人是谁，丝毫没有印象。

她酝酿了三百字的无脏字小作文，准备敲打键盘回怼，指肚不小心戳到刚才的自拍照。她不经意间把照片放大，能看到嘴角有一些黄色的枇杷果汁液，看起来确实像屎。

唐晚晚非常心塞。

恰在这时，手机进来一通电话，同事问她报表的事情。

唐晚晚擦嘴擦手，拿着报表上楼去公司。

她在公司忙了一下午，下班后没回爸妈家，而是直接去了幸福里小区。

唐晚晚在幸福里小区长大。她读大学时，唐家在桃花苑新区买了套大房子，全家搬去桃花苑，幸福里的房子一直闲置。大学毕业后，唐晚晚的公司离幸福里很近，她便搬过来一个人住。

幸福里是个老小区，各方面设施有点跟不上，但是绿化很好。小区里成排的古树郁郁葱葱，林荫道随处可见，鸟语花香。

唐晚晚心情很好地走进单元门，乘电梯到六楼。电梯门开，走廊上堆着大大小小的纸箱，几乎没有下脚的地方。

难道是对门的新邻居搬进来了？

她抬腿跨过一个纸箱，疑惑地勾头看向对门。

走廊里来往着几个搬家师傅，正在热火朝天地往 602 搬家具。

唐晚晚掏钥匙开门，余光看到楼道口的美人榻好像移动了一下。

美人榻正对着楼道口，稍有不慎就会掉下去。师傅们刚搬了一张沙发进房间，走廊里现在没人。

唐晚晚好心走过去帮忙，想着挪一下美人榻的位置。于是，她呼了一口气，弯腰双手抱着美人榻的一条腿，用力一掀。

嚯，好重。

好在她毕竟在车间锻炼过，臂力惊人，一张美人榻而已，没在怕的。

唐晚晚给自己加油："大力出奇迹。"

在她的努力之下，美人榻的一条腿果断离地两寸，向后倾斜。

然后，唐晚晚的目光撞进一双琥珀色的眼里。

这是一双桃花眼，眼皮很薄，右眼角下面有颗小小的泪痣，气质多情又薄情。

美人榻里坐了一个男人。男人穿着做工考究的白色衬衫，猫眼石法式袖扣，臂弯里抱着一个枕头。他睡眼惺忪地窝在美人榻里，一脸蒙地看着唐晚晚的胳膊，不知是在惊叹她的臂力，还是在怀疑人生。

唐晚晚保持双手抱美人榻腿的姿势足足有半分钟，也盯着这张脸看了半分钟。

这张脸陌生又熟悉。

她大脑一时空白，半天没说话。男人也是一个字不说。周围气氛有些诡异。

搬家师傅注意到这边的情况，匆忙跑过来："怎么了？"

唐晚晚一慌，美人榻从手中脱落。

"咚——"

男人从美人榻里滚了出来。

沈恪的屁股被挖掘机压过。

——《挖掘机性能记录本》

唐晚晚万万没想到，她能把一个大男人摞出去一段台阶。

眨眼的工夫，男人一路滚到台阶下的墙角处，她和搬家师傅拦都拦不住。

师傅冲过去扶他。

唐晚晚也跟着跑过去查看男人的伤势，连声道歉："对不起对不起，我不是故意的。"

滚下来的时候，男人及时用手抱住了脑袋，现在躺在墙角，保持着这个抱头的姿势半天没动。他双眼紧闭，像是没了知觉。

唐晚晚吓蒙了，一瞬间只有一个念头：完了，我杀人了，我要坐牢了。还有一台挖掘机等着我去改进性能怎么办？监狱里有挖掘机吗？呜呜呜……

"先生，你没事吧，能起来吗？"师傅紧张地看向唐晚晚，"赶紧打120。"

唐晚晚忙掏出手机，拨通120："花园路幸福里小区有人从楼梯上滚了下来，喊半天他都毫无知觉，躺着一动不动。"

电话那头不知问了些什么，唐晚晚听了下，心如死灰："有可能死了。"

听从电话那头的指令，唐晚晚伸手探到男人的鼻前，感觉到绵长稳定的呼吸吹拂着她的指肚，唐晚晚狂喜："他没死！他还有呼吸！我没有杀人！"

和120沟通过后，唐晚晚挂断电话抬头，发现男人已经坐了起来。

他背靠着墙壁，恶狠狠地盯着她，面部表情十分扭曲，似是要把她生吞活剥抽筋扒皮再下油锅。

"你没事吧？ 120 马上就到。"唐晚晚看着他这张脸，突然瞪大双眼，不太敢确定道，"沈恪？"

沈恪用拇指蹭了下嘴角，没说话。他知道自己刚又睡着了。

唐晚晚不可置信："你是沈恪？"

沈恪的声音很冷淡："我是你大爷。"

唐晚晚此时才无比确定，这位爷就是沈恪，货真价实的大少爷沈恪，桐市最金贵的男人沈恪。

"沈恪，我是唐晚晚，住在 601 的唐晚晚。"唐晚晚熟络道，"你怎么来了？是来看买你家房子的土皇帝吗？"

沈恪嘴唇抿成一条直线，没有应声。

唐晚晚去弹他裤腿上的土灰，被他一巴掌呼走。

幸福里小区这幢楼是一梯两户的户型，六楼一共两个住户。很早以前，601 住着唐家，对门 602 是沈恪爷爷奶奶家。

沈恪爸妈忙生意没时间照顾儿子，就把沈恪送到了爷爷奶奶家，当年他来这里时只有六岁。自那以后，沈恪和唐晚晚成了对门邻居。

沈恪一直在这里住到读初三。

初三那年，沈家飞黄腾达，一夜蹿至云端，遂把沈恪接回了富贵窝。沈爷爷和沈奶奶也一起被接走，602 就空了下来。这么多年一直空着，没有对外出租，也没有卖掉。

前段时间 602 突然装修，唐晚晚在微信上问沈恪，沈爷爷的房子是不是卖了，顺便还吐槽了一番这个买家的装修风格，而且还给这个买家起了个别称"土皇帝"。

"你怎么敢坐土皇帝的美人榻？依土皇帝的口味，没准这个美人榻是从古墓里挖出来的老古董。"

唐晚晚见沈恪没有流血，身上也没有明显外伤，便开始吐槽新邻居"土皇帝"。

她对这个准新邻居没一点好感，装修噪音迫使她搬去和爸妈同住了一段时间，结果走上了被逼相亲按头结婚之路，每天都生活在水深火热之中。

除去这个原因不提，她有次来看 602 的装修进程，却被装修师傅轰走，说什么屋里的一块地砖比金砖还要贵，踩坏一个角，就是把她卖了也赔不起。

傻帽土皇帝，装修花的钱完全可以买下整幢楼。

等待 120 来的间隙，唐晚晚继续吐槽："土皇帝脑子有坑，我越瞅这个美人榻越觉得瘆人，我力气是有点大，但也不至于随手那么一掀，就能把你掀起来。"

唐晚晚说得自己都信了，缩头缩脑看了眼楼道口静静傲视他们的美人榻，压低声音道："会不会是美人榻认主，非王霸之气镇不住？"

沈恪冷笑："呵呵。"

唐晚晚顿时感觉周围冷了几度："你是不是怕了？"

沈恪继续冷笑："呵呵呵。"

唐晚晚瞬间起了一层鸡皮疙瘩。

120 很快到来，医护人员就地给沈恪做身体检查，唐晚晚在一旁打量他——仪表堂堂，人模狗样，尤其是右眼角的那颗小泪痣，透着几分浪荡，不经意间的蹙眉却又有点禁欲。

沈恪松松垮垮站着，一边吊儿郎当地配合着医生抬起胳膊，一边和年轻的小护士调笑，惹得小护士弯了眉眼，耳根红透。

这样的他和她记忆中穿校服总是没个正行的少年模样渐渐重叠，都挺会招惹小姑娘的喜欢。

唐晚晚撇嘴，在心里嘀咕他受了几年英国绅士教育看来也没改变多少。

沈恪初三那年从幸福里小区搬走，高二下学期去了英国。算算时间，差不多十年过去，这是第二次见他。

今年年初，初中同学组织聚会，那是近十年里，唐晚晚第一次见到沈恪，当时差点没认出他，听说那时他刚从英国回来。

那天他话不多，甚至没有主动和唐晚晚聊天，还是在班长的鼓动下，两人才客气地互加了微信，之后没多余的互动。

同学聚会一周后的一天，602突然开始装修。

唐晚晚当时存着疑惑，翻出沈恪的微信，问他602的情况。她一个劲儿地吐槽602的傻帽土皇帝买家，沈恪没怎么回复她，对她很冷淡，搞得她好像是个抱富豪同学大腿的小市侩。

"脑震荡……"

唐晚晚正在神游，猛地听到"脑震荡"这三个字，一个激灵瞬间清醒："医生，他摔成了脑震荡？"

沈恪一个眼神劈过来。小护士抿嘴笑。

"目前看没有。"医生道，"先静养两天观察情况，如有不适就去医院就诊。"

唐晚晚舒出一口长气。桐市沈家大少爷，家里有矿等他继承，万一真摔出个脑震荡，她有九条小命也不够赔。

医生再三做了检查，确定沈恪除了胳膊上有块瘀青，别的没什么问题。120急救资源紧张，既然沈恪没有问题，医生嘱咐几句后很快离去。

小护士临走时偷偷往沈恪手里塞了一张字条，沈恪挑她一眼，她红着脸匆匆下楼。搬家师傅见沈恪无碍，上楼继续往602搬家具。

楼道间只剩他们两个人，突然就静了下来。

唐晚晚看着沈恪，试探地问："真不去医院再看看？"

沈恪打了个哈欠，目不斜视往楼上走。

唐晚晚小声说："之前我们车间有个工人，从高脚架上摔下来，当天活蹦乱跳看起来没有一点事，第二天突然就死了。"

沈恪一顿，转身走下台阶。

唐晚晚以为他要去医院，刚要抬脚陪他一起，脑门突然一重。沈恪抬手按着她的脑门，把她直直怼到墙上。

就在唐晚晚以为他下一秒会拽着她的脑袋往墙上砸时，沈恪却松了手，把小护士塞给他的字条卷成根棍子形状，一下下戳她的嘴唇："唐大碗，嘴巴不要可以捐给驴。"

唐晚晚被他戳蒙了，站着不动，任他戳了足足半分钟才回过神来。她嘴唇麻麻的："深刻检讨，你脑袋不要可以割下来给驴当球踢。"

两个人一秒回到小学时的吵架现场。

沈恪抿着唇，直接把字条塞进她嘴里，继而转身上楼。

读小学的时候，唐晚晚是个小胖妞，吃饭用的碗要比沈恪大两倍，沈恪给她起了个外号"唐大碗"。虽然后来她抽条长高，早就不用大碗吃饭，也摆脱了小胖妞的形象，但是沈恪还是一直这样叫她。

沈恪刚搬到幸福里小区的时候，看起来安静又腼腆，像个纯良的小绵羊，唐晚晚没少欺负他。后来才知道他就是个披着天使外衣的混世小魔王，上天入地惹是生非，检讨更是家常便饭，几乎每次开头都写"我深刻检讨"。唐晚晚遂给他起了"深刻检讨"的外号。

每当他叫她唐大碗时，她就喊他深刻检讨，多少年都没变，非常幼稚。

•

唐晚晚从嘴里拽出字条，自觉嘴唇一定被他戳肿了，又麻又疼，不知道有没有出血。她噔噔噔快跑几步去追沈恪，本想报仇用字条去戳他的嘴唇，但立马想到她刚把他从台阶上撅了下来，算起来是他吃亏。

唐晚晚正犹豫的时候，沈恪突然急转身。

唐晚晚一个趔趄差点踩空，情急之下，伸手抓住了他的胳膊。

"嘣"的一声，沈恪的衬衫纽扣崩开一颗，恰好露出胸肌。

哇，胸肌紧实而不浮夸，比车间工人们的好看太多，是她最喜欢的款。没想到他看起来斯斯文文的，内里却这么有料。

"看够了吗？"沈恪似笑非笑。

唐晚晚被蜇了似的立马松开他的胳膊："不是我拽的，是它自己开的。"

沈恪垂眸看了看敞开的胸膛，没有动手系上的意思，掀起眼皮撩她一眼："母胎单身这么饥渴？"

唐晚晚瞟了他胸前一眼，用不屑的口吻说道："没料，不如车间工人。"

沈恪居高临下地打量着她，视线最后落在她胸前，幽幽地说："比不过你被挖掘机压过的。"

唐晚晚一窘，她现在穿的还是那套连体裤工装。工装虽然是改良版，样式更贴近时尚连体裤，但因为宽松，完全显不出身形。

她腹诽道：你才被挖掘机压过，你全家都被挖掘机压过。

沈恪慢条斯理地系着纽扣，抬脚拾级而上，没给她一个眼神。

唐晚晚的视角正好可以看到他的臀部，它包裹在黑色西裤内，紧实Q弹又挺翘。

唐晚晚冲着他说："沈恪，你的屁股像是被挖掘机压过。"

沈恪装作听不到，没有停顿地继续往上走。

唐晚晚撇撇嘴跟上去，手里揪着那张字条玩。字条背面是小护士手写的电话号码和微信号，正面是印刷体的医院资料，仔细一看，居然是一段泌尿科的病理。

"沈恪，小护士给你的。"唐晚晚扬起手里的字条，笑嘻嘻道，"她看出你泌尿系统有问题？"

沈恪反问："有没有问题，你不是刚尝过？"

字条有点儿湿，上面还沾着唐晚晚的口水。她刚是"尝"过这张字条没错，但他话里的意思？垃圾，满脑子黄色废料。

唐晚晚嫌弃地拿着字条往沈恪手里塞，被他更加嫌弃地拍开。

唐晚晚说："这上面有小护士留给你的联系方式。"

沈恪不解："所以？"

唐晚晚诚恳道："你要留着联系她啊。"

沈恪没什么情绪地瞥她一眼："你背下来，念给我听。"

唐晚晚双手抱臂："要不要我替你约她？"

沈恪："也行。"

唐晚晚翻了个白眼："你以为你是皇帝？"

"我是……"沈恪突然握住唐晚晚的后脖颈，笑眯眯地往外吐字，"土皇帝。"

沈恪原来就是土皇帝！

——《挖掘机性能记录本》

唐晚晚怎么也想不到，她会被沈恪关一整夜。

昨天沈恪提溜死猫般把她拎进 602，一个多余的字都没说，直接把她摁进美人榻里用胶带捆绑住，然后放置不管，随便她叫唤。他则该干啥干啥。

等天完全黑透，沈恪终于开口说了第一句话："土皇帝从古墓里挖出来的美人榻？非王霸之气镇不住？唐晚晚，我看你就有王八之气，今晚你来镇镇看？"

唐晚晚哭唧唧道："沈恪，我错了。"

"你没错，美人榻确实是件古董。"沈恪在她对面盘腿坐下，拿起手机开始读惊悚鬼故事。没错，读鬼故事。

沈恪搜来的鬼故事非常精彩，剧情各种高能，配上他声优般的嗓音，居然有种广播剧的效果，唐晚晚没出息地听入迷了。沉迷鬼故事的下场就是：几近吓尿。

沈恪这个小人，声音可男可女，可老可童，剧情高潮时还能弄出立体环绕音效。

房间没开灯，黑漆漆的，唯有手机屏幕的一缕蓝幽幽的光，尽数扑在他脸上，衬得他一张脸惨白惨白的，成功把唐晚晚吓哭。

她好不容易睡着，早上被尿憋醒，睁开眼就看见一张男人的脸——沈恪正蹲在她面前，一眨不眨地盯着她看。

唐晚晚魂魄离窍，差点原地升天。

"咔嚓"，沈恪咬了口青苹果，笑得见牙不见眼，非常变态。

晚上，绿夜酒吧。

被美人榻和鬼故事折磨了一夜，唐晚晚腰酸背痛腿抽筋，今天又因为相亲的破事被老妈轰炸，她索性跑出来约朱珠喝酒。

唐晚晚揉胳膊捶腿："有一个男人，他把你绑在美人榻上……"

"不可能。"朱珠抱着一条土狗，在教它用吸管喝羊奶，"只有我绑他的份。"

"如果……"唐晚晚强调，"如果有一个男人，他把你绑在美人榻上，给你读了一夜的惊悚鬼故事，你要怎样做，才能同等地报复过去？"

在昏暗灯光的掩护下，唐晚晚悄悄把手放在小腹上按了按，小声嘟囔道："土皇帝，不要落在我手里，不然我早晚玩坏你的膀胱。"

朱珠突然说："阉了他。"

"咳咳！"唐晚晚满脸通红。

"我在说土大王，今晚是它最后的狂欢之夜，我明天要给它做绝育手术。"朱珠抬眼看唐晚晚，笑容猥琐，"男人也一样，都把你绑椅子上了，一夜过去，居然什么也不干，要他有何用？"

朱珠是唐晚晚的大学舍友兼闺密。

两人专业不同，唐晚晚学机械设计制造及自动化，朱珠则是动物医学专业，简而言之就是兽医。朱珠毕业后在一家动物医院工作，因为喜欢小动物，时不时捡条流浪狗流浪猫带回家。

"土大王"是她上个月捡回来的土狗，长得丑，但气势很足，用朱珠的话说，看它的眼神就知道这条狗一定很癫狂，配得上"土大王"这个名字。

朱珠看起来又萌又呆，闭嘴不说话的时候，像是从少女漫里走出来的小萌妹，一张口就是灾难，常常语不惊人死不休。

唐晚晚都想不起来自己当初是怎么和她做朋友的，一定是被她软萌可欺的外表欺骗了："朱珠，我实在想象不出来你未来老公的样子。"

"不用想，要用尺子量，十八以下免谈。"朱珠淡定补充道，"我是说年龄。"

唐晚晚默默喝着苏打水，本来想说沈恪的奇葩行径，被朱珠这样一打岔，她大脑暂时短路，什么也想不起来。

"来酒吧喝什么苏打水。"朱珠给她倒了杯酒。

唐晚晚说："我骑摩托车来的，不能喝酒。"

"你妈妈居然到现在都没把你的摩托车烧了？"

"这可是我亲儿子，谁敢动它一根手指？"

摩托车是唐晚晚自己动手改装的，宝贝得不行。

朱珠忽闪着大眼睛，头一歪，这是她开启少儿不宜脑洞的标志性动作。

唐晚晚连忙把一瓶洋酒推到她面前，试图堵住她的嘴："你喝酒吧，尽情地喝，我买单。"

"说吧，你今天相亲又怎么了？"朱珠面不改色喝掉半杯酒，"相亲对象就算尿在了你身上，我都不会惊讶。"

唐晚晚面目呆滞。

朱珠翻了个白眼："不要用这样的眼神看我，你上个相亲对象不是吐了你一脸吗？"

唐晚晚纠正："不是一脸，是一小撮韭菜叶。"

上个月相亲，唐晚晚和男方约在游乐园，坐大摆锤的时候，男方在半空中吐了。早饭吃的韭菜盒子全吐了出来，唐晚晚当时就坐在他旁边，不可避免沾到了一些呕吐物。她下了大摆锤去洗手间，照镜子的时候发现脸上挂了一撮韭菜叶。

回忆的画面感太强，胃里一阵翻腾，唐晚晚灌了一大口苏打水压下胃里的不适，然后问朱珠："你还记得王小音吗？"

朱珠想了想："意外怀孕被渣男甩，后来偷你的身份证去打胎的那个女生？"

"嗯。"唐晚晚道，"世界可真小，我今天的相亲对象是个医生，他就在王小音打胎的医院上班。"

"等会儿，我盲猜一个。"朱珠吃瓜群众脸，"他该不会以为打胎的就是你吧？"

唐晚晚点头："然后我妈劈头盖脸骂了我一整天。"

朱珠听完之后，惯例骂了一通王小音，随后若有所思道："现在的男人可真精，不仅婚前查开房记录，连相亲都要查打胎记录了。"

王小音是科大电子系的系花，和唐晚晚不在同一个院系，也不在同一个宿舍。她们本来不认识，但大一时都加入了学校围棋社团。社团女生少，为数不多的几个女生很快就熟了，一来二去，唐晚晚和王小音成了朋友。

大三那年，王小音意外怀孕，富二代男朋友不想负责，几经纠缠无果后，王小音含泪去医院做了流产手术。

唐晚晚家就在本地，那段时间她三天两头往家里跑，缠着妈妈炖各种补汤，然后装在保温盒里带到学校给王小音补身体。后来一次偶然的机会得知，王小音居然是偷用唐晚晚的身份证去医院做的流产手术。

唐晚晚烦闷地给自己倒了杯酒。

朱珠拦住她："你不是骑摩托车不能喝酒吗？"

"烦，今晚打车回去。"唐晚晚托腮看着朱珠，羡慕道，"你爸妈怎么就不催你相亲？"

朱珠说："他们怕我吓到相亲对象。"

唐晚晚无语。

"预祝土大王明天的绝育手术成功，干杯。"朱珠碰了碰唐晚晚的酒杯，说完喝了口酒，抓起手机拍了张唐晚晚喝酒的高糊照片，再拍了张土大王的高清照，发朋友圈：【男狗最后一夜。】

隔壁酒吧，VVIP 包厢里，一群男人正在热火朝天地打扑克，谁输谁做一道数独题。

"沈大爷，我求求你了，罚我喝酒吧。要我做数独，不如杀了我。"阿晋作势下跪，"我现在快三十了，隔三岔五都要做高考的噩梦，每次都是梦回数学考场，不是眼睛睁不开看不到题目，就是笔没墨写不了字。"

"放屁，你参加过高考吗？"坐阿晋左边的阿三拿着扑克牌笑骂道，"刚上高三就跑去了北美，还梦里的高考？"

一群人起哄："快快快，还有八道数独等着你去填补。"

沈恪将睡不睡地坐在沙发上，眯着眼把题卡扔过去。

阿三凑过来，问道："沈大爷，听说你搬家了？"

"跟我读，hui——回家。"沈恪低头刷手机，目光停在一张高糊照片上，他扯了扯嘴角，站起来往外走。

阿三问道："你去哪儿？"

"杀驴。"

阿三一脸蒙地看着他走出包厢。

"我的天，沈大爷终于走了，我解放了！"阿晋把数独题卡一撕，"我要小姐姐陪我喝酒酒。"

包厢里两排"奥特曼"齐刷刷看着阿晋。

"谁干的？"阿晋震惊道，"真人版奥特曼打怪兽？"

阿晋的双胞胎兄弟阿江耸了耸肩，说道："沈大爷。"

阿晋："他什么诉求？不要告诉我这些奥特曼皮下全是小姐姐。"

"嗯哼。"阿三道，"他不是正在做人工智能那玩意儿嘛，说是摆什么阵法研究。"

阿晋理解不了，什么人工智能阵法要夜店公主穿上奥特曼家族的衣服，全身上下捂得严严实实只露出一双眼睛？

阿三问道："还玩吗？"

"玩什么？"阿晋幽怨地盯着排排站的奥特曼家族，"找不同？"

"我先来。"坐在地上的一个男人抬手一指，"第一排左三，迪迦奥特曼……"

绿夜酒吧，角落里的一个卡座。

"别别别。"唐晚晚按住朱珠的手，"不合适。"

"土大王可能消化不良，我给它揉揉肚子。"朱珠抱着狗狗抬头看她，"你以为我要干什么？"

唐晚晚不解："给它按摩前列腺？"

正好赶过来听到她们对话的沈恪很想装作不认识唐晚晚。

第二章
他在我眼里是马赛克

　　我唐晚晚，就是老死病死孤独死，不结婚就要被判死刑坐牢死，也不会嫁给沈恪。

　　　　　　　　　　　　　　——《挖掘机性能记录本》

　　沈恪穿着简单的短袖和休闲裤，酒吧灯光昏暗，看不清他的脸，按说引不起任何人的注意，但有一类人就是有种特殊能力，什么也不用干，甚至不用看脸，只往那儿一站就能吸引所有人的目光。沈恪就是这类人。

　　朱珠先看到他："你你你……"

　　唐晚晚紧跟着："你你你……"

　　随后两人来了个对视，彼此从对方眼里读出一个讯息："你们认识？"

　　画面特别像是捉奸现场。

　　邻桌一个小姑娘瞬间脑补出一堆狗血肥皂电视剧——

　　他也渣过你？你也被他劈腿了？他到底有几个好妹妹？姐姐妹妹站起来！

　　沈恪非常淡定地看了看朱珠，再看向唐晚晚，眼睛一眯，似笑非笑："唐晚晚，听说跟你在一起生不如死，所以你一直嫁不出去？"

　　唐晚晚："呵呵。"

　　沈恪往沙发上一瘫，一副纨绔模样："嫁给我吧，反正我也不想活了。"

夜色渐浓，酒吧的气氛逐渐热起来。舞池 DJ 换了首死亡摇滚乐，音浪一声更比一声高。

沈恪靠在沙发靠背上，跷着腿，吊儿郎当地睨着正对面的唐晚晚。

朱珠和他并排坐着，中间隔了一条狗。她扭头只能看见沈恪的侧脸，可能是常年和动物待在一起的缘故，她的嗅觉格外灵敏：这个人浪里带刀，不能瞎撩。

别看他坐姿松散，但神态宛如坐在尸骨残骸上的变态。不是一路人，惹不起。

朱珠抱着狗小心翼翼地往旁边一挪再挪，进而看清了沈恪的全貌，然后想起来他曾在她工作的动物医院看过病，准确地说是给狗看病，怪不得总觉得在哪里见过他。

朱珠有点脸盲，但这一症状仅针对普通人。在长得好看的人面前，她堪比扫描仪。

咔咔咔，扫描仪启动工作。

朱珠想起来，上个月的某天，沈恪带着一条金毛去医院，刚好挂的她的号。诊断结束，他主动扫了她的二维码加微信好友，说是回去后如果金毛再有不适，方便联系咨询。但是他一直没有发过信息，后来她主动发过一条信息问金毛的情况，他没有回复。他们两个人的所有联系仅止于此。

朱珠的眼珠一会儿转向唐晚晚，一会儿转向沈恪。她手腕突然一沉，总觉得隐隐洞悉了一个了不得的秘密。哦嚯，刺激。

唐晚晚看着对面的沈恪，伸手指自己脑子："沈恪，你真摔坏脑袋了？"

"可能吧。"沈恪瘫在沙发里，一副要死不死的样子，"趁我病，要我命。来吧。"

"汪汪汪！"土大王突然狂躁，叫唤了两声。

朱珠赶紧撸了把狗头，顺便用手掌盖住它的眼睛，不敢让它再去看沈恪。朱珠觉得，如果土大王蹦跶到沈恪身上发情，先死的肯定是自己。

"噗！"唐晚晚笑出声来，"沈恪，它是条公狗哦。"

沈恪也笑，一点都不在意："你和狗有区别？"

"唐晚晚？"突然，一个黑影跨过来，不请自坐，屁股一沉，挨着唐晚晚坐下，"我是高鹏飞。三个月前我们在相思湖餐厅相亲，饭吃到一半，我突然接到紧急任务，把你一个人晾在了餐厅。我当时走得太急，钱也没付，不好意思。"

男人三十岁左右，皮肤黝黑，身高体壮，剑眉星目，一身正气，和群魔乱舞的酒吧格格不入。

高鹏飞？相思湖餐厅相亲，饭吃到一半，账单还是她付的。综合信息在脑子里检索了遍，唐晚晚想起来，这是她相亲史上的第一个相亲对象。她忘了牵线人是谁，但记得他是个刑警。

"高警官，你好。"唐晚晚有一种被拉回相亲现场的感觉，"你今天来这里是？"

高鹏飞直言道："执行任务。"

"辛苦了。"

"还行。"

话题终结，两人把天聊死。

唐晚晚对高鹏飞的印象不好不坏。警察为人民服务，一天24小时随时待命，没时间谈恋爱，不然也不至于三十岁还是单身。上次相亲饭吃到一半中断，论起来不是他的错，因为走得太急，所以没来得及付钱。后来可能是忙，也可能是没看上她，总之继那次相亲后，他们没再联系过。

现在这个场景，是要在百忙之中抽空接着下半场相亲？

唐晚晚端起酒杯，慢慢啜着，没有说话。

卡座里四人一狗，没一个出声的，气氛有些凝固。

沈恪没骨头似的瘫在沙发的暗影里。他脸上的表情自始至终没什么变化，一直挂着淡淡的笑，但如果仔细观察，就会注意到高鹏飞刚落座时，他眼底一闪而过的戾气和敌意。

朱珠则抱着土大王作壁上观，今晚的瓜有点多，嘿。

公务在身，高鹏飞不能饮酒，他喝了半杯水润了润嗓子，打破沉默："上次聊到我的职业年龄个人爱好和家庭基本情况，唐小姐还记得吗？不然我再说一遍？"

唐晚晚马上点头："记、记得。"不要告诉我你要在线续摊相亲。

"那就好。上次只聊到我的情况，关于你的职业家庭情况，以及对另一半的要求，你现在可以聊聊吗？"

朱珠努力憋笑。

沈恪全程一副沙发为床，噪音为被的架势，现下换了个姿势，一脸的"你要是聊这个，我可就不睡了"的表情。

唐晚晚则是一脸蒙，她看着高鹏飞严肃的神情，突然觉得这不是续摊相亲，而是警察提审嫌疑人。一开口，她差点喊成"警察同志，我招"。

唐晚晚艰难地说道："我在桐城重工建设集团工作，目前的职位是设计工程师，独生女，我爸妈……"

"警察叔叔，你裤子里什么东西在振动。"沈恪看着高鹏飞，突然说道。

朱珠眼珠滴溜溜转向高鹏飞的大腿，嘴巴慢慢张大。

高鹏飞目光锋利地看了眼沈恪，没作声，从裤兜里掏出振动的手机，接起米："喂。"

半分钟后。

"收到，好的。"高鹏飞挂断电话，面露难色地看着唐晚晚，"实在抱歉，队里有情况，我必须现在赶过去。"

"没关系没关系。"唐晚晚连忙摆手，"工作要紧，你去忙。"

"实在不好意思。"高鹏飞掏出钱夹，"这顿我请。"

唐晚晚客气地说："不用。"

沈恪嗤笑一声。唐晚晚瞪沈恪一眼，沈恪挑衅地抬了抬下巴。

就在两人你来我往隔空残杀的时候，高鹏飞已经把钱夹翻了个底朝天，现金全部加起来不够五十块钱。一个小时前他在酒吧点了杯饮料，给的是现金，几乎把钱用尽。

手机支付普及的年代，钱夹里装钱不多。他平时购物也是用手机支付，但他不了解酒吧账单支付模式，有心请教，恰手机又进来一通电话，情况紧急，他只得捂着话筒对唐晚晚再次道歉，随后拿着手机边讲话边匆匆离开。

虽然再次被撂下，唐晚晚一点也不觉得难堪，本来就没想过让高鹏飞付钱，何况他刚才只喝了半杯不要钱的白水。上回的相亲饭是唐晚晚付账没错，但她吃得多，高鹏飞中途离开后，她一个人把桌上的菜吃了个一干二净。

　　"精彩。"沈恪不紧不慢地鼓掌，"唐晚晚，你这是被同一个男人连甩两次吗？"

　　唐晚晚瞪了沈恪一眼："你哪只眼睛看见我被甩了？"

　　"这只。"沈恪指了指左眼，又指了指右眼，"还有这只。"

　　"你眼瞎。"

　　"所以我看上你了。"

　　唐晚晚和朱珠同时瞪大双眼。

　　"我刚才眼瞎，想要你嫁给我。"沈恪慢条斯理地说道，"多谢提醒，我眼睛现在好了。"

　　唐晚晚丈二和尚摸不着头脑。

　　沈恪慢悠悠地说："嫁给我？做梦吧你！"

　　不知道为什么，他突然很不爽，非常不爽。

　　"多谢不娶之恩。"唐晚晚呵呵道，"我代表祖宗八代谢谢你。"

　　沈恪长腿一伸："唐晚晚，赔我一件衬衫和一条裤子，赶紧的。"

　　唐晚晚一愣："凭什么？"

　　"就凭你昨天撕我衬衫摸我裤子。"

　　"我什么时候撕你衬衫摸你裤子了？而且你昨晚……"唐晚晚没再说下去，再说下去还是她理亏，谁让她把他从美人榻里撅了下来。她只能忍气吞声自认倒霉。

　　"赔就赔。"唐晚晚拿手机，准备转账给他，"多少钱？"

　　"不知道。"沈恪不耐烦地站起来，"必须是一模一样的衣裤。我有私人裁缝，你找他给我重新做套。"

　　"裁缝的联系方式？"

　　沈恪没理她，径直往外走。

　　唐晚晚追过去："裁缝的联系方式给我一个。"

"今天太晚了，明天吧。"沈恪懒洋洋地打了个哈欠，"这么晚联系裁缝，我怕他误会你。"

"能误会什么？"

"误会你要通过他，妄想嫁进我们沈家大门。"

唐晚晚越看他越觉得他有病，这个人怎么这么喜欢脑补给自己加戏。

"我有说过要嫁给你？"唐晚晚鼻孔朝天，"沈恪，我明明白白告诉你，就是山崩地裂海枯石烂，世界上只剩你一个男的，我也不会嫁给你。"

"放心，你活不到那个时候。"

唐晚晚转身回到卡座，气鼓鼓地喝光剩下的半杯酒。

朱珠摇晃她的肩膀："唐晚晚！刚刚那个变态帅是谁？你的相亲对象之一？"

唐晚晚瞪着朱珠："你再说一遍？"

朱珠很会抓关键点："刚才那个变态……不帅，是谁？"

唐晚晚咬牙切齿道："他是土皇帝。"

"和土大王的名字好配。"朱珠抱起狗狗，"我明天给土大王做绝育手术，你呢？"

"我怎么？"

"给土皇帝做场小手术？"朱珠又问道，"他真是你相亲对象？"

"当然不是。"唐晚晚虚空做了个吐烟圈的动作，"他是把我绑在美人榻上，给我念了一夜鬼故事的那个男人。"

朱珠震惊："等会儿，我缓缓。"

唐晚晚拿着手机，查阅了下公司群里的工作日志，看时间有点晚了，于是说道："头疼，回家睡觉。"

两人到吧台结账，结果吧台小哥说："今晚消费全场免费。刚财神爷发话，他今儿高兴，散财给全场买单。"

唐晚晚问道："财神爷爷是谁？"

"那儿。"小哥扭头看向舞池，"哎？刚才还在呢。你们明晚接着来，说不定能见着。"

"代我们谢谢财神爷。"

今天出门碰到财神爷了，被沈恪破坏掉的心情好了不少。

两人走出酒吧，唐晚晚不胜酒力，一步三摇晃。

朱珠抱着土大王，若有所思道："晚晚，我的直觉一向很准，你的桃花要来了。"

唐晚晚晕乎乎的："相亲对象也算桃花？"

"不是今晚的那个相亲男。"朱珠突然想到什么，色眯眯地笑，"不过目测相亲男很有料，大腿又粗又壮。"

唐晚晚捏她的脸，大着舌头笑嘻嘻地问："目测沈恪有料吗？"

"马赛克。"朱珠坚定道，"他在我眼里是马赛克。"

"我是个有原则的人，不测闺密的男人。"

摸着我的大宝贝摩托车说：沈恪的脊柱沟真好看，可以当滑梯玩。

想骑摩托车上去滑滑梯。

——《挖掘机性能记录本》

次日。

唐晚晚下班后去了趟绿夜酒吧，准备把停了一夜的摩托车骑走，就在这个时候，接到朱珠的电话。

"晚晚，我找到你那个青梅竹马的微信了。"朱珠大呼小叫道，"我刚给你发了截图。"

唐晚晚一时没听明白："什么青梅竹马？"

"沈恪啊。"朱珠说，"昨晚送你回家的时候你全都交代了，你忘了？"

唐晚晚没好气地说："我最后说一次，他不是我的青梅竹马！"

为了满足朱珠的好奇心，昨晚她用陈述语气简单说了她和沈恪的"恩怨情仇"。没承想过了一夜，朱珠脑洞大开，居然把他们发酵成了一对欢喜冤家和青梅竹马。

"我不要你觉得，我就要我觉得。"朱珠哈哈笑了几声，"我向你发誓，我和他虽然是微信好友，但是一次也没聊过，而且我对他没有那方面的想法。你大胆上吧，加油。"

不容唐晚晚回应，朱珠便挂断了电话。

唐晚晚看见手机通知栏显示有一条微信消息，便点进去，是朱珠发来的她和沈恪的聊天记录截图。截图里只有一句话，朱珠问他金毛的病情，他没回复。

朱珠紧接着发来一条消息：【晚晚，我觉得他加我微信好友的目的是视奸朋友圈，因为我朋友圈里有你。我现在把他屏蔽来得及吗？】

唐晚晚压根不信朱珠的所谓"觉得"，她看着这张截图，被一串字母昵称吸引了全部注意力。

朱珠没给沈恪备注，呈现出来的还是原始昵称"tgpnjstdlv"。

唐晚晚越看这串字母越觉得眼熟。她刷了遍自己的朋友圈，终于在枇杷自拍这条朋友圈评论区看到了自己和这串字母的如下对话。

tgpnjstdlv：【你吃屎了？】

唐晚晚回道：【吃你了。】

tgpnjstdlv：【语法错误。"了"是过去时，此处应该用将来时。】

沈恪，你才吃屎。唐晚晚气鼓鼓地从通讯录里翻出"tgpnjstdlv"，点进聊天框发过去一排便便的表情，敲字：【你吃屎去吧。】

两秒后，她乖乖地撤回消息，因为她看到聊天框里的历史聊天记录，被自己蠢哭过去。

【今天我想去 602 参观，被装修师傅轰了出来，他说屋里的一块地砖比金砖还要贵，怕我踩坏了赔不起。】

【装修风格就是一土皇帝，品位堪忧。】

【你们家把房子卖给了什么人？直觉非黑即盗。】

【这人怕是个 24k 纯傻帽，目测装修花的钱完全可以买下整幢楼。图什么？】

这是初中同学聚会互加微信好友后，她和沈恪的唯一一次聊天。

唐晚晚颤抖着手往回翻自己的智障发言，好像明白了沈恪当时为什么不搭理自己。

她感到一阵窒息。

手心的手机振动，进来一条消息：【tgpnjstdlv 给你推了一张名片。】

tgpnjstdlv：【裁缝。】

不知道沈恪刚是不是看见了让他去吃屎的消息，唐晚晚心虚地给他回复了一个 OK 的表情。

她申请加了裁缝好友，想了想，点进沈恪的头像栏，备注改为他的名字，退出页面之前，又把备注改为"土皇帝"。

唐晚晚骑摩托车回幸福里小区，一路心不在焉。

十年没见，沈恪好像变成了另外一个人，又好像完全没变。

唐晚晚在小区附近的菜市场买了些菜和水果，回到小区的时候，天已经黑了。

电梯在维修，她拎着购物袋走楼梯。

楼梯间很静，脚步声和呼吸声被无限放大。走到三楼时，她被台阶上的一团黑吓了一跳。唐晚晚咳嗽了声，声控灯亮起，这才看清台阶上坐了一个小男孩。

小男孩四五岁的样子，脸上挂着泪痕，抱膝坐在台阶上。询问过后得知，小男孩是 302 新搬来的住户，头一天在新家住，刚刚发现每晚陪他睡觉的布偶娃娃没有带过来，吵着闹着要回去拿。他被爸妈骂了一顿，于是赌气在楼梯间闷坐。

唐晚晚哄他的时候，小男孩的妈妈从家里走了出来，简单打过招呼后，唐晚晚拎着购物袋继续上楼。

她突然想起沈恪当年刚搬来这里时的情景。

那年沈恪只有六岁，白白净净，唇红齿白，不爱说话。这让她一度误以为他是个腼腆的乖小孩，是可欺负的小软包。后来才知道他只是不爱和她说话，在小软包的假象之下，其实是个混世小魔王。

刚搬来的那天晚上，沈爷爷和沈奶奶牵着沈恪的手去唐家串门，说以后小孙子要跟着他们常住，准备给他办入学手续，顺便打听唐晚晚就读的小学。

大人们聊天的时候，沈恪规规矩矩坐着，抿唇不发一言。唐妈妈专门切了一盘杬果端给他吃，他小声道谢，手却没动。

唐晚晚屁颠屁颠搬出零食箱征求妈妈的意见，问可不可以分给沈恪。

唐晚晚刚被诊断出有蛀牙，爸妈不准她吃零食，所以把零食箱收了起来。她这会儿把零食箱抱出来说是要分给沈恪吃，其实是想自己偷吃。

唐妈妈自然知道她的小心思，但是又不好当着沈恪的面再把零食箱收走，于是嘱咐唐晚晚不要偷吃，这都是给沈恪的。

唐晚晚点头如捣蒜，等唐妈妈离开后，她便躲起来开始狂吃。

沈恪全程冷漠脸。

唐晚晚把袋子里最后一颗果冻倒出来，舔了舔嘴唇，看着沈恪，伸出胖乎乎的小手："你要不要吃？"

沈恪装作没听见，转过头不看她。

唐晚晚把果冻撕开，硬塞到他手里："给你吃，青苹果味的，超级好吃。"

唐妈妈看向他们。

"妈妈。"唐晚晚拿着空空的果冻袋子，非常心虚。她急中生智，手指向沈恪，说了句有生以来最有水平的一句话，"他把果冻吃光了。"

反正事实就是他吃完这一个，袋子里的果冻就没有了。

手拿最后一颗果冻的沈恪看着唐晚晚，头发冒烟。

唐晚晚哼着歌走到六楼，下意识瞥了眼 602。

房门虚掩，沈恪在家？有点想不通他为什么搬来这里住，他这样的大少爷不应该去住皇宫吗？

差点儿忘了，他装修 602 花的钱可以买下整幢楼，四舍五入就是皇宫。没毛病，是傻帽土皇帝干得出的事。

唐晚晚脑子里闪现出 602 房间内摆设的画面。前天晚上虽然在 602 待了一夜，但是没开灯，她什么都看不太清，还真不知道这皇宫具体长啥样。

"吱嘎——"602 房门响动。

唐晚晚赶紧开门走进家，关上 601 的门。她把购物袋里的水果放进冰箱，再把菜拿出来放进水盆里，洗菜之前解锁手机准备打开 App 听个摩托车维修讲座。

手机通知栏进来一条消息，是裁缝通过了她的好友申请。

唐晚晚想要赶紧处理好沈恪的衣服问题，于是她开门见山向裁缝说明情况，拜托他重新做一套，然后问裁缝这套衣服多少钱，她直接转账过去。

结果裁缝太过专业和敬业，非要她精准说出是哪套衣服。

裁缝：【材质和版型的原因，沈先生的每套衣服尺寸都不尽相同。】

唐晚晚：【我把衣服送给你？】

裁缝：【我在国外，你拍张衣服的照片过来，最好是小视频。】

唐晚晚还能说啥，只能待会儿去 602 找沈恪拍衣服。

她把西红柿牛肉炖上，电饭煲里蒸上米饭，做好"战斗"准备，拿着手机敲开 602 的门，打算速战速决拍照录视频后就闪人。

敲开门的时候，她瞪大眼愣住。

沈恪全身上下只有腰间围了一条浴巾，湿发滴着水，顺着胸肌往下流，流过腹肌，流进浴巾里。

唐晚晚的双脚像被钉在原地，眼睛乱瞄。

"唐晚晚，眉毛下面两个洞是干什么用的？"沈恪抬手按住她的脑袋，把她的脸怼到门上。

门把手上挂着一个木牌，上面刻了一行字：【洗澡中，勿扰。】

唐晚晚腹诽道：神经病啊，自己家门上挂勿扰牌，以为是住酒店？

她心里发虚，但嘴巴很硬气地说："你在家门口挂这个给谁看？"

沈恪面无表情地说："给长眼睛的人看。"

唐晚晚翻白眼："生怕别人不知道你在洗澡？身材不好就穿严实了再出来开门。"

"像你这样？"

唐晚晚垂眸看自己。今天她去电焊车间考察，穿的是厚重粗笨的防护服，一直到现在都没来得及换，包裹得确实很严实。但沈恪话里的意思，是嘲讽她身材不好吧？

沈恪敞开门，转身回屋内。

他背部光滑，中间的脊柱沟性感无敌，可以当滑梯玩，最恐怖的是，土皇帝居然有腰窝。唐晚晚看着他光溜溜的背，想吹口哨，想骑摩托车上去滑滑梯。

上天太不公平，给了他金钱，还要给他美貌。

唐晚晚像是吃了一筐柠檬，酸哒哒走进屋内。

门口的鞋柜上面放了一个编织筐，里面装了一堆木牌，和门把上的木牌一个样，长得都挺像古代皇帝每晚要翻的侍寝牌。

这货还真把自个儿当皇帝了，呵呵。

唐晚晚随手扒拉了几个，无一例外，上面都刻着字——"睡觉中，勿扰""吃饭中，勿扰""放空中，勿扰"……

想在沈恪家拆解手扶拖拉机。

——《挖掘机性能记录本》

沈恪换了身居家服从浴室出来。

唐晚晚不想和他废话，直接伸手要他的衣服："衣服，拍照。"

沈恪倚着冰箱门喝了口冷饮："去吧，在浴室洗衣筐里。"

唐晚晚走进浴室，一眼就看见了洗衣筐，里面堆着他刚换下来的脏衣服。令她窒息的是，最上面放着的是一条男式内裤，纯黑色的。

唐晚晚双手合十念了句大悲咒，心无旁骛地弯腰用指尖把内裤挑走，捞起底部的裤子和衬衫。她抱起衣裤快速退出浴室，用非礼勿视般的态度一路埋头到客厅，把衣服平铺在沙发上，正反拍照录视频，整理好之后发给了裁缝。

裁缝秒回：【不是这套。】

唐晚晚：【不都是黑裤子白衬衫？】

裁缝：【你看牌子标签，这套不是在我这里定做的。】

唐晚晚扒开衣领看标签，是某奢侈品大牌。

"这不是你搬家那天穿的衣服？"唐晚晚扭头问沈恪。

沈恪歪在美人榻里看手机，闻言抬眼："不是。"

唐晚晚气不打一处来："你明知道不是这套，还看着我在这里拍照录视频瞎忙活？"

"谁知道你要哪套衣服。"沈恪理直气壮道，"我以为你有特殊癖好。"

沈恪还振振有词："我刚洗过澡你就猴急地过来跟我要衣服，我能做何解读？谁还没点小癖好呢？好歹邻居一场，我只好牺牲自我，满足你的愿望了，不用谢。"

"谢你的头。"唐晚晚想把脏衣服捂在他脸上。

沈恪似是看穿她的想法，贱兮兮地说道："唐晚晚，加油。"你动我一毫，我赠你美人榻一夜。

唐晚晚撇了撇嘴，决定速战速决赔衣服的事："搬家那天你穿的那套衣服在哪里？裁缝要我拍照录视频发给他。"

"扔了。"

唐晚晚一脸的"你在耍我玩"。

"脏了，破了，所以扔了。"沈恪看着她，不紧不慢道，"要不你从楼梯上滚下来试试？"

唐晚晚自知理亏地选择闭嘴。

沈恪又说道："不过，我知道那套衣服的序列号。你把序列号告诉裁缝，他就会知道是哪一套。"

唐晚晚拿起手机："好啊好啊。"

沈恪慢吞吞地念："tgpnjstdlv。"

这串字母和他的微信昵称一样，但是在唐晚晚眼里这就是串乱码，压根没往心里记，所以她也没听出什么不妥。她没过脑，在键盘敲下这串"序列号"发给了裁缝。

裁缝很快回道：【我知道是哪套衣服，但是……】

唐晚晚：【但是什么？】

裁缝：【但是沈先生每天的体重和身形都不一样，每次量裁衣服都要重新量一遍尺寸。我现在在国外，量不了，拜托你量好告诉我。】

每天体重身形都不一样？他是充气娃娃？

唐晚晚内心疯狂吐槽一番，回复道：【他前天还在穿，我看非常合身。不用重新量，按照以前的尺寸做就行。】

裁缝：【外行人看不出来，但内行人一眼就能看出来。裁缝是我家的家族事业，从我太爷爷起传到今天，最注重的就是口碑。我们家的家训是：决不允许任何一件非完美的衣服从手里流出。】

唐晚晚竟然不知该说些什么，是说他敬业呢，还是敬业呢，还是敬业呢？

裁缝：【量尺寸很简单，用普通卷尺就可以。你量好以后发给我，我趁着度假的时间赶出来，正好这里有合适的布料。】

唐晚晚瞄了眼沈恪，敲字：【要不等你度假回来再亲自量？】

裁缝：【我下个季度才能回去，那时衣服早该换季了。】

唐晚晚又提了几个建议，都被裁缝否决。

她最后只得妥协：【行吧。】

裁缝：【加油。】

与此同时，裁缝给沈恪发了个OK的表情：【沈大爷，已按您的意思办妥。】

沈恪给他发了个大红包。

十分钟后。

唐晚晚拿着卷尺站在沈恪面前，一脸麻木："站起来，量尺寸。"

沈恪慢悠悠站起来："你不要趁机占我便宜。"

"放心。"

沈恪闷笑了声，配合着她站好："先量肩宽吧。"

裁缝发给了唐晚晚一份量尺寸的教程。唐晚晚以前在车间经常量磨具，所以学起来并不难，就当在量活体磨具。

她站在沈恪背后，面无表情拿着卷尺测量他的肩背。

刚开始一切都很顺利，卷尺划过他的脊背，纯棉短袖包裹下的肩胛骨非常有型。

唐晚晚目光一顿，想起了他那条好看的脊柱沟。她指腹压着卷尺停在脊柱沟的顶端，两秒后，指腹被蜇了似的弹开。

妈呀，刚差点儿用手指头把他的脊柱沟当滑梯玩。

什么时候变得这么流氓？一定是被朱珠传染的，也不一定吧？有可能是沈恪这货的身材太逆天，就像自己的摩托车，一摸就会让人爱不释手。总之就是太邪性。

量尺寸的时候，唐晚晚扫了圈客厅的装修。

一看就很贵的装修风格，倒不是皇帝寝宫的那种贵，而是更像一个冷兵器库，整体氛围凉森森的。可是地板上又全铺了厚厚的暖色调地毯，家里有棱角的地方也都用特制的绒棉包上，稍稍中和了装潢的冷硬风。

唐晚晚觉得自己可能傻了，她居然会觉得这里的气氛亲切。如果在这里装卸摩托车、拖拉机、挖掘机、变形金刚……嗷嗷嗷，简直是人间天堂。

唐晚晚被自己的脑补秀到了，傻笑出声。

沈恪正伸着胳膊让她量臂长，见她一个劲儿傻笑，挑眉问道："很享受？"

唐晚晚拉直卷尺，在他胳膊上比画："你让我想起了手扶拖拉机。"

沈恪蹙眉，过了片刻，不知想起了什么，他笑了出来。

都说笑声是会感染的，唐晚晚也翘起嘴角，忽然觉得她和沈恪之间的距离被拉近了。

十年没见的隔阂和陌生消失不见，好像回到了以前做邻居时的样子。

沈恪垂眸，看着唐晚晚在自己身上量尺寸。

两人距离太近，呼吸时不时纠缠在一起，空气变得黏稠。她白皙透亮的肌肤、乌黑水亮的双眼、红润的嘴唇，甚至她脸上细细的绒毛……这都是使空气变黏稠的原因。

卷尺在他腰间游走，唐晚晚认真记录尺寸。

沈恪看着她，脑海深处的一个画面浮上来，咕咚咚冒着泡。

那是高一下学期的一天，学校举行了一场篮球赛，他赢了比赛，在满球场女生疯狂的尖叫声中，他故意风骚地把球衣撕烂，尖叫声更加震耳欲聋。

他从篮球场出来，路过学校科技馆时，看见了唐晚晚。

初三的时候，他和爷爷奶奶从幸福里小区搬走，住进了桐市新湾富人区，高中在桐市国际学校就读。唐晚晚则一直住在幸福里小区，高中去了附近的九中——一所普通高中。

两个学校不在同一个区，距离有点远。

桐市科学月，到处都是和科技沾边的活动。全市所有学校联合起来举办科技创新比赛，中学组的承办方是沈恪就读的国际学校。

唐晚晚是来参加比赛的。

沈恪和唐晚晚小学初中都在同一个学校，两家又是对门邻居，以前的九年里，他们几乎每天都会在一起，拌嘴吵架吃饭上学逃课……自从沈恪搬家后，他们关系日渐生疏，虽然有彼此的电话号码，但唐晚晚几乎没主动联系过他。

沈恪在科技馆前站了会儿，最终晃了过去。

别人的展示柜上都是些机器人无人机之类的东西，而唐晚晚与众不同——她展示的是手扶拖拉机。

沈恪往她跟前一站，嗤笑道："唐·拖拉斯机·晚晚。"

唐晚晚抬眼，看见他身上挂着稀烂的球衣，震惊道："球衣破成这样还要穿？你家现在不是超级有钱吗？"

沈恪张口就来："我被虐待了。"

科技创新赛展示结束后，沈恪骗到唐晚晚给他缝补球衣。

唐晚晚从小卖部买了针线盒，站在他跟前，很认真地穿针引线，扯着他身上稀烂的球衣缝缝补补。

那个时候，看着她埋头的样子，沈恪冒出一个念头：唐晚晚仇富。不然怎么解释自我家一夜暴富后，她不再联系我，但得知我被虐待穿破烂球衣时，毫不犹豫动手给我缝衣服？

越想越有理。

沈恪试探着说道："我这个月的伙食费用完了。"

结果就是，他贴着唐晚晚蹭吃蹭喝了一个月，直到有天唐晚晚在街上偶遇了沈妈妈。

幸福里小区 602。

此时此刻，沈恪垂眸看着唐晚晚给他量尺寸，脑子一抽，喉头上下滑动："我破产了。"

"哦。"唐晚晚刚开始没在意他说什么，待量好尺寸记录下来数字后，她才猛然惊醒，"破产？"

沈恪点点头："嗯。"

下一秒，他毫无预兆地朝前栽倒，一脑袋扎进唐晚晚怀里睡着了。

我觉得我是沈恪他爹。

——《挖掘机性能记录本》

唐晚晚用惊人的臂力把沈恪拖到沙发上，上下左右摇摆，确定以及肯定他只是昏睡了过去。

"这是什么毛病？不能提破产两个字？"唐晚晚嘀咕，"破产的刺激这么大吗？"

沈恪躺在沙发上，呼吸绵长均匀，闭上嘴巴就是个安静的美男子。

唐晚晚欣赏了一会儿他的睡颜，心想：果然穷了后才会这么平易近人。

卷尺尚缠在他腰上，唐晚晚想起还差腰腿尺寸没量，打算趁他睡着量好走人。

说干就干。她拿着卷尺艰难地穿过沈恪的后腰，对好尺寸记录下来。大功告成继续量腿，但没扯动卷尺。再扯，发现卷尺缠进了她的皮带扣里。

唐晚晚的电焊防护服腰部有个硬核皮带，皮带上有个金光闪闪的皮带扣。她好几次想把这个皮带扣抠出来去打个金戒指。

"早晚把你弄到金铺换个金戒指。"唐晚晚一边解皮带扣，一边说道。

沈恪睁开眼，入目一大片金黄，几近闪瞎。

他闭上眼睛再睁开，问道："你在干什么？"

"显而易见，解皮带。"唐晚晚没抬头，继续奋力解皮带扣，哗啦啦地响。

"你即使强行与我发生了关系，我也不会对你负责。"

唐晚晚终于解开皮带扣，扯出卷尺丢在他身上，懒得和满脑子废料的他解释："起来，接着量腿。"

沈恪打了个哈欠，不怀好意地睨了她一眼，懒洋洋地站起来。

唐晚晚想问问他刚才突然睡过去的事，但又怕提"破产"两个字会让他再度昏厥，欲言又止。

最后还是沈恪看不过去："再学金鱼张嘴就把你嘴巴缝上。"

唐晚晚抿唇，过了一会儿，她伸手，用大拇指和食指做了个数钱的动作。

沈恪会意，眼睛一眯："破产啊？"还以为唐晚晚要问他突然睡过去是怎么回事。

唐晚晚瞪眼看着他，甚至做好了伸展双臂迎接昏厥过去的他，结果等了半天，他屁事没有。

沈恪开始一本正经胡扯："这几年经济形势不太好，我家的生意越来越不好做。爸妈年纪大了，思想跟不上时代发展。去年他们在一个重大项目上做出了错误的决策，使公司受到重创。"

唐晚晚一脸问号："可是，去年的那什么富豪榜，我记得你爸爸的照片在前排。"

沈恪咳了声："错误决策在榜单之后。你不要太迷信榜单，它们看起来光鲜亮丽，其实里面是什么样子，谁都不知道。"

唐晚晚消化信息中。

沈恪继续瞎扯："我奶奶找风水大师看过，大师说我家以前之所以能飞黄腾达一夜暴富，是因为幸福里小区 602 的风水好，能坐地生财。我是不信这些的，但奶奶一直念叨。我毕业后开始创业，在英国发展挺好，本来不打算回来，但我家公司突然这样，而且奶奶每天打电话给我，所以我今年初回国发展，搬来了这里住。"

唐晚晚觉得哪里不太对，但一时又琢磨不出来是哪里不对劲。

"我的公司发展势头一直很好，但是……"沈恪看着她的眼睛，不紧不慢道，"前天公司股票突然直线下跌。"

唐晚晚忽闪了下眼睛。

"我可能要迷信了。"沈恪说，"股票直线下跌时间点，恰好是你把我从楼梯上撅下来的那刻。"

唐晚晚疑惑地看着他。

沈恪一笑："放心，没赖上你的意思。"

唐晚晚心情复杂，拿着卷尺无意识地开始量他的裤腿。

沈恪语气诚恳："我家的情况，拜托你不要跟任何人提起。"

唐晚晚问道："为什么不能提？"

"各方面牵扯太多，要维护稳定。"沈恪顿了下，又说道，"再者，我不要面子的吗？"

唐晚晚慢吞吞"哦"了声。

沈恪憋笑，曲起手指虚空弹了下她的脑袋瓜："呆驴。"

她脑袋里除了一堆废铜烂铁，别的一概没有。别看她外表看起来很飒，其实内里就是个铁憨憨。

虽然不让她跟别人提"沈氏集团破产"这个事，但是沈恪一点也不怕谎话被拆穿，甚至隐隐期待这一刻的到来，因为他非常想看唐晚晚气急败坏的样子，这种感觉像逗二哈。

对这一切全然不知的唐晚晚弯着腰，正在规规矩矩用卷尺量他的右腿尺寸。

卷尺在裤子上蹭过，沈恪痒痒的，身上痒，心也痒。

唐晚晚敬业地量好所有尺寸，回到自己家，灶上的西红柿牛肉汤刚刚好。她关火，靠着灶台把尺寸表发给裁缝，心想：如果裁缝让我再量一遍，我就生吞手机。

两分钟后，裁缝回复了一个"可以的"表情包。

西红柿牛肉汤色泽鲜亮，一看就很有食欲。唐晚晚盛饭摆上饭桌，拍了张美食图发在朋友圈，才吃一口饭的工夫，就收到好几条赞。

沈恪在评论区留言:【如果外卖点这个菜,会花不少钱吧?外卖 App 好像不送红包了。】后面跟了个丧丧的表情。

谁能想到桐市首富破产后,他唯一的儿子点个外卖都要计较几毛钱的红包?

唐晚晚善心大发,回复道:【你过来吃饭吧。】

朱珠戳她私聊,发了一串问号。

唐晚晚大概说了给沈恪量尺寸的事情,因沈恪交代不要跟别人说他家破产的事,所以她没跟朱珠提这茬,只是感慨道:【我可太好了,既要给他量尺寸做衣服,还要给他弄饭吃。】

朱珠:【还说不是青梅竹马?奸笑。】

唐晚晚:【我觉我是他爹,吃喝拉撒衣食住行都要伸手管一管。】

朱珠:【我懂,父爱如山。】

唐晚晚:【父爱如山体滑坡。】

"咚咚咚——"沈恪敲门过来蹭饭。

唐晚晚放下手机,给他开了门。

沈恪进门后一点都没客气,见饭桌上没摆他的碗筷,直接去厨房拿。

西红柿牛肉汤,沈恪只吃牛肉不吃西红柿,一锅牛肉几乎全进了他的肚子,吃得相当理所当然。

唐晚晚舀了勺西红柿汤倒进碗里,搅拌米饭,叹气道:"沈恪,我觉得我是你爹,吃个饭也要惯着你。"

沈恪淡声问道:"你确定?"

"咳咳咳……"一颗米粒呛进唐晚晚的喉管,她不停咳嗽。

接连一周,沈恪每晚都要去唐晚晚家蹭饭。他每次都是空手而来空手而去,从不刷锅洗碗,厚着脸皮白吃白喝。关键是他还要挑三拣四,给唐晚晚发他想吃的菜单让她按着菜单来做菜。

唐晚晚不干了,使唤他去洗碗。

沈恪回她:【我的手不是用来洗碗的。】

唐晚晚：【用来抠屎？】

她气鼓鼓地按灭手机屏幕，把手机塞进裤兜，骑上摩托车拧钥匙，打算今晚在外面吃，饿沈恪一顿。

赵猛从叉车上跳下来："老大，谁惹你了？"

他刚坐在叉车里，唐晚晚低头使劲戳手机屏幕的样子全被他看见了。

"师父。"唐晚晚抬头，笑了下，"没谁。"

她说着就要发动引擎走人。

"老大，你是不是谈恋爱了？"赵猛心里憋不住事，想问的话脱口而出。

唐晚晚震惊了："啊？"

"你最近每天都和一个男人在家里吃晚饭，我在朋友圈里看见的。"赵猛有点不好意思，特意加了句，"不是特意看的，就是每天会刷朋友圈。"

唐晚晚的朋友圈只屏蔽了老爸老妈，其他人都可见，她发任何动态都没有隐瞒的意识，也不会顾虑那么多，遇到什么随手就发了。

这几天唐晚晚和沈恪在评论区因为晚饭的事情斗过嘴。唐晚晚和赵猛互为好友，所以他能看见她的发言，虽然看不到和她斗嘴的是谁，但也能猜出个一二。

唐晚晚没过多解释："我对门邻居，他脑子有点问题。"

赵猛愣了下："脑子有问题？精神病的那种吗？用不用我去帮你摆平？"

唐晚晚笑出声："不用，饿两顿就老实了。"

赵猛挠头疑惑。

"师父，这个时间食堂的红烧狮子头快没了。"唐晚晚提醒了他一句，然后发动摩托车，"师父明天见。"

摩托车"轰"一下就没了影。

食堂她早就吃腻了，打算去外面吃麻辣小龙虾。

赵猛在原地站了一会儿，想着唐晚晚对门邻居是个精神病人，顿时有点担心：老大心也太大了吧。

唐晚晚一个人干掉一盆小龙虾后，心满意足地回到幸福里小区。

602 房门紧闭，不知道沈恪是在家还是在外面浪。

唐晚晚轻手轻脚开门进屋，生怕沈恪听到动静跑到她家，让她给他做饭。

所幸，一夜无事发生。

不过她做了个梦，梦见自己展开双臂站在山底，接住了从山上滚下来的沈恪，完美诠释了"父爱如山体滑坡"的大爱。

没想到"美"梦成真。

第二天中午，唐晚晚接到派出所的一个电话。

民警在电话里说沈恪和一个叫赵猛的人因为抢破烂打进了派出所。

第三章

破产了？

万万没想到，沈恪居然穷到去捡破烂的地步。

——《挖掘机性能记录本》

唐晚晚骑着摩托车直奔派出所。她想不明白，沈恪怎么和赵猛搅在了一起？还因为抢破烂打架？这是什么凄美的画面，唐晚晚拒绝想象。

破产这么可怕？昨天破产，今天就要捡破烂？

赵猛那么大块头，脑袋比铁硬，沈恪应该打不过他。

踏进派出所的时候，唐晚晚以为沈恪会头破血流不成人样，但是脑袋肿了一个包的怎么是赵猛？

沈恪穿的白衬衫黑裤子，一丝褶皱都没有，整个一高雅不食人间烟火的小仙男，和打架斗殴不搭界，更和捡破烂沾不上边。

唐晚晚不得不在内心感叹一声：真是牛，能把赵猛脑袋打出一个包，这能力四舍五入，等同于让铁树开花。

"老大，你怎么来了？"赵猛看见唐晚晚，惊讶中带着一丝不易察觉的羞涩。

警察调解后让他们打电话叫亲属过来领人，沈恪报了唐晚晚的电话号码，赵猛填了一个工友的号码，工友这会儿还没赶过来。

"师父，你头上的包没事吧？"唐晚晚径直走过去，"抢什么宝贝破烂要打架？"

"不是破烂，是矿泉水瓶。没抢，是他给的。不是给，他弄坏了我的电锯。"赵猛越解释越乱。

"因为一个矿泉水瓶打架？"唐晚晚太过震惊，扭头去看沈恪，"你真去捡破烂了？"

沈恪张口就来："我想买台洗碗机。"

唐晚晚心头震动：捡破烂攒钱去买洗碗机，这是什么精神？

沈恪声音很低，面色平静："我昨晚没吃饭，晚上饿得睡不着。"

他的双眼水润润的，右眼下的那颗小泪痣点缀其中，配上他的声音，唐晚晚顿时觉得沈恪面容平静是在强装淡定。

沈恪抬起眼皮，微不可察地笑了下。

唐晚晚觉得他这是在强颜欢笑，立马心软了，觉得这一切都是自己的错："买买买，给你买。"

毫无原则可言，她看上去非常像听信了枕边风的昏君。

赵猛有点看不懂事情的发展。

沈恪斜了他一眼，默默在心里念了遍"铁憨憨"。

赵猛被沈恪这个眼神气到差点跳脚，居然用美男计。赵猛没看过宫斗剧，但现在沈恪这个神态，就是他想象中的后宫争宠的贱人样，臭不要脸啊。

赵猛拳头攥得嘎吱嘎吱响，想开挖掘机刨个坑把沈恪当场活埋。

刚才在幸福里小区9号楼前，赵猛想起自己一根手指头都没碰到沈恪，他却突然倒地不起。小区里的一群老头老太太呼啦围过来，非说赵猛把沈恪揍昏了过去，吵嚷着报了警。结果警察刚到，沈恪秒醒，稳稳当当站了起来。

赵猛越想越生气，活脱脱的心机男啊。

"两个身强体壮的大男人干点啥不好，因为一个矿泉水瓶闹到派出所，你们以为派出所是菜市场？"负责这件事的调解员板着脸教训道。

"不是矿泉水瓶，是电锯。也不是电锯湿了，是他自己故意倒地上碰瓷。"赵猛嘴笨，越急越说不利索，干脆抱头蹲地上，闭上嘴巴自己生闷气。

沈恪则是乖乖坐着，一副完全听从调解员教育的良好市民模样。

唐晚晚总算是听清了来龙去脉。

今天下午沈恪回幸福里小区，走到9号楼前时，看见赵猛骑了辆三轮车在楼前转圈。因为赵猛穿着过于朴素，沈恪以为他是收破烂的，遂把手里的矿泉水瓶扔到了三轮车里。但是瓶子里还有点水没喝完，而且瓶盖没拧紧，瓶子里的水流出来浇在了三轮车里的电锯齿轮上。

赵猛骑车骑得好好的，突然一声巨响，他回头就看见电锯齿被矿泉水浇湿，以为沈恪是故意找碴的，大着嗓门说了沈恪几句。

沈恪没搭理赵猛，自顾自往前走。

赵猛跳下三轮车，还没走到他跟前，沈恪就突然身体一歪，躺在了地上。

幸福里小区是个老小区，住了不少老人。他们远远瞅见这一幕，以为赵猛把人揍晕了，热心爆棚，立马把赵猛围攻，并且报了警。赵猛脑袋上的包是被大爷大妈们揍出来的。

唐晚晚去看赵猛，他穿着灰布衫劳动裤黄胶鞋，皮黑肉厚，胡子拉碴，23岁看起来像32岁。

她再去看沈恪，白衬衫黑裤子黑皮鞋，细皮嫩肉，面容清爽干净，就像是祖国刚刚绽放的花骨朵。

没办法，如果她是围观群众，第一印象也会认为是赵猛这个莽汉欺压五好青年。

"师父，你去幸福里小区是有什么事吗？"唐晚晚问道。

赵猛也是桐市本地人，但平时住在工厂宿舍。他家在西区，幸福里小区在南区，离得挺远。

"没事。"赵猛支吾道，"随便逛逛。"

真的是随便逛逛。今天他歇班，骑着三轮车去建材市场买了一个电锯，本来是要回家，可不知怎么了，双脚不听使唤，蹬着蹬着就把三轮车蹬到了幸福里小区。等他回过神来的时候，已经进了小区大门。

赵猛知道唐晚晚住在9号楼，心想：既然都来了，不如去逛逛，万一碰到唐晚晚的那个精神病邻居，得把他扭送到精神病院，不能让他到处祸祸人。

结果自己却进了派出所。

调解完毕，唐晚晚签字领人。赵猛叫过来的工友还没赶到，唐晚晚一块帮他也签了字。

三人走到派出所大院。

唐晚晚上下打量着沈恪："你为什么突然倒地碰瓷？是怕打不过赵猛，所以先倒为敬吗？"

沈恪扯了扯嘴角，没说他嗜睡症的事："太饿。"

低血糖饿晕的？唐晚晚觉得如果再不让他蹭饭吃，她就是在虐待祖国的花骨朵。

唐晚晚叹了口气，问道："算了，你今晚吃什么？"

沈恪开始思考菜单。

赵猛一拍脑门反应过来，激动道："你……你就是那个精神病邻居？！"

沈恪看向唐晚晚。

唐晚晚一蒙："呵呵呵，误会误会。"

一个手拿保温杯的老民警走进院门，瞧见唐晚晚，笑眯眯地问："唐晚晚，又惹什么麻烦了？"

"刘叔叔好，没什么事。"唐晚晚笑得露出一口白牙，"我们都认识，误会一场。"

街区派出所就在幸福里小区隔壁，附近的老居民都认识民警老刘。唐爸爸和老刘算是朋友，老刘自然也就认识唐晚晚。

老刘不愧是老民警，眼力相当好，他一眼就认出了沈恪："小姑娘快成你的监护人了。"

唐晚晚笑着扬起下巴，骄傲道："我现在是他领导。"

老刘笑着摇头走了。

其实老刘的话不算太夸张，他俩从小就和派出所有缘。以前沈恪没少惹事闯祸，每次都是给唐晚晚打电话，让她到派出所领他。

念小学的时候，有一回，沈恪说他会变魔术，当着唐晚晚的面把她的零食变没了。唐晚晚找爸妈告状，爸妈那会儿正要她戒零食，非但不给她撑腰，还夸奖沈恪魔术变得好。连自己的亲爸亲妈都向着沈恪，更不用指望沈爷爷沈奶奶为她主持公道了，找不到说理的地方，唐晚晚哭着跑到派出所找警察叔叔评理。

唐晚晚不怎么记仇，小时候的事过去就翻篇，她乐呵呵地掏出摩托车钥匙，说道："我去买菜，师父，你也来我家吃晚饭吧。"

赵猛咧嘴："好。"

沈恪抽走唐晚晚手里的钥匙，转身朝摩托车走去。他打算和唐晚晚一起去菜市场，因为他现在实在想不起晚饭要吃什么，说不定去菜市场转转，就能想起来吃什么。

"沈恪，你骑摩托车先回去吧。"唐晚晚坐进三轮车的车斗里，"我和师父去买菜，顺便去买电锯润滑油。"

赵猛脚蹬着三轮车，擦着沈恪的脚边扬长而去。

沈恪冷下脸，摩托车"嗡"的一声，撞了一下小三轮的车斗边沿后扬长而去。

唐晚晚坐在车斗里大叫："沈恪，摩托车是我亲儿子！你敢撞坏它，我以后撞坏你亲儿子！"

沈恪自从得了这个随时随地都能突然睡着的怪病后，他出门从来不开车，更别提这种摩托车。好在幸福里小区就在派出所隔壁，拐个弯就到楼下，所幸一路没有犯病。

唐晚晚和赵猛到家的时候，沈恪已经洗好了澡。赵猛拎了两大袋菜，说是要吃火锅。

沈恪臭着一张脸，说道："我不和你在同一个锅里吃。"

唐晚晚"喊"了一声："就一个锅，爱吃不吃。"

沈恪转身就走，回到了对门602。十分钟后，他换了身家居服又溜进了唐晚晚的601。他跷着二郎腿瘫在沙发里玩手游，整个人好像和沙发长在了一起，抠都抠不出来。扫地机器人扫到他脚边，他脚都不抬一下。

唐晚晚和赵猛一直在厨房忙活。赵猛择菜洗菜切菜一条龙，唐晚晚负责弄锅底汤。

所有食材都准备好后，唐晚晚瞅见"长在"沙发里的沈恪，叹了口气："我真觉得我是他爹。"

赵猛问道："你儿子不是摩托车吗？"

"摩托车是我亲儿子，我是沈恪他爹。"

赵猛一脸迷茫，原地捋了会儿逻辑，说道："老大，我觉得他不是一个好儿子。"

唐晚晚一直知道赵猛的脑子有点轴，解释不清，于是妥协道："我收回刚才的话。我不是他爹，他也不是我儿子，我的儿子只有摩托车。"

沈恪突然抬眼："饭好了？"

赵猛哼了声。

唐晚晚低头往锅里下菜，没好气道："你不是不和我们在同一个锅里吃饭吗？"

沈恪晃到餐桌前："请尊重一下鸳鸯锅，它们是复数。谢谢。"

唐晚晚懒得和他计较。

沈恪嘴上说不和赵猛在同一个锅里吃饭，但是真到下筷子的时候，赵猛吃啥他抢啥，好几次为了争片牛肉，和赵猛筷头对筷头，丝毫没有洁癖。

唐晚晚看得一脸蒙，想不通这有什么好争的。

沈恪也没想到，自己有天会和蹬三轮的大汉坐在一起争肉吃。

沈恪偷吃的样子像条小狗，我早晚给他装条狗尾巴。

——《挖掘机性能记录本》

吃过火锅，沈恪瘫在沙发上吃西瓜，全然没有去洗碗的觉悟。

唐晚晚收拾好厨房回到客厅，发现赵猛和沈恪两个人正面对面坐着啃西瓜，画面非常和谐。但她有点累了，想去洗个热水澡早早躺床上看电视。

"最后一块西瓜我吃了。"唐晚晚走过去，拿起来啃一口，直接赶客道，"天黑了，你们走吧。"

一块西瓜啃完，他们依旧对坐着，稳如磐石，丝毫没有要走的样子。

唐晚晚发出直男疑惑："你们还想吃西瓜？"

赵猛说："不吃了。"

唐晚晚："走？"

赵猛抬下巴，瞪着对面的沈恪："你先。"

沈恪陷在沙发里，懒得给他一个眼神："你请。"

两个人谁也不走出第一步，死熬。

论定力，赵猛自觉比不过沈恪，主要是没沈恪脸皮厚。

沈恪穿着拖鞋家居服，没骨头似的窝在沙发里，一副这个家男主人的贱样。

在赵猛眼里，沈恪就是个精神病人、宫斗剧的小贱人、祸祸小姑娘的渣男。总之，不像个大老爷们。随便从工厂里拎个工友出来，都比沈恪强。起码工友们不会在吵架时突然倒地碰瓷，大家都是爷们，摆脱吵架的方法就是掀桌就是干，简单直接有效。

赵猛越想越觉得沈恪这个人太阴，生怕自己前脚从这个门里走出去，他后脚就对唐晚晚图谋不轨。

三分钟过去，赵猛先坐不住了，猛地站起来，三步并两步冲到沈恪跟前。

唐晚晚以为他要揍沈恪，有点丈二和尚摸不着头脑："师父，冰箱里还有半个西瓜。"

唐晚晚实在不理解赵猛为什么突然要揍沈恪，难道是因为刚才少吃了一块西瓜？有这个想法不能怪她，《晏子春秋》还有记载二桃杀三士呢，现如今他们两个大男人为了争一块西瓜杀来杀去好像也不是太难理解。

然而，下一秒，赵猛弯腰搬起了整张沙发。他手臂青筋虬结，粗声道："老大，这张沙发好多灰，我搬到走廊里拍拍上面的灰。"

和沙发融为一体的沈恪："……"

愣住的唐晚晚："？"

赵猛咬紧牙关，搬着整张沙发一步步往门口挪。

沈恪瘫在沙发里，舒服地跷起二郎腿："唐晚晚，你在搬家公司上班？"

难怪师徒二人都热衷于带人搬沙发。

唐晚晚连忙跑过去，把沈恪从沙发上拽了下来。一通解释忙活，终于把男人甲乙二人关在了门外。

　　问：如果甲乙二人同时从a地出发，甲步行，乙乘电梯，各自回到自己家中。第二天又同时返回a地，相向而行，速度不知。求问：甲乙二人谁先到达a地？

　　答：甲先到达。

　　因为第二天，唐晚晚收到了男人甲送来的洗碗机。

　　送货员直接把洗碗机送到家里安装，并且不接受退货。

　　"这是店里的最新款。"送货员耐心介绍着产品功能和售后服务。

　　"我没有买。"唐晚晚看了眼上面的价格，被数字吓到。

　　"地址是这里。"送货员又检查了遍送货地址，"买家已经付过钱，其实你不签字也行。"

　　唐晚晚接过订货单，看见上面的两行字。

　　【买家名字：土皇帝。】

　　【买家留言备注：好心人送温暖。收货人眼瞎，无需签字确认收货。谢谢。】

　　唐晚晚被气笑，提笔一挥在签字栏写下"老佛爷"三个字。既然儿子要尽孝心，老娘就顺你这个忤逆子一回。

　　自从有了洗碗机，沈恪蹭饭蹭得更加肆无忌惮。每晚到饭点就敲601的门，像是去食堂踩点打卡吃饭的工友。

　　唐晚晚有时觉得自己就是个食堂掌勺的阿姨，看脸给肉。

　　又一个晚上。厨房。

　　唐晚晚问道："你不是破产了吗？哪里来的钱买洗碗机？"

　　"我卖了一块手表。"

　　唐晚晚若有所思道："记得装修师傅说，你家的一块地砖比金砖还贵，拆下来也可以卖钱。"

　　沈恪："风水局，不能动。"

　　唐晚晚翻了个白眼："行吧。"

沈恪眼巴巴看着锅："我想吃肉。"

唐晚晚"啪"盖上锅盖："还没熟。"

沈恪向后退了一小步，暗戳戳去拿灶台上刚切好的酱牛肉，接连偷吃了三片，唐晚晚都没有发现。吃第四片时，唐晚晚往垃圾桶里扔青菜叶，一转身，几乎贴在了沈恪身上。两人相对而立，四目相对，距离近到能看清他嘴巴里酱牛肉的纹理。

沈恪嘴里叼着片酱牛肉，安安静静垂着双眸。酱牛肉一寸寸往嘴巴里缩，剩最后一点时，他探出舌尖，快速扫了下，把酱牛肉全部卷进去。

唐晚晚看呆了，咕咚咽了口口水，好险好险，舌头还在，没有附在酱牛肉上被吞进去。他为什么能把偷吃酱牛肉这事儿弄得这么诱惑？

食指尖上有丁点牛肉末，沈恪犹豫着要不要嗦食指尖，他看着唐晚晚，问道："我还可以再吃一片吗？"

"吃屁吧你。"唐晚晚转身把酱牛肉端走。

沈恪看见她的耳朵红了，他眯起眼睛笑，铁憨憨这是开窍了？

周五下午，某工地。

唐晚晚测评过挖掘机，收起记录本准备提早回家。

监理笑呵呵道："唐工，打牌吗？"

"不了。"唐晚晚直言拒绝。

旁边空地有个牌摊，几个工友围在一起打牌。

监理本来也只是客套一下，说是邀请她打牌，其实是想套个近乎，好让唐晚晚给工地评个 A 级。现下被唐晚晚拒绝，他没再坚持，毕竟一个小姑娘和一伙糙汉围在一起打牌，看起来不太像回事。

唐晚晚摘下头盔，捋了把头发。她留着过耳短直发，简单清爽，随便一捋就是个拉风的发型，贴合她的气质，非常飒。

牌摊热闹，乱哄哄一团。

唐晚晚目不斜视走过去，直觉后背黏了双眼睛。她抱着头盔回头，正好撞见这道目光。

牌摊里坐着一个西装革履的男人，明显和汗衫工友不是一个画风。他手里拿着几张牌，脊背挺直，冰块脸，不苟言笑，周身气场威严，在抽烟打屁的工友衬托下，更显得气质卓绝。

撞上唐晚晚的目光，男人没有惊慌躲避，也没有做任何挑逗的动作，只是朝唐晚晚微微颔首，然后自然地收回目光，视线落在手里的纸牌上。全程动作流畅自然，干净利索毫不油腻。

"唐工。"监理跑过来，手里多了串朝天椒，"猛子说你喜欢吃辣的，这个朝天椒是自己种的，味儿正。"

猛子是赵猛，监理是赵猛的远房表舅。

"谢谢，但是我现在戒辣椒了。"唐晚晚谢绝道。

唐晚晚日常神经大条，但工作态度非常认真，从不收受贿赂，哪怕是自种的辣椒这种算不上钱的东西也不行，更何况沈恪这位大爷吃不了辣，最近她做菜都不怎么放辣椒。

"猛子说他过两天歇班。"监理尽力套近乎。

不提赵猛还好，提起赵猛唐晚晚就来气。

自上次一起吃火锅后，赵猛没再去唐晚晚家里蹭过饭，但他不知抽什么风，隔三岔五问唐晚晚的相亲近况，比唐爸爸唐妈妈催得都急，吓得唐晚晚差点儿把他拉黑。

母上大人突然来电。唐晚晚趁机摆脱监理，走到一旁接起电话。

"我怎么听见男人们的吆喝声？你又在工地？"唐妈妈劈头盖脸地说着，"说过多少遍，你一个单身女孩子，不要天天跑工地，更不要和工地上的男人有来往。唐晚晚你怎么不听？你要是敢找工友当男朋友，看我敢不敢打断你的腿。"

唐妈妈和大多数人一样，多多少少都对在工地工作的人有些偏见。在她眼里，除了唐晚晚这种技术员，基本就只剩下文化水平普遍不高的基层农民工。

唐妈妈从事艺术方面的工作，现在五十来岁还是满满少女心，对工地这些工业硬核的东西一向不感冒。她常常念叨，不知是不是因为她太过追求浪漫，才导致唐晚晚叛逆只钟情铁疙瘩，长就了一副浪漫绝缘体。

对于老妈的唠叨，唐晚晚向来左耳朵进右耳朵出。她这会儿握着电话，嘴上时不时附和两句，没往心里去，眼睛到处乱看。不经意间一瞥，她又看见了牌摊里的男人。

男人气场太强大，很难不让人注意到。

可能是上轮赢了牌，这会儿他嘴巴里多了个辣片。

工友们平时打牌会赌个小钱，但今天不知怎么收了性，赌注都是些烟酒茶之类的东西，零零碎碎，甚至连大辣片都有。

唐晚晚猜测这个男人可能是上头派来视察的，所以工友们都格外安分和谐。

男人赢了牌，从一众赌注里挑了个大辣片，居然有点点可爱。

唐晚晚下意识捏着一小截指肚比画："也就指甲盖点的可爱吧，如果是沈恪……"

不知为什么，沈恪叼酱牛肉的样子在她脑子里一闪而过。

"妈妈什么时候骗过你，看吧看吧，光听我说你就觉得可爱了，真要见了面，还不萌死你。"唐妈妈在电话那头兴奋道。

"啊？"唐晚晚回过神来，茫然道，"少女妈，你在说什么？我怎么听不懂。"

"相亲啊，说定了。"

"怎么又相亲？不去。"

"保证这是最后一次。男方家里从事建筑行业，你们肯定会有共同话题。"唐妈妈笑道，"我保证你见了他之后，不会再想见第二个。"

唐晚晚："如果还是不行呢？"

唐妈妈信心满满："那也是今年最后一次相亲。这次成不了，今年我绝不管你了。"

"一言为定。"唐晚晚愉快地挂断电话。

回到家里，唐晚晚照例开始做她和沈恪的晚饭。做最后一道菜时，收到朱珠的一条消息：【晚晚，你要做好心理准备。】

唐晚晚发了个问号过去。

朱珠：【你竹马好像不是单身狗。】

震惊！世界无奇不有。

沈恪为了金钱居然去做那种事！

——《挖掘机性能记录本》

【有可能是前女友。】

【这年头谁还没个前任。当然，咱俩例外。这不是重点。】

【重点是你怎么想的。】

【他住你对门，天天去你家里蹭饭吃，没对你做过什么过分的事情吧？】

【我以后再也不瞎嗑 CP 了，呜呜呜。】

朱珠接连刷屏，最后发过来一张照片。

是一男一女的床照，字面意思上的床照。男人衣衫不整地躺在床上，闭着眼睛面容安详。女人穿着极其清凉，身体和脸贴过去，姿势非常亲昵，看着像是一对情侣的自拍照。

男人是沈恪，女人唐晚晚不认识，但脸蛋漂亮身材有料，是个美人坯子。

唐晚晚内心毫无波澜地看完这张照片，给朱珠发信息：【这波沈恪不亏。】

朱珠：【？】

朱珠：【你在给我开车吗？】

唐晚晚：【什么车？】

朱珠复制唐晚晚的上条消息，在"波"字上标红：【波涛胸涌。】

唐晚晚无语，发了串省略号过去，懒得解释。她意思是说，沈恪能有这般貌美女子做女朋友，无论结果怎样，他都不会吃亏。

锅里的菜熟，唐晚晚锁上手机屏幕开始盛菜。

饭菜摆上桌，她习惯性朝着客厅沙发方向喊了声："沈恪，吃饭。"

没人回应，沙发上空荡荡的，每天这个时候都会和沙发长在一起的沈恪不知去了哪里。

唐晚晚走到对门 602 叫他吃饭，刚按了门铃，手机铃声从自己家里传来。

她折返回家寻声找到手机，是唐妈妈打来的电话。

唐妈妈在电话里交代周末相亲的事情，唐晚晚时不时应两声。

"你把餐厅和男方电话写在你那个《挖掘机性能记录本》上。"唐妈妈道，"我现在念给你听，你一笔一画写下来。"

唐妈妈深知自己女儿的秉性，发到她手机里的信息她不一定看，但是写在记录本上的东西，她每天必然会翻看。

唐晚晚拗不过老妈，从包里翻出记录本，誊抄周末去吃饭的餐厅地址和男方电话。

她挂断电话，抬头看见沈恪正立在家门口，额头上包了块纱布，不知站多久了。

"你脸怎么了？"唐晚晚问道。

"摔了一跤。"沈恪轻描淡写地解释了一句，转而问道，"你这周末又要去相亲？"

"关你什么事。"唐晚晚见他额头上的伤没有大碍，兀自坐在饭桌前开始吃饭。

沈恪走过来，瞄了眼饭桌上的记录本，不着痕迹地移开视线，去厨房洗手，拿了副碗筷出来。他其实刚在沈宅吃过晚饭，这会儿有点吃不下，但还是强忍着吃了一碗。

沈恪今天在房间摆弄一台机器人，突然睡着，一头栽倒在机器人上。他醒来后发现额头戳到了机器人的爪子，流了好多血。

家里有药箱，他自己简单处理了下。

下午沈恪接到沈奶奶的电话，喊他回沈宅一趟。沈恪回到沈宅，沈奶奶看见他额头的伤，又是心疼又是责骂，连忙让沈家的私人医生帮他重新包扎了一番，并趁机令他搬回沈宅。

沈宅面积大，占地十几亩，像一座庄园。

今年年初沈恪回国后，刚开始住在沈宅，突然有一天，好好的非要装修幸福里小区的老房子。家人由着他胡闹腾，没想到装修好之后，他一个人悄悄搬了过去。

全家人反对。

且不说沈宅客观条件比幸福里小区强多少倍，只沈恪的嗜睡症，家人就一万个不放心。万一磕着碰着，身边没人照顾可怎么行，但都拗不过沈恪。

今天他们在饭桌上又提起这事，被沈恪含糊了过去。

"你要实在想在幸福里继续住，那就把张姨带过去，能给你做饭。"沈奶奶到底心疼自己的孙子，看着沈恪额头的伤，又说道，"再把马医生带过去。"

"老房子就那么点地方，哪里住得下这么多人。"沈恪道，"我最烦有人在我身边待着。"

沈爷爷提着毛笔挥字："在国外这么多年，其他的没学到，就只学会独立了？惯得你。"

"独立是个褒义词。"沈恪吊儿郎当地往外走。

沈奶奶问道："你去哪里？"

沈恪："去十大事。"

沈爷爷哼了声："你能有什么大事？"

沈恪："传宗接代的大事。"

眼瞅着拦不住他，沈奶奶嘱咐道："让司机送你，自己别开车。"

"沈力这两口子也不说关心关心自己儿子。"沈恪走后，沈奶奶不满地谴责自己儿子。

沈力是沈恪的父亲，他和妻子事业心强，在家闲着的时间少之又少。

"关心啥？你听听他刚说的什么话。"沈爷爷毛笔浸墨，"你大孙子肯定是祸祸小姑娘去了，怕咱们碍事。"

沈奶奶瞪了他一眼："我怕他反被外面乱七八糟的女人给祸祸了。"

"也就你把他当成唐僧肉。"沈爷爷一点也不担心，"从小把他带到大，他什么样我还不清楚？他孬着呢。外面的妖精敢吃他一口肉试试，他隔空能把妖精挫骨扬灰。"

沈·孬着呢·恪被米饭撑到，趁唐晚晚去收拾碗筷的时候，他用手机拍下唐晚晚记录本里的相亲时间和地址。

沈恪不慌不忙拍好照，随手一翻记录本，瞟到一页写有他的名字，定睛一看……

【万万没想到，沈恪居然穷到了要去捡破烂的地步。】

沈恪看着这行字，这才想起他有个破产落魄的人设。也是，不然唐晚晚不会允许他天天在这里蹭饭。啧，唐晚晚这个铁憨憨，慕穷。

唐晚晚把碗筷放进洗碗机里，从厨房出来，看见沈恪在翻她的《挖掘机性能记录本》。她蹿过去劈手夺走："窥探别人隐私烂眼睛。"

"自作多情，塞我眼睛里我都不看。"沈恪往沙发上一瘫，吊儿郎当地说，"唐晚晚，你不是周末去相亲吗？看在吃你这么多天饭的分上，我教你一招，保管你相亲成功。"

"我知道。"唐晚晚说秃噜嘴，"一个字，睡。"

沈恪一愣："你再说一遍？"

唐晚晚收好记录本，闭嘴不说话。

"唐晚晚，你三观不正啊。"沈恪慢悠悠地说，"有必要送你去管教学校了。"

唐晚晚懒得理他。越不理，沈恪越是叨叨个没完。

"你没夜生活吗？"唐晚晚纳闷，"每天晚上赖在我家干什么？我要跟你女朋友告状。"

沈恪看着她，特别真诚地说："我女朋友没意见。"

鬼才信。唐晚晚解锁手机，戳朱珠小窗，问她和沈恪合影自拍的那个女人是谁，有没有联系方式。

朱珠：【你要手撕她？】

唐晚晚：【我要她赶紧把沈恪这个妖孽带走。】

朱珠：【你刚撕你竹马了？】

唐晚晚：【我撕我自己。废话少说，快给我她的联系方式。】

过了一会儿，朱珠回复：【这照片传了好几手，我没找到正主。】

沈恪瘫在沙发里，一会儿支使唐晚晚去倒水，一会儿使唤她找他踢掉的拖鞋，没个消停的时候。

唐晚晚实在忍不了他，遂把床照发到他手机里："你这个女朋友的电话，给我一个。"

沈恪点开照片，嘴角瞬间凝固："你哪里来的？"

"你管我哪里来的。"

"你吃……"他看着唐晚晚，把"醋"字咽进肚子里，转而眼睛一眯，换成贱贱的腔调，"你羡慕？"

我羡慕你三舅姥爷！唐晚晚翻了个白眼。

沈恪表面看起来一点也不介意，轻描淡写道："有些人为了钱，什么都可以做。"

唐晚晚瞟他一眼。

沈恪扯了扯嘴角，思忖了片刻，作死道："唐晚晚，你包养我吧，我可以给你打个折。"

唐晚晚头脑风暴中：天啊！地啊！玉皇大帝啊！沈恪和那个女人居然是那种关系！沈恪为了钱，居然……

太过震惊，唐晚晚半天没回过神来。

"我我我……"唐晚晚结巴了半天，都没说出一句完整的话来。

她还能说什么呢？问他明晚要不要补补，还是让他每天注意安全？

沈恪非常不要脸："价钱到位，什么技能都会。咱俩有感情基础，不用培养就可以直接来。我为难一下，给你打个十二折吧。"

沈恪嘴上贫着，不动声色地把床照发给了他的律师。

律师非常懂他：【天凉王破？】

沈恪：【嗯。】

律师：【收到。】

毕竟沈家太子爷的名言如雷贯耳——影响我感情生活的，我让她下辈子没有感情生活。

身为沈恪的律师，他以前接过几起类似的案子，非常懂得如何操刀。这种照片虽然不是 P 的，但既然沈恪发给他，那就一定是"假"的。

沈恪有嗜睡症，病发时随时随地都能睡着。如果他病发，恰好身边有居心不良的人，完全可以趁机做些什么见不得人的事情。

显而易见，床照里的女主角就做了这种事。虽然只是摆拍，但这张照片如果流传出去，肯定会被有心之人看图编故事。

周末晚上，南湖空中旋转餐厅顶层。

唐晚晚在服务员的引领下，一路往预订的桌号走。

正是用餐时间，餐厅里几乎每桌都有人，但环境非常幽静，用餐的人低声交谈，背景音乐古典优雅，窗外夜景璀璨，室内灯光柔暖。置身在这样的餐厅里，她身心放松，就连刀叉的碰撞声都觉得悦耳。

唐晚晚今晚难得没有穿工装式连体裤，而是穿了一件很仙的连衣裙，头发做了个甜美的造型，脸上化了淡妆。她走美少女路线，和平时的风格迥异，像换了个人，这全是唐妈妈的功劳。

唐妈妈今天拿着一身行头杀去了幸福里小区，逼着唐晚晚换上裙子和高跟鞋，又带她去做了个造型，收拾妥当后，亲自开车押送她到餐厅门口。

唐晚晚在预订桌前坐下，服务员倒了杯柠檬水后离开。相亲对象还没到，唐妈妈告诉她，相亲对象姓张。

"姓张，了不得，一听就很有张力。你仔细品品。"来餐厅的路上，唐妈妈这样评价道。

唐晚晚啥也没品出来，她喝了口柠檬水，只品出蜂蜜放多了，齁甜。

等待的时候，她欣赏了会儿窗外的夜景，收到相亲对象发来的信息，说路上堵车，他可能会迟到几分钟。

唐晚晚肚子咕噜噜一直抗议，心想再等个五分钟，如果他还不到，她就要点菜先吃了。掐着时间，五分钟一到，她抬起手刚要叫服务员，就被一个人吸引了所有注意力。

男人穿着黑西裤白衬衣，系了条暗格领带，手臂上搭了件西服外套。

这套配置如果穿在一般人身上，弄不好就是个卖保险的。但男人骨架好气场强，说是穿出了帝王将相的气势也不为过，他一出场就成了餐厅的焦点。

唐晚晚是被男人的脸吸引的，之所以被吸引，是因为总觉得在哪里见过。

男人迈步朝她走过来。

唐晚晚突然福至心灵——工地牌摊叼辣片的那个男人。他该不会就是来和我相亲的吧？这么巧？

突然，沈恪不知从哪里冒出来，一屁股坐在她身边的椅子上："唐晚晚，你饿死我了。"

没有说沈恪是乞丐的意思。

——《挖掘机性能记录本》

你们有没有听过一个施舍乞丐的故事？

有个人每天上下班路过天桥时，都会给一个乞丐十块钱，风雨无阻。后来自某天起，这个人不再给乞丐钱，乞丐拦住他，问为什么。这个人说他结婚了，钱要留着给老婆用。乞丐破口大骂："凭什么你结婚要花我的钱？渣男。"

此时此刻，唐晚晚觉得她就是那个渣男。

没有说沈恪是乞丐的意思，但他现在的迷惑行为，就差往脑门上刻一行血泪大字"凭什么你相亲要吃我的饭"。

唐晚晚说："我相亲一直都是 AA。"

言外之意，我并没有用你的饭钱去养别的男人。相亲男的那份是要对方自己掏钱的。哎？可是我为什么要强调这个？

沈恪抖开餐巾布："没有一直。"

唐晚晚："什么？"

"你上次在绿夜酒吧相亲，就不是 AA。"沈恪装模作样回忆道，"你和那个警察的上半场相亲，也不是 AA。"

唐晚晚觉得有必要跟沈恪好好掰扯掰扯："你有听说过施舍乞丐的故事吗？"

沈恪："没有，说来听听？"

唐晚晚："从前，有个人……"

"请问，你是唐晚晚唐小姐吗？"工地牌摊叼辣片的男人走到近前，问道。

唐晚晚抬头，讶异了下，随后道："我是，你是张先生？"

"张宗正。"男人拉开一把椅子在他们对面坐下，"路上堵车，抱歉来晚了。"

"我刚到没多久。"唐晚晚主动提及，"我见过你，工地牌摊儿。"

沈恪挑了下眉。

张宗正点点头："有印象。"

服务员奉上菜单。张宗正示意唐晚晚先点菜。

唐晚晚点了两道她喜欢的菜，顺手把菜单递给旁边的沈恪，然后才想起来介绍他："他叫沈恪，是来蹭饭的。"

她自觉给沈恪的定位相当准确，除了蹭饭，找不到他坐在这里的理由。

张宗正对上沈恪漫不经心的目光，微微颔首，算是和他打过招呼。

点过菜后，等菜上的时候，三人陷入沉默。

短暂的沉默中，沈恪说："接着讲乞丐的故事？"

唐晚晚已经拿出手机，准备登录论坛写个摩托车改装教程的帖子来打发时间，听沈恪这样说，心想：既然你非要上赶着对号入座，那我只好成全你。

于是，她放下手机，把施舍乞丐的故事讲了一遍。

沈恪听完，一脸恍然，总结道："结婚滋生罪恶。"

张宗正看了他一眼。

唐晚晚表示"膜拜"：大兄弟，你这个思路厉害。不是，我费心巴拉地在相亲宴上给你讲这个乞丐故事，是让你总结出这玩意儿的？

说话间，饭菜一道道摆上餐桌。

唐晚晚很饿，被沈恪的总结一气更加饿。她看见食物眼冒绿光，专注扒饭补充能量，以便积攒力气"教育"沈恪。

沈恪好像没有太大的食欲，吃了两口菜，开始刷手机。如果凑过去看，就能看见手机屏幕里密密麻麻全是张宗正的个人资料。

"沈先生从事什么工作？"张宗正突然问道。

沈恪掀了下眼皮："给原子弹抛光。"

唐晚晚扶额。

张宗正笑笑："沈先生幽默。"

沈恪刚回国半年，没有空降沈氏集团插手做事，也没有参加过所谓上流人士的聚会，更没有在媒体面前露过面。除了阿晋阿江他们几个人，桐市没多少人认识他，更不知道他就是沈氏集团的唯一继承人。所以，张宗正并不认识他。

沈恪礼尚往来，问道："张先生做什么的？"

张宗正说："在工地搬砖。"

沈恪没搭腔，不接他的尴尬幽默自谦。

唐晚晚咽下嘴巴里的食物，抬头看着张宗正，点头道："看出来了。"

张宗正问道："怎么看出来的？"

唐晚晚一本正经地说："身材像工地的工友，一看就是搬砖练出来的。"

她已经脑补出了张宗正头戴安全帽，脖颈搭条灰扑扑的毛巾挥汗如雨搬砖的画面。嗯，一定是工地上最靓的仔，顿时觉得他的冰块脸没那么难以近人了。

沈恪笑意染上眉眼："唐晚晚，你今天的眼力挺厉害。"

唐晚晚："我哪天的眼力不厉害？"

沈恪："今天以前的每一天。"

唐晚晚抄起桌上的一盘杧果炒虾仁，往他跟前重重一放："蹭饭要有自觉性。"

沈恪看着手边的杧果炒虾仁，慢慢敛起笑意，因为他对杧果过敏。

沈恪小时候刚搬到幸福里小区的那天，爷爷奶奶带他去对面的唐家串门。唐妈妈不知道沈恪吃杧果过敏，给他切了一盘杧果，他一口都没有吃，杧果全进了唐晚晚肚子里。

唐晚晚刚开始不知道沈恪对杧果过敏，后来有天课间，沈恪误吃了一个杧果派面包，上课铃还没响，他的脸就肿成了猪头。

唐晚晚最先发现他的异样，不由分说背起他一路跑向校医室。刚开始是背，后来沈恪从她背上滑下来，除了胳膊，他的身体全方位感受着地板的摩擦力，全程被唐晚晚拖着往前带，拖带的动作和气势特别像拉尸体。

她一边拖着他往前走，一边大声喊："都给我让开！沈恪要死了！"

非常霸气，吓哭了一众小朋友。

后来，唐晚晚了解到沈恪是杧果过敏，自此以后，一直监督不让他碰杧果这种可怕的东西。

然而这些，唐晚晚居然全部忘了。没有他的允许，她怎么可以忘掉？

沈恪垂眸，眼睫毛投下一片阴影，扑在眼睑上。他的眼神寂寂，没有任何情绪。他安静又机械地划拉着手机，翻阅着宗正房产的融资文件。

"宗正房产"是张宗正的公司，目前正在进行第三轮融资，筹备明年上市。

唐晚晚完全没察觉到旁边的低气压，想着难得沈恪安静下来，她得赶紧把相亲流程走完。

张宗正也有此意，主动打开话题："那天在工地看见你的摩托车，在哪里改装的？看起来很拉风。"

唐晚晚自豪道："我自己改装的。"

张宗正惊讶："你学过摩托车改装技术？"

"没有，自学的，瞎捣鼓。"

张宗正由衷佩服道："完全看不出来。"

"正常。"

"我也对摩托车感兴趣。"

"我以前有个工友，也对摩托车感兴趣，不过后来他死了。"

那个工友手脚不太干净，有次酒后偷了辆摩托车，开到了高速上，太嗨，撞上桥墩死了。

张宗正跟不上唐晚晚的思路。如果不是看她眼神太过干净清澈没有恶意，他简直要怀疑她是不是故意的。

唐晚晚像是突然想到了什么，手里的刀叉一顿，说道："哦，他是相亲时喝了酒，回家的路上死掉的。"

刚喝了一口白葡萄酒的张宗正一僵，默默把酒杯放下。

唐晚晚完全没有意识到她的话有多伤人，她真的只是由目前的相亲饭发散思维，自然而然想起来偷摩托车死亡案。工友去相亲，在相亲宴上看中了一个姑娘，然后喝蒙了，想买包哄姑娘高兴，饭后临时兴起去偷摩托车准备改天卖掉换钱，结果回家的路上意外撞死了。

这是个悲伤的故事，真不是她故意咒张宗正去死。

从小就被唐晚晚的脑回路坑害的沈恪终于有了动静，绷紧的嘴角放松，有了丝丝的笑意：想啃唐晚晚这个铁憨憨？也不怕崩掉大牙。

沈恪全程参与了唐晚晚的一场相亲，不难理解她为什么一直到二十六岁都是母胎单身。怨不着别人，完全凭她自己的实力"赢"来的。

唐晚晚吃相亲饭，就真的是来吃饭的。

沈恪的心情瞬间好了，觉得自己又可以了。

在各种微妙的氛围中，结束了这顿相亲饭。

张宗正去结账，唐晚晚抢着付钱。她看了眼账单，脑内计算了一遍："今天我们两张嘴，你只带了一张嘴，不要 AA 了，AB 吧。我付三分之二，你付剩下的三分之一。"

张宗正多看了她两眼。

沈恪伸着懒腰横过来，挡住了他的视线。

张宗正微蹙眉。

服务员亲切笑道："是这样的，我们餐厅今晚被包场了，全场免费，所以你们不用付钱。"

张宗正和唐晚晚愣了几秒，头回听说包场是给全场顾客买单的意思。

服务员微笑着又解释了一遍，大概意思是今晚在餐厅用餐的人中，有个财大气粗的慈善家金主，觉得这里的饭菜倍儿香，龙颜大悦，于是请全场人吃饭。纯粹是花钱买个开心，有钱就是这么为所欲为。

沈·为所欲为·恪瞥了眼唐晚晚，四舍五入地想：你今晚又是在和我相亲。

三人乘电梯一起走出餐厅，然后道别。

唐晚晚给老妈发信息报告相亲完毕，然后问老妈还在不在附近，如果在的话，要搭车回家。

少女妈：【搭什么车，让姓张的送你回家。】

钢铁晚：【我以为你在附近等我，刚让他走了。】

少女妈：【刚走？追回来。】

钢铁晚：【无论如何，任务已完成，今年我不再相亲啦。】

少女妈：【你们成了？确定是他了？真的不再挑挑了？】

【哦，差点忘了，向来都是别人挑你。】

【不对啊，唐晚晚，你刚那句话什么意思？】

【糊弄我是不是？】

【唐晚晚，你把今晚的相亲当任务？！】

唰唰唰，唐妈妈刷屏咆哮。

唐晚晚按灭屏幕，把手机塞进包里，眼不见心不烦。她朝一旁的沈恪打了个响指，满面春风地说："走，回幸福里。"

沈恪正盯着街边一个捏小糖人的摊位看，听见唐晚晚喊他，他扭头，看见唐晚晚笑得像朵花的脸，不爽道："相亲使你快乐？"

唐晚晚说："相亲使我妈快乐。"

沈恪灵光一闪："唐晚晚，想让你妈天天快乐吗？"

唐晚晚："你有高见？"

"和我相亲。"沈恪道，"不黑不吹，客观来说，我是全桐市所有丈母娘的梦中女婿。"

唐晚晚一个白眼翻到天上：还梦中女婿，做梦去吧！

沈恪嘲讽道："唐晚晚，你不想想，张宗正身为一个即将上市公司的CEO，为什么非要找你相亲？"

唐晚晚不以为意："不允许他眼瞎？"

停车场里，张宗正倚靠着车门抽烟。

他走到停车场才想起来，今晚喝了一杯酒，不能开车，于是打电话叫了一个代驾。这会儿代驾还没到，等待的间隙，他掏出一支烟咬住点燃。

手机振动，来电显示"家"。

他接通，电话里传来窸窸窣窣的抽泣声。

"妈？"张宗正蹙眉，拿掉唇间的烟。

"宗正，你弟弟刚又发病了。"

张宗正的掌心灼烫，忽明忽暗的停车场里飘散着燎烧皮肤的气味，久久不散。

挂断电话后，张宗正眼神暗沉。他用力拧灭烟头，给唐晚晚发了条信息：

【晚安。】

干一行爱一行。

嗯。

沈恪辛苦了。

——《挖掘机性能记录本》

西郊一家改装厂。

唐晚晚按照导航来到这里，摘下头盔停好摩托车，抬头看了眼招牌——AI小美。

废铜烂铁做的招牌，"AI 小美"这四个字是喷漆喷上去的，七扭八歪，死亡芭比粉的颜色，和废铜烂铁的招牌格格不入。

更加令人窒息的是，招牌上缠了一圈小彩灯，能闪瞎你的眼，俗里透着股高端玛丽苏。

不知为什么，唐晚晚看见"AI 小美"这四个字就头皮发麻。她有点怀疑，这真的是改装厂？改装高端摩托车的汽修厂？

张宗正约她到这里，说他委托这家汽修厂改装了一辆摩托车，他不是太懂行，请她过来把把关。

唐晚晚给张宗正发了条消息，说她到门口了。两分钟后，张宗正亲自出来迎接。

"谢谢你能过来。"张宗正非常客气。

"捎带眼的事。"唐晚晚觉得不能把话说得太满，万一待会儿出现她掌控不了的情况，自打脸不太好看，于是她补充道，"你不要太相信我，我不算精通。"

张宗正引着她往里面走："就当来玩。"

别看外面招牌不咋样，走进去才发现里面真的是别有洞天。

车间里没吊起来待修的汽车和摩托车，而是各种各样的机器人遍地跑。

这些机器人各司其职，有乌拉拉唱歌跳舞的；有转圈扫地的；有端茶倒水的，甚至还有个机器人跑到另一个机器人后面，抱着它顶了顶，爽完就溜。

唐晚晚真是开了眼："确定这是汽修厂？"

张宗正说道："我也是被人推荐来这里的，听说这里的大老板喜欢AI。"

唐晚晚立马想起门口的"AI小美"招牌："6666。"

楼上。

房间正中央放着一张大铁床，床上躺了一个人。他穿睡衣戴眼罩，头发乌黑皮肤冷白，一看就是个安静的美男子。

如果你仔细看，就会看到眼罩上有一行字"叫你大爷的叫"。

阿晋推门走进来，咋呼道："来了来了，那女的来了。"

他一口气跑到床边，脚尖点地刹停，盯着眼罩闭紧嘴巴，可是已经迟了。

床上的美男子一把扯掉眼罩："叫你大爷。"

眼睛解开束缚，右眼角的泪痣格外好看。

阿晋一愣："你大爷？"

沈恪睁开眼："再说一遍。"

"是你让我叫的啊。"阿晋小声争辩，"你刚说，叫你大爷。"

沈恪随手抄起根钢管砸过去："滚。"

阿晋一溜烟跑出去，想了想，把T恤塞进牛仔裤后，再次推门进去："沈大爷，我是阿江。"

阿晋和阿江是一对双胞胎，长得一模一样，一般人分不出来他俩谁是谁。

但沈恪又不是一般人，闭着眼睛闻味就知道谁是哥哥谁是弟弟。

沈恪无语，不想和阿晋说话。

阿晋："你不是说那女的来了后叫你吗？她刚来了。"

沈恪："谁？"

阿晋："骑摩托车的铁憨憨。"

沈恪揉着眼睛坐起来，打了个哈欠："铁憨憨是我叫的，你们不能这么叫。"

阿晋有些蒙："那我们叫她什么？"

沈恪伸了个懒腰："挖掘机。"

他趿拉着拖鞋推开窗，问道："那男的也在？"

阿晋点点头："嗯，张宗正在这里有一会儿了，那个挖掘机刚来。"

沈恪看见他们了。张宗正走在前面，唐晚晚跟在后面，看着满地乱蹿的机器人一个劲儿傻笑。

沈恪把手放在后脖颈捏了捏，转身走到房间内的电脑前，抿唇敲了行代码，然后拿着手机回到窗前，调出软件程序，隔空遥控操作机器人。

唐晚晚正走着，后面突然蹿过来一个机器人，在她屁股上拍了一巴掌。唐晚晚跳起来扭头找罪恶之手。

机器人看着她，说道："手感不好哟。"

电子音，结尾加一个"哟"，听起来贱极了。

唐晚晚瞠目结舌。

前面的张宗正听到动静，回头看。

机器人转向张宗正："哕。"

虽然是电子音，但这个呕吐的音效听起来非常逼真。张宗正窘了。

唐晚晚却来了兴致，她看着机器人："你再哕一个给我听听。"

机器人："铁憨憨。"

沈恪笑着继续敲代码。

机器人："铁憨憨，你这辈子只能嫁给姓沈的。略略略，气死你。"

"你才是铁憨憨，你全家都是铁憨憨。"唐晚晚追着机器人打，"你才嫁给沈恪，你全家都嫁给沈恪。"

张宗正冷眼看着唐晚晚和机器人互殴，并不插手。

机器人跑到他跟前："哕。"转个圈，再跑到他跟前，"渣男。"

唐晚晚挠头，机器人刚胡咧咧说她这辈子只能嫁给姓沈的，又没有指名道姓说是沈恪，她怎么头一个冒出沈恪的名字来？

沈不是个稀罕姓氏，她身边好多姓沈的。近的来说，三车间的车间主任就姓沈，沈主任把老家的一串亲戚带过来做工，那些亲戚也都姓沈。

唐晚晚觉得自己就是个给沈恪当爹的命，什么都能联想到他，没救了。

阿晋站在沈恪身旁，探脑袋往楼下看，问道："她……挖掘机是谁？"

沈恪淡淡地说："我被她包养了。"

"啊？"阿晋挖了挖耳朵，"是我理解的那个包养吗？"

沈恪点点头："就是你理解的那个包养。"

阿晋呆住：我是谁？我在哪里？请问这里是地球吗？

楼下。

机器人又在唐晚晚屁股上打了一巴掌，哒哒跑开。

一个穿工作服的人连忙走过来打圆场："对不住了两位，机器人程序错乱了。为了表达歉意，待会儿给你们打八折。"

严格来说这里不是改装厂，更不是汽修厂。

这块地皮是沈家的，沈恪搭建了个 loft，用来调试和存放人工智能的残次品。

前几天沈恪听说张宗正托人找摩托车改装的店，他琢磨了一下，挂羊头卖狗肉，造了个改装厂的名片，让阿江想办法推荐给了张宗正。

为了像那么回事，他在这里放了几辆超跑，装出高大上精品改装店的样子来。

"你俩把门头装一下。"沈恪对阿晋和阿江道，"起码弄个像样的招牌。"

结果阿晋和阿江这对双胞胎"蜜汁审美"，造了个"AI 小美"的招牌。

沈恪刚开始看到这个招牌时，差点吐血身亡。后来一想，这种直男审美，没准正好踩到唐晚晚这个钢铁直女的点，于是随他们去了。

张宗正也是个傻子，说是对改装摩托车感兴趣，其实狗屁不通，不知道图什么。只是为了和唐晚晚有共同话题？没想到还真是。

今天唐晚晚说她有约在身，晚上不在家吃饭，让沈恪自生自灭。恰好张宗正说今天来试骑摩托车，沈恪就猜到他可能约了唐晚晚，便提早在这里等着，结果还真等到了。

沈恪扔掉遥控器，扑在床上咸鱼躺不想起来。

他查了张宗正的公司，能和唐晚晚扯上边儿的一概没有。"宗正房产"现在在进行第三轮融资，最缺的就是钱。唐晚晚能有几个钱？断不可能是通过相亲来找她借钱。

难道他真的是看上了唐晚晚？那唐晚晚可牛大发了，爱慕者从工地蹬三轮的赵猛到即将上市公司的 CEO 张宗正。

阿晋靠着窗嗑瓜子，建议道："沈大爷，不下去瞅瞅？"

沈恪眼神空洞，兴致缺缺："我在这里能听到挖掘机在说话。"

阿晋问道："说什么？"

沈恪："挖掘机在说要撞死姓张的。"

阿晋想了想："挖掘机不包养你了，她要包养那个姓张的？"

沈恪："她敢！"

阿晋："我觉得她什么都敢。"

他说完就跑，一口气跑到楼下。他瞅见阿江，憋了一肚子的秘密终于找到个人可以八卦："沈恪说他被挖掘机包养了。"

阿江愣愣的："哦。"

"挖掘机就是那女的，刚沈恪亲口说他被那女的包养了。"阿晋激情澎湃道，"但是他被甩了，那女的现在要包养那个男的。"

阿江："哦。"

阿晋嘘声："我不生产八卦，我只是八卦的搬运工。这都是沈恪自己亲口说的，我没有一个字在造谣。"

阿江："哦。"

阿晋瞪眼看了阿江一会儿，沮丧道："算了，跟你说也是白说。"

他俩虽然是双胞胎，长相神似，但性格迥异。阿晋是哥哥，咋咋呼呼，活泼好动，是个傻白甜；阿江是弟弟，无欲无求，孤高冷傲，是个高冷男。

在弟弟阿江这里讨不到爽利，阿晋屁颠跑到车间去围观唐晚晚和张宗正。他想看看，挖掘机是怎么包养男人的，是不管三七二十一挖起来就跑吗？

唐晚晚正在和改装大师聊天，句句离不开摩托车专业术语，张宗正站在一旁根本插不上嘴。

阿晋扒着门框看了好一会儿，他觉得照这个形势下去，唐晚晚很快就会抛弃这个张宗正，转头去包养改装大师。

改装大师是沈恪花重金请过来的，专门在这里蹲张宗正。也就是说，他们这个改装厂，只改装一辆摩托车，就是张宗正想要改装的那辆。等这个订单完成，改装大师也就收钱走人，并不在这里常驻。

阿晋又听了一会儿什么承重力转轴等等一听就很硬核的东西，再去看唐晚晚，他觉得她就是单纯来改装摩托车的。

难道他听错了？难道沈恪说的是"保养"，不是"包养"？可为什么是保养他，不是保养摩托车？理解无能。

晚上八点，唐晚晚骑摩托车进了幸福里小区。

今天陪张宗正看过改装摩托车，张宗正请她吃晚饭，但她碰巧接到公司的一个加急电话，遂拒绝了他的约饭，骑摩托车去了公司。

她处理好事情，已经是晚上七点多，随便在一个小饭馆吃了饭，然后骑车回幸福里。

小区门口有个水果店，榴梿飘香。

唐晚晚突然想吃榴梿比萨，停车去水果店买了一个榴梿，打算自己动手做比萨，可以当夜宵吃。

她买好榴梿，回到小区，在楼下停好摩托车，拎着榴梿往楼道口走，突然一道车前灯晃瞎她的眼。

一辆兰博基尼在楼道前停下。

这个时候，小区里的大爷大妈们刚吃过饭，正是遛狗遛猫遛老伴遛小孩的点，不是一般的热闹，突然有辆超跑开过来，吸引了所有人的目光。

"小区要拆迁了？"

不知是谁开了个头，众人开始叽叽喳喳议论起来。

沈恪就是在这个"万众瞩目"的氛围下从兰博基尼里跨腿出来的。

唐晚晚疑惑地看着他。

沈恪没看见她，打着哈欠径直往楼道口走。司机开车送他回来，他刚在车里睡了一觉，这会儿还有点晕乎乎的，一下撞到唐晚晚怀里的榴梿上。

他一秒清醒。

"唐晚晚！"沈恪咬牙切齿，"你没长眼睛？"

"你自己撞过来的。"唐晚晚抱着榴梿往旁边移了移，"沈恪，你居然坐得起兰博基尼？"

沈恪吸着气揉着小腹，哼唧唧道："让张宗正包养你，你也坐得起。"

唐晚晚差点忘了沈恪兼职的事。所以，兰博基尼车主是他的老板？刚压榨过他把他送过来？怪不得他被榴梿撞一下，就一副弱不禁风的肾虚模样。想不到沈恪这个懒汉这么敬业，真是干一行爱一行啊。

唐晚晚拍沈恪的肩膀，同情道："辛苦了。"

沈恪好像一个受气包孕妇哦。

原来男人也会怀假孕。

——《挖掘机性能记录本》

沈恪的心思全在张宗正身上，没细品唐晚晚这句话什么意思，更没注意她一言难尽的神情。

两人一起进电梯，这会儿电梯里只有他们两个人。

沈恪硬是把唐晚晚挤到电梯角："在电梯里吃榴梿，有没有公德心？"

唐晚晚翻了个白眼："榴梿还没有切开，哪里有味道？我吃没开壳的榴梿，啃皮吗？铁齿铜牙纪晓岚也没这本事。"

沈恪说："那我不管，我看见榴梿就能先天性地闻到臭味。"

唐晚晚腹诽：真是没有王子命，却得了王子病。

沈恪靠着轿厢，眉头紧蹙，病恹恹的。

唐晚晚瞅他一眼，突然想起来一件事，前段时间小区里有个孕妇，身体很娇弱，孕吐厉害，吃不得这个见不得那个。比如她不吃蛋挞，听也听不得"蛋挞"这两个字，有人在她跟前提起"蛋挞"这两个字，她就会呕吐不止。

唐晚晚瞪大眼，不可思议道："沈恪，你怀孕了？"

沈恪抬手盖在她脑袋上，作势拧了下："怀你了。"

唐晚晚摇摇头："那可不行，我还得当你爹。"

"叮咚——"电梯到六楼。

唐晚晚抱着榴梿跑出电梯，打开 601 的门溜进去。光是想一想沈恪气到内伤的样子，她就贼开心。

她用刀磕开榴梿，把果肉剥出来，又从袋子里挖出两勺面粉，开始做榴梿比萨。一切准备就绪，把榴梿放进烤箱里定时。

等待的时候，唐晚晚去洗了个澡。洗好澡出来，比萨刚好出炉，她尝了一小块，香软可口，甜而不腻。她本来就不饿，动手做榴梿比萨也只是因为突然想吃这个味。唐晚晚只吃了两块就不想再吃了，看着还剩一大半的比萨，扔了可惜，不扔留着明天再吃口感不好。

她想了想，给沈恪发了张比萨照片，问道：【吃？】

沈恪回复：【去给张宗正吃。】

唐晚晚：【也行，那我问问他。】

刚退出和沈恪聊天的窗口，门铃和"咚咚咚"的敲门声同时响起。唐晚晚起身去开门。

沈恪一个闪身进来，拉着一张臭屁脸，走到餐桌前，端起榴梿比萨就走，闷头一路返回到 602，"哐当"一声摔上门。

干脆利落，全程不说一个字，也不给唐晚晚一个眼神。

唐晚晚纳闷地走到 602 门口。房门紧闭，外面的门把上挂着一个木牌。

她伸手捞起木牌，查看上面的刻字：【唐狗屁你就是头呆驴。】

唐晚晚觉得莫名其妙。

木牌上的刻字一看就不是新刻上去的。沈恪这个狗男人，什么时候刻的这玩意儿？

唐晚晚拍门："沈恪，吃了我的还要骂我，不解释一下？"

无人回应。

唐晚晚一边继续拍门，一边大声说道："沈恪，你别躲在里面不出声，我知道你在家。你有本事抢比萨，怎么没有本事开门哪？开门开门快开门。"

门突然被拉开。

沈恪端着榴梿比萨，右脚勾过来一个垃圾桶。他面无表情地看着唐晚晚，"啪——"比萨全进了垃圾桶。

唐晚晚一愣："你有病吧？"

沈恪："说了我不吃榴梿。"

唐晚晚："你不吃为什么非要抢？"

沈恪："帮你回收垃圾。"

唐晚晚被气乐："以后别想来我家蹭饭！"

饿死你，穷死你，破产死你，被金主压榨死你。

"喱——"毫无预兆，沈恪一头栽倒在垃圾桶里。

唐晚晚："现在捡回来吃已经晚了。"

而且一头扎进垃圾桶里这个操作……可以，但没必要。

"哎哎哎，差不多可以了。"唐晚晚叫他。

沈恪毫无反应。

"再这样下去可就是碰瓷了。"唐晚晚又叫了沈恪两声，发现有点不太对劲，她有点慌了，蹲下来捞他，"算了算了，以后你没饭吃，我也不能眼睁睁看着你饿死，你还是可以来我家蹭饭的，也就多添一双筷子的事。"

沈恪顶着垃圾桶爬起来，原来他刚刚又突然睡着了。

唐晚晚伸手摘下他脑袋上的垃圾桶，比萨哗啦啦掉了他一脸。

死亡沉默。

唐晚晚抱着垃圾桶，护住自己的心肺脾胃肾，以防沈恪突然暴走揍她。

沈恪掀眼皮看了她一眼，默默折返回房内，比萨渣掉了一路，他全然不理会，径直走进卫生间。

唐晚晚轻轻放下垃圾桶，关好 602 的房门，一路飞奔回家里反锁门。

她觉得沈恪可能去卫生间找垃圾桶，然后把她摁进垃圾桶里，就不信他会选择安静地离开。呸，我才不上他的当。

然而一夜无事，沈恪并没有来找她。这么能忍？该不会是在后面憋着大招吧。

第二天，唐晚晚起了个大早，悄无声息溜出家门，骑摩托车去朱珠家避难。走到半路时，她脑子突然转过弯来：沈恪没道理把我摁进垃圾桶里啊。

昨晚又不是她先下的手。明明是他自己栽进垃圾桶里捡比萨吃的，怪她咯？是吧是吧。白白提心吊胆一整夜，还吓得一大早躲出来。

既然已经在路上，也早和朱珠约好，她只好继续往前走，很快到达朱珠家。今天周日，朱珠在家休息。

朱珠给她开门："你今天不用去相亲？"

唐晚晚："别提了。"

朱珠："你今天不用给你竹马做饭？"

唐晚晚："别提了。"

唐晚晚和土大王玩了会儿，唉声叹气。朱珠切了盘枇杷果，喊她一起吃。

唐晚晚洗手吃了两块，突然一拍桌子："我终于知道沈恪这几天为什么总是一副孕妇样了。"

"孕妇样是什么样？"

"看我不顺眼，见我就想吐，甚至想打我。"

"我前几天看了个新闻。"

"什么新闻？"

"'沙雕'新闻。"

唐晚晚无语，每次和朱珠聊天，总能被带跑偏。

她干脆不理朱珠，一口气把她那晚吃相亲饭时让沈恪吃杧果炒虾仁的事情说完，最后总结道："沈恪对杧果过敏！"

唐晚晚用牙签插着一块杧果，说道："小学一年级时沈恪吃了块杧果派面包，差点被毒死。我上次相亲时让他吃杧果炒虾仁，他可能以为我想毒死他。"

朱珠问道："你背着我去相亲？相亲对象是谁？干什么的？帅吗？比你竹马帅？你和你竹马一起去相亲？上次酒吧那个相亲对象你不管了？那个警察你忘了？唐晚晚，你现在脚踩几只船？"

唐晚晚被她一连串的问题问蒙，半个小时后，终于把所有事情捋顺。

朱珠："所以说，你和高鹏飞没有再联系过？你们彼此没有好感？"

唐晚晚有点蒙："高鹏飞是谁？"

朱珠翻了个白眼："酒吧续摊相亲的那个警察。"

"没有联系过。"过了一会儿，唐晚晚又说，"好像我所有的相亲都是一次性的，吃过相亲饭就没下文了。"

朱珠不知道在想些什么，默默撸着土大王，没有搭腔。

唐晚晚给沈恪发了条消息：【我没有想要毒死你的意思。】

沈恪没回复。

唐晚晚：【相亲饭那晚，我就是随手拿了盘菜给你吃，一时没意识到里面有杧果。】

沈恪依旧没回复。

幸福里小区602，沈恪正在生闷气，生"AI唐狗屁"的气。

早些年前，他设计了一款小程序，这个程序可以模拟某个设定的人物和人交流，只要输入你需要的人设，它就会在这个人设框架内和人沟通对话。用处不太大，就是用来解闷。

沈恪设计的这个"AI唐狗屁"，顾名思义，就是根据唐晚晚的人设量身定制的。AI唐狗屁的人设，是沈恪根据出国前对唐晚晚的印象和记忆来设定的。

这几年相处下来，AI 唐狗屁和沈恪磨合得非常好。

AI 唐狗屁陪沈恪上课吃饭聊天睡觉拉屎……甚至有年他生日，所有人包括他自己都忘记了，但是生日那天凌晨一到，AI 唐狗屁突然唱起了生日快乐歌，然后说："深刻检讨，我要吃蛋糕，大块的。"

沈恪一度觉得，AI 唐狗屁是通人性的，比狗还要通人性，直到回国搬到幸福里小区。

沈恪每天和唐晚晚接触后，都会记录下她的言行，然后跟着补入数据更新 AI 唐狗屁的程序，调整参数，调节说话的音色，努力使 AI 更贴合唐晚晚现在的声线和思维模式。

然后，AI 唐狗屁能耐了，再也不嘘寒问暖关心他，而是变着法地怼他气他。

比如现在，沈恪刚更新完程序，拉开柜门找衣服，随口问了句："唐狗屁，我现在出门，你说穿哪条裤子。"

真的是随口一说，没打算它回答，也没打算听它的。

结果，AI 唐狗屁说："沈恪，你的屁股被挖掘机压过，所以裤子还是挑个耐压的吧。"

沈恪随手拽了件衣服往身上套着，又问道："唐狗屁，你还去相亲吗？"

AI 唐狗屁："去啊。"

沈恪："和谁？"

AI 唐狗屁："反正不是你。"

沈恪："张宗正很好？"

AI 唐狗屁："比你好。"

沈恪："你喜欢张宗正？"

AI 唐狗屁："略略略。"

沈恪："我不信张宗正真的喜欢你。"

AI 唐狗屁："我信，我知道所有人都喜欢我。"

沈恪："放屁，我就不喜欢你。"

AI 唐狗屁："嘟——"给他放了个屁，模拟音非常逼真。

沈恪："唐狗屁，你就承认吧，一看你就喜欢我。"

AI 唐狗屁："那你再看看？"

沈恪含泪决定和 AI 唐狗屁绝交。

卦象说我今年必有一婚，我决定今天和变形金刚结个婚。

——《挖掘机性能记录本》

朱珠充当相亲咨询师角色，给唐晚晚上了一天课，最后她一锤定音道："你竹马对你居心叵测哦。"

唐晚晚愣住了："他想要毒死我？"

朱珠吐血，一天的咨询课白上了。她隔空对沈恪拜了拜："兄弟，修行是美德，加油。"

唐晚晚一脸莫名："你在干什么？"

朱珠："干空气。"

唐晚晚的手机振动，进来一条消息，是张宗正约她吃饭。她摸了摸肚皮，回复道：【我刚吃饱。】

张宗正：【好，下次我提前约你。】

其实现在还远不到饭点，但是唐晚晚吃零食和水果基本吃饱了。

朱珠看了眼他们的聊天记录，问道："张宗正是不是喜欢你？"

唐晚晚说："没吧。他对摩托车感兴趣，上次改装一辆摩托车，让我去帮忙看看，说请我吃饭，但我有事没吃成。就是个答谢饭，我本来也不想去，没帮他什么忙。上次见的那个改装大师很厉害，我学到了很多东西。对了，那里有好多机器人，人工智能机器人呢，好酷，还会耍流氓。我现在对我国的人工智能发展很有期待，但是人工智能分为好几个阶段，要让机器人有自己的思维，首先要……"

唐晚晚讲了一大堆摩托车和人工智能的硬核理论知识。

朱珠头晕，她只想知道张宗正是不是喜欢唐晚晚，不想被科普专业理论知识啊。

"你知道为什么你每次相亲后都没有下文吗？"朱珠捂着脑袋问。

"不知道。反正我对结婚没什么兴趣，相亲就是为了应付我妈，没下文正合我意。"

"晚晚。"朱珠特真诚地看着她，"你还记得大学时追你的男生吗？"

唐晚晚吃惊："有人追过我？"

朱珠再次吐血。

唐晚晚虽然是个钢铁直女，但长得清秀甜美，尤其笑的时候，嘴角有一对小梨窝，让人一看就心生喜欢。她虽然不是祸国殃民的美人妖姬，但在普通人眼里已经很拔尖了，更何况是和尚遍地跑的机电学院，还是机械设计制造及自动化专业。

班里三十来个人，只有唐晚晚一个女生。她毫无疑问坐稳班花位置，同时也是班宠。一般情况下，以这个条件大学不可能一直单身，但唐晚晚属于二般情况。她眼里只有废铜烂铁，进不去男人。

有次模具比赛赛前采访的时候，唐晚晚推了推防护眼镜，面无表情地说："模具做得比我差的人都是我弟弟。"

学报记者："弟弟很可爱啊，现在的女孩都喜欢小狼狗小奶狗。"

"不。"唐晚晚道，"我说的弟弟，是弟中弟，是垃圾中的垃圾。"

采访中断。

比赛结束，唐晚晚拿了个一等奖，全体男生对她望而却步。

这样的事情举不胜举，几乎每天都在上演。

刚开始有男生不信邪，向她示好表心意，无一例外，全被唐晚晚的直男脑回路堵了回去。男生们在她这里吃过苦头，后来渐渐散了，全涌去了外语学院找妹子，再见到唐晚晚，都会尊称她："老大。"

莫名其妙被老大的唐晚晚："弟弟终究是弟弟。"

朱珠和唐晚晚虽然不是同一个院系，但她们住在同一个宿舍，这些事情朱珠基本都知道。朱珠对其中几个比较"出挑"的男生印象颇深。

"晚晚，你还记得和其正吗？"朱珠说，"三班的一个男生，和你同一个专业。"

唐晚晚在二班。

"和其正不是凉茶吗？"唐晚晚问道。

"外号和其正，真名我忘了。"朱珠说，"他戴副眼镜，很木讷，不爱说话。平安夜时送了你一口锅，是他自己打的一口铁锅，好搞笑。现在想起来我还是想笑，哈哈哈。"

朱珠边笑边回忆"和其正"的逸闻趣事。

大三那年的平安夜，三班的张其正送了唐晚晚一口亲自打的铁锅，一度成为机电学院的笑谈。

唐晚晚捧着一杯冷饮，森森凉意顺着指尖浸入四肢百骸，血肉似乎被一层层冻住，脑袋渐渐麻木。

"晚晚，你手机给我。"朱珠吃着零食，没注意到唐晚晚的神色。

她用湿巾擦过手，去拿唐晚晚的手机："我试验一下。"

朱珠找到她手机里微信的相亲分组，群发了一个三无产品的广告链接，结果收到一排红色感叹号。

【消息已发出，但被对方拒收了。】

【×××开启了好友验证，你还不是他(她)好友，请先发送好友验证请求，对方验证通过后，才能聊天。】

朱珠看着满屏红色感叹号，窒息道："晚晚，你好像被所有相亲对象拉黑了。"

唐晚晚缓缓抬头："啊？"

朱珠拿着手机向她展示拒收消息："要不我帮你也清理下好友列表吧。"

唐晚晚机械点头："嗯。"

朱珠毫不手软地把这些相亲对象删除，手指滑过"张宗正"时，差点把他误删。

张宗正没有回复，应该是把这条广告链接当垃圾信息处理了。

朱珠想：如果这段时间唐晚晚还和这个张宗正保持联系，我一定要会会这个男人，太想知道他是何方神圣，居然能把沈恪比下去。

相亲分组几乎清空，只剩下张宗正和一个备注为"相亲1"的人。

这时，"相亲1"突然跳出来一条信息。内容十分清新脱俗。

相亲1：【举报信息已提交转移到分组，稍后核实。】

朱珠问道："晚晚，这个相亲1是谁？"

唐晚晚看了眼，回忆道："我的第一个相亲对象。你见过，就是绿夜酒吧那晚的警察。"

"高鹏飞。"朱珠准确地说出他的名字，神秘莫测地笑，"他好萌。"

唐晚晚不解："哪里萌？"

朱珠："哪哪儿都萌，说话萌，不说话也萌。"

"他好萌，舍不得删。嗯，不删他。"朱珠看着高鹏飞的头像，问唐晚晚，"你们确定不再试试？"

"试什么？"

"谈恋爱结婚。"

唐晚晚坚决摇头："他一开口，我就感觉他在提审犯人。"

朱珠忽闪着大眼睛："有点刺激。"

唐晚晚问道："这种场景你为什么会觉得刺激？"

朱珠捂脸："手铐皮带训话什么的。"

唐晚晚一脸麻木："你直接扫他加好友，他现在应该还是单身。"

"我先算算。"朱珠取过来一副塔罗牌，煞有介事算了一卦，"他会主动来找我。"

唐晚晚目瞪口呆，满头问号。

朱珠："不信是吧？我算算你和你竹马。"

一卦结束，朱珠确凿地说："你和他今年领证结婚。"

唐晚晚撇嘴："什么破卦，不准不准不准。"

朱珠："反正卦象显示，你今年必有一婚。"

唐晚晚着急解释："那也不会是沈恪，他每天到我家蹭饭是有原因的。"

朱珠笑而不语。

唐晚晚："就是这个原因不能说。"

朱珠一脸的"我懂"。

唐晚晚有口说不出，答应了沈恪不能把他家破产的事情说出去。而且，沈恪说他公司股票直线下跌，是因为搬家那天她把他从美人榻里掀了出去的缘故。虽说有点玄乎，但好像也有着千丝万缕的关系。

唐晚晚回了趟爸妈家，撅着屁股翻箱倒柜。

她在找一个变形金刚手办，那是她人生中的第一个变形金刚手办，意义非凡。

朱珠给她算的那个卦，让她心里七上八下。

今年和沈恪结婚，还不如杀了她。如果结婚对象不是沈恪，是另外一个陌生人……不行，光是想一想就令人窒息。

唐晚晚决定先下手为强。今年必有一婚？难得倒我？我今天就要和变形金刚结个婚。

嘿，想不到吧，我是如此机智，没花一分钱，就这么把这个劫破了。

结果，她把家里快拆了，也没找到变形金刚的手办。

唐爸爸和唐妈妈打开家门，看见家里一片狼藉，以为家里进贼了。

"爸妈，你们见到我的变形金刚手办了吗？我人生中第一个变形金刚手办，红衣服，手臂长得像挖掘机的伸缩臂。"唐晚晚连说带比画，"高二那年新出的手办。"

"这就是你把家拆了的理由？"唐妈妈抄起鸡毛掸子追着她揍。

唐晚晚："我今天要和变形金刚结婚。"说着又被唐妈妈揍了一顿。

唐晚晚有些无奈："朱珠今天给我算了一卦，说我今年必有一婚，所以我必须要找到那个手办。"

唐妈妈把鸡毛掸子举起来，又放下，眉开眼笑："朱珠真是个好孩子，改天请她来家里吃饭。她爸，朱珠的嘴巴可灵了。朱珠你还记得吧？就是晚晚的大学舍友，晚晚大学毕业那天咱们还在一起照过相。她那天说我出门朝东走一定有好事发生，结果咱们出校门后往东，见到了你前女友。"

唐晚晚小声说："见到我爸前女友是好事？哦，对我爸来说，确实是件喜事。"

结果又被唐妈妈揍了一顿。

母女二人拆家，唐爸爸默默收拾家。待唐妈妈毁掉一个鸡毛掸子时，唐爸爸已经把家里收拾好了。唐爸爸打包着纸箱，对唐晚晚道："我记得你高中以前的东西都在幸福里那边，搬家时没搬回来。"

"谢谢爸爸，爸爸真好。"唐晚晚从冰箱里拿出一根老冰棍，边嚼边往门口走。

"你和张宗正还好吧，一直联系着？"唐妈妈追过来问道。

唐晚晚含混地应了声，换鞋走出家门。

"该吃晚饭了，在家吃吧。"唐妈妈听到她居然和张宗正还联系着，心情顿时好得不得了。

"不啦。"唐晚晚咬了口冰棍，"有人等着我回去喂饭，回去晚了他就要抱着垃圾桶捡垃圾吃。"

唐妈妈沉浸在巨大的喜悦里，并没听清她最后一句话。

唐晚晚回到幸福里小区，又是一通翻箱倒柜，终于找到了那个变形金刚手办。

因为这个手办太大，不太利于收纳，所以是拆零散了后被收在纸箱里。所幸包装得很好，没有一丝灰尘，完全没有被岁月摧残的痕迹。

唐晚晚抱着这堆零件疯狂吸气，好想做个二次元纸片人啊。

她等不及组装起来，她先和这堆零件自拍了张合影，发朋友圈：【我宣布：我今天结婚了，这是我老公。】

发布的这刻，唐晚晚有点热泪盈眶。诸多情绪挤满胸腔，语言太过匮乏，不足以表达她现在的心情。

中二也好，傻帽也罢，总而言之，这个变形金刚对她有着非凡的意义，不是用二次元男神老公可以定义得了的。

评论区一堆撒花恭喜。

这年头，朋友圈天天一堆宣布自己和爱豆结婚的，唐晚晚说要和变形金刚手办结婚，大家没觉得多惊讶和奇葩，早已见怪不怪。

一堆撒花恭喜声中，朱珠破坏了阵型：【我滴神，你把变形金刚玩零散了？！】

唐晚晚：【变形金刚是我真正意义上的男人，你不要玷污他。】

已经决定和 AI 唐狗屁以及唐晚晚本人绝交的沈恪看着这条朋友圈的评论区，脑补出一堆少儿不宜的画面，不禁开始怀疑人生和宇宙。

第四章

放开他

为了不让沈恪翻垃圾，我操碎了心。

——《挖掘机性能记录本》

今天上班时唐晚晚走神，差点儿造成工伤。

沈恪已经连续两天没去她家蹭饭了，不蹭就不蹭吧，居然还玩起了失联，害她一个人吃两个人的饭，撑到肚皮快破掉。

唐晚晚昨晚吃饭时看了一部电影，电影里的男主角独居，死在家里好多天都没人发现，然后他魂穿到他家的狗身上。因为狗改不了吃屎，他变成狗后"下意识"吃了好多次屎，非常惨。

唐晚晚自然联想到沈恪独居，为了口吃的可以翻垃圾桶。

沈恪完全符合电影里这个男主角的人设，如果他死后变成狗，肯定也会去吃屎。

她越想越觉得有道理，为了阻止这种惨象发生，唐晚晚放下碗筷去敲602的门，敲了半天没人应，遂把这个电影链接发给他：【沈恪，你死了以后不要去吃屎，也不要翻垃圾桶。垃圾桶里什么都有，好脏。】

沈恪没回复。

唐晚晚在602门口等了会儿，考虑要不要报个警。

她靠在门上刷新朋友圈，最新一条是有人在秀恩爱，于是顺手点了个赞，可是再定睛一看，这个人居然是沈恪。

土皇帝：【又是玫瑰，看腻了。】

配的小视频是夜色下的玫瑰园。

唐晚晚刚开始以为是哪个作精小姑娘花式秀恩爱的东西，绝没想到居然会是沈恪。这个画风让她掉了一地鸡皮疙瘩。

不对啊，沈恪这个狗男人，有空发朋友圈没空回她微信？

唐晚晚气鼓鼓回家。

晚上她做了一夜梦，梦见沈恪变成了一条狗，非常闹腾，爬床咬沙发翻垃圾桶，没个消停的时候，汪汪叫着像是要找屎吃的样子。她手不离狗绳，无时无刻不在盯着他。

唐晚晚在梦里累了一夜，为了不让沈恪吃屎，操碎了心。

晚上没睡好，直接导致她今天上班精神不济。

唐晚晚刚在车间查验机床的时候，听员工说今天七夕，谁谁谁收到一大束红玫瑰，她突然想起沈恪昨晚发的那条朋友圈。

难怪他这两天不在幸福里小区住，肯定是在陪金主，不知道还是不是开兰博基尼的那个金主。

这么一走神，差点被机床上的攻丝绞到手。

沈宅。

沈家四口人送走高医生，聚在客厅说话。

沈妈妈心情很好："就说高医生肯定有办法。"

沈奶奶跟着说："早知道当初就不把沈恪送出国了，国外才那么点儿人，那边的医生临床经验哪里有国内的多。"

高二那年，寻常的一个早上，沈恪正在吃饭，突然栽倒在餐桌上睡着了。

刚开始家人以为他太困，没放在心上。后来这样的事情接二连三发生，家人开始慌了，带他去医院检查，诊断结果是嗜睡症，也就是人们常说的猝睡症。

他们寻遍了国内名医，都没有什么效果。

沈爸爸有一天偶然看到一篇新闻报道，说英国某医学专家在神经学上有大的突破，介绍到神经内科时提到了嗜睡症。

　　沈爸爸当天就飞去了英国，想方设法亲自见到了那位专家。畅谈之后，他心里燃起了希望。回国后，沈爸爸带着资料咨询了北京的一个老教授，证实了那些研究有被付诸实践的可能性。

　　在巨大的鼓舞下，家人商量后一致决定把沈恪送到英国，边读书边治病。可是这么多年过去，病情并没有好转。

　　去年有人给沈爷爷介绍了国内的高医生。这位高医生年近八十，长期隐居山林，曾经治愈过一个嗜睡症患者。这一消息使沈家人重新燃起希望，综合多方面考虑，沈恪今年年初回国。

　　今天高医生亲自登门诊治，沈爸爸和沈妈妈赶紧放下手头的事情赶到家里，这会儿刚把仙风道骨的高医生送走。

　　"关在屋里一个人待着，没病也给闷出病了。"沈爷爷严厉道，"沈恪这会儿在干吗呢？又在捣鼓玩具？"

　　"老古董，你这个层次也就只能看到玩具。"沈奶奶护短道，"沈恪是在做人工智能，高科技的东西。去年火遍全球的那什么美国科幻大片，里面的黑科技就是沈恪构思设计出来的，还有那什么脑电波音乐，今年获了个国际大奖。我大孙子可比你们爷俩厉害。"

　　"乱七八糟，都是糊弄人的玩意儿。"沈爷爷拐杖点地哼了声，"都是你和你儿子惯的。"

　　沈爸爸默默喝茶：你俩斗嘴为什么要踩我一脚？

　　沈妈妈笑道："爸，沈恪确实是在做自己的事业。我们还年轻，公司不等着他继承，让他先玩几年，玩够了再来公司帮忙。"

　　沈爷爷瞪了一眼："瞎折腾。"

　　沈爸爸插话道："没关系，我有的是钱，够他折腾。"

　　沈爷爷举起拐杖在他背上敲了一棍。

　　"我饿了。"沈恪顶着一头乱糟糟的头发下楼，睡眼惺忪地打了个哈欠，"你们都在啊。"

"王姨，备饭吧。"沈奶奶对沈恪招手，"过来喝杯果茶润润嗓子。"

"沈恪，你现在的AI做得怎么样了？"沈爸爸问道。

"还行。"

沈爸爸豪气十足："做，放手做，两个亿够吗？"

"够了。"沈恪走过去喝茶，"谢谢爸爸，爸爸真好。"

沈爷爷举起拐杖，又在沈爸爸背上敲了一棍。

一家人难得聚在一起吃饭，开了瓶酒庆祝，但是沈恪吃得很克制。

沈妈妈察觉到他的神情，问道："菜不合胃口？"

沈恪说："我脏了。"

饭桌顿时寂静。

沈奶奶问道："脏了是什么意思？"

沈恪："就是脏了。"

他当着唐晚晚的面，一头扎进垃圾桶里，结果唐晚晚这个铁憨憨居然误会他捡垃圾吃，气死。

今天他和AI唐狗屁聊天，说道："唐狗屁，我栽进了垃圾桶里。"

AI唐狗屁回道："你脏了。"

沈恪不想说话，又是被AI唐狗屁气到的一天。

一顿饭结束，沈恪起身去花园散步。

沈奶奶放下筷子，痛心疾首道："沈恪一定是被哪个狐狸精糟蹋了。"

其他人面面相觑。

沈恪刚得嗜睡症时，消沉了一段时间，宅在家里不愿意出门。这些年过来，他早已习惯了这个病的存在，心态一向很好，自信张扬，从没有过敏感和自卑。但是这两天他宅在家里没出门，令人细思极恐。

沈奶奶正在忧虑时，管理家里花园的刘姨过来，说沈恪出门了。

"出门？有人跟着吗？"沈妈妈问道。

"和司机一起出门的。少爷让我跟你们说一声，他今晚回幸福里小区住。"

家里的用人习惯称呼沈恪为少爷。

沈妈妈又问："他走的时候有没有什么异常？"

"异常？好像没有。但是……"刘姨停顿了下，说道，"少爷在玫瑰花圃里走了两个来回，最后摘了一枝刚刚绽放的玫瑰花。"

"只摘了一枝？"

"嗯，普通品种，开得也一般。就是说来非常凑巧，少爷走头一趟时它还没开，等走第二趟时，突然就开了。"刘姨笑意盈盈，回忆着刚才的情景，"就像是专门等着少爷似的，少爷的裤腿刚碰了它一下，它忽然就开了，一层一层的。少爷非常开心，等它绽放完，摘下走了。"

沈妈妈最喜欢玫瑰花，专门请人在家里种了片玫瑰园。今天七夕，各色玫瑰开得娇艳欲滴，熏人沉醉。

沈奶奶忽然一拍桌子："糟蹋沈恪的狐狸精一定就在幸福里小区，不行，我得过去捉妖。"

沈奶奶站起来又坐下，若有所思道："我挑个黄道吉日再去。"

沈爷爷咳嗽了声，说道："唐升一家还在幸福里小区 601 住着吗？"

唐升是唐晚晚的爸爸。

"前几年买了新房子搬走了。去年游南湖的时候，我碰见了他们一家三口，还一起吃了顿饭。"沈奶奶说，"他家的小姑娘长大了，水灵得很，一看就和外面那些狐狸精不一样。"

沈爷爷赞同地夸了几句唐晚晚，然后皱眉哼道："沈恪这个孬种，在幸福里小区住的时候，成天作妖，变着法地和小姑娘作对。全小区的人都喜欢唐家的小姑娘，就沈恪不喜欢。"

沈爸爸和沈妈妈并不在幸福里小区住，他们只知道对门 601 住的是姓唐的一家人，点头之交，彼此不太熟悉。

沈妈妈回忆道："我记得他家的小姑娘高中在九中读的。沈恪高一那年，有段时间天天坐车到九中，翻墙去九中吃午饭。"

沈爸爸不解："九中的饭就那么好吃？"

成功把话题歪到九中食堂的饭菜上，聊到最后，沈奶奶甚至想请食堂掌勺师傅到家里做顿饭尝尝。

幸福里小区 9 号楼。

沈恪穿着拖鞋下楼，在楼道口的垃圾箱前站了一会儿，一脸不情愿地掀开垃圾箱盖，去拿他上楼前扔的那枝红玫瑰。

半小时前，司机开车把他送到幸福里小区 9 号楼前。沈恪两手空空下车，走到单元门前时，司机拿着一枝红玫瑰跑过来："少爷，你的玫瑰。"

沈恪像是被戳中心事的嫌疑人，反口就说："不，是你的玫瑰。"

"我这种岁数，不过七夕。"司机大叔憨厚地笑着，把玫瑰塞到他手里，祝福道，"女孩子收到这枝玫瑰肯定会很开心，加油。"

"我谁也不送，就是随便折来玩的。"为了力争这一点，沈恪淡着一张脸，随手把这枝红玫瑰扔到了楼道口的垃圾箱里。

言毕，他抄着裤兜转身走进电梯间。

沈恪上楼回家，冲热水澡换上家居服，无所事事地瘫在美人榻上刷手机，满屏都是七夕相关的东西。

他戳了下 AI 唐狗屁，怕被它气着，又迅速关闭。无聊，烦躁，生气，郁闷，无聊。

他霍地从沙发上站起来，趿拉着拖鞋下楼，去捡刚才丢掉的那枝红玫瑰。

"唐狗屁，你不要多想，不是送你的。"沈恪自言自语，"我就是突然想吃玫瑰糕。"

这半小时内没人丢垃圾，红玫瑰静静躺在垃圾箱里，没有被弄脏。他弯腰伸手拿起来。

"沈恪？你又捡垃圾？！"一道石破天惊的声音劈过来。

无处可藏。沈恪急中生智，以迅雷不及掩耳之势把手里的玫瑰塞进裤腰里。

刚下班回来就撞见这一幕的唐晚晚无比震惊："沈恪，你怎么又捡垃圾吃？"

沈恪吸了口气："我来丢垃圾。"

"你脑袋都扎进垃圾箱里了，谁丢垃圾要把脑袋扎进去？"

"垃圾就不配被尊重？"沈恪转身要走，"轻拿轻放，懂吗？"

唐晚晚拽住他的衣服："你捡什么吃的了？藏哪里了？"

沈恪穿的是家居服，家居服的优点之一就是宽松舒适，易穿易脱，上衣没有纽扣，裤子没有腰带。

唐晚晚真没觉得用力，她真的就是轻轻那么一拽，裤子就被她拽了下来。

"扑通"，她一脸蒙地拽着裤子跌坐在地上。大花裤衩，好花好红啊！

"沈恪，你身上长了一枝红玫瑰。"

沈恪恨不得找个地缝钻进去。

与此同时，张宗正手捧一大束红玫瑰，尾随唐晚晚走过来看见了这一幕，愣住了。

"哐当哐当"，赵猛开着一辆装着废旧机器的小破面包车过来，一个急刹车，撞在树墩上。

难忘的一天。

我还是小学生的时候，能魂穿到今天一日游就好了。

可以把今天的经历写进作文里，再也不用发愁命题作文《难忘的一天》写什么了。

——《挖掘机性能记录本》

唐晚晚手头负责的项目今天结束，车间有台废弃机器准备出手卖掉。她看上了这台机器的机轴，于是花钱把机器买下来准备拆零件改装着玩。

机器虽然不是太大，但用她的摩托车不好带。赵猛开了辆面包车，自告奋勇运送机器。

今天七夕，张宗正把工作放在一边，买了一束红玫瑰，早早等在幸福里小区，打算借着今天的节日气氛，把他和唐晚晚的关系确定下来。

张宗正一身黑色高订西服，衬得身材格外挺拔。他手里捧着一束鲜艳的红玫瑰站在夕阳里，花美人帅，非常惹人注意。

他顶着众人检阅的目光，在9号楼前等了二十多分钟，终于等来了唐晚晚。张宗正挺直脊背，调了个最好看的微笑弧度。

然而唐晚晚骑着拉风的摩托车，"轰"地从他跟前飞驰而过，压根没看见他。非但没看见他，还甩了他一嘴尾气。

张宗正皱紧眉头，手捧玫瑰跟过去。

他刚走到9号楼单元门口，就看见了刺激的一幕，眼球掉地，随即听到"咚"一声闷响，一辆小破面包车撞上了一截树墩。

于是，男人甲乙丙在这一历史时刻汇聚一堂，各怀心思，各自沉默。

唐晚晚坐在地上仰头研究了半天，终于弄明白了这枝突如其来的红玫瑰是怎么回事。

她默默站起来，顺便把裤子给沈恪提上去。

"呵呵呵。"唐晚晚拍了拍沈恪的腰，尴尬地笑道，"幸好你的大裤衩腰带紧，呵呵呵。"

沈恪不知是该庆幸自己穿了条大裤衩，还是该后悔为什么要穿大裤衩，正在胡思乱想，突然感觉哪里不对劲。刚刚唐晚晚拍在腰上的那一掌太用力，把他别在大裤衩上的玫瑰震掉了。

带刺的红玫瑰顺着大腿一路磕磕碰碰，掉出裤管，滚到地上。

楼道口装着玻璃门，张宗正离得近，从他这个角度可以把门内的一切看得清清楚楚，甚至能看到那枝玫瑰上的露水。他看着地上的那枝红玫瑰，再低头看看自己手里这捧红艳艳的名贵玫瑰，顿时觉得黯然失色。

赵猛没有看见后续这一幕，因为他现在正被小区里的大爷大妈们围殴。

他撞的这个树墩不是普通的树墩，它是小区的福地，夏可纳凉吃瓜，冬可堆雪人登高，春秋可下棋打牌。

总而言之，这个树墩是承载全小区老幼的快乐寄托，居然被赵猛给撞了。还好只是撞歪了一点点，没有连根拔起。

赵猛挨了一顿揍，又是道歉又是挪车，差点给树墩下跪赔罪，才终于获得大爷大妈们的谅解。闹剧总算结束，赵猛捂着脑袋上的包往楼道口走，和手捧玫瑰花的张宗正撞在了一起。

"瞅啥瞅？一边待着去，没见过大花裤衩？"赵猛暴躁地吼了张宗正一声。很显然，他把张宗正当成看热闹的人了。

穿得人模狗样，拿着玫瑰花不回家看自己女人，跑这儿来看老大扒男人裤子。赵猛想：如果老大这件事传出去，肯定是拿玫瑰花这个男人干的，到时候我非得找这个男人算账不可。

张宗正瞥他一眼。赵猛瞪回来，恶狠狠道："不服？你爹揍你的时候，不是脱掉裤子再打屁股？"

他脑子乱中有序，很快给"唐晚晚大庭广众之下扒沈恪裤子"找到了无可辩驳的理由——棍棒底下出孝子。因为他记得唐晚晚说过，她是沈恪的爹。

赵猛的嗓门太大，中气十足。他指着唐晚晚和沈恪，说道："她是我老大，她是那男的爹。爹教训儿子，不行？"

唐晚晚脑壳疼。

她好不容易把这件尴尬到天际的事翻篇，赵猛哪壶不开提哪壶，而且，从赵猛话里得知，她刚才的壮举，不仅被赵猛看见，还被张宗正瞧见了。行吧。

唐晚晚心如止水："师父，他叫张宗正，我们认识。"

"蹬三轮的。"沈恪一副看热闹不嫌事大的样子，"他是你老大的约会对象。"

赵猛猛扭头，差点闪到脖子，继而沉默。他有点转不过弯，需要捋一捋逻辑。

张宗正手持玫瑰，喉咙发干。一片死寂中，他终于说出了酝酿已久的四个字："七夕快乐。"

傍晚时分的太阳是金黄色的，洒在鲜红的玫瑰上，光芒耀眼。

不知是不是光线原因，唐晚晚看过去，觉得这个角度的张宗正和一个人很像，但是她实在想不起来那个人是谁。

应该不是让她喜欢的人，不然她不会本能抗拒这种感觉，很不舒服，想避开。

就像小时候，你缠着妈妈买了双漂亮的雨靴，天天盼着下雨。终于有一天下雨了，你穿上雨靴，却又怕被弄脏，突然就不想穿出去踩雨，你怕踩在污水里，雨靴会脏会烂会让你睡不着觉。非不得已穿出去，你也要想方设法地避开有污泥雨水的地方。

又像你某天走夜路，在小胡同里被抢劫，再次走夜路时，你绝对会避开这条小胡同。

唐晚晚现在就是这种心情，她想避开张宗正，身体的每个毛孔都在拒绝。

张宗正拿着玫瑰向前递了递，微微一笑，重复了一遍："七夕快乐。"

"谢谢。"当着沈恪和赵猛的面，唐晚晚不太好意思直接拒收这束七夕玫瑰。她准备待会儿给他手机转账，就当买了他这束花，顺便和他彻底了断这段相亲之旅。

唐晚晚接过张宗正手里的玫瑰，扯出一枝，转身塞到沈恪手里："为了一枝玫瑰去翻垃圾箱，至于吗？来，我给你，不要钱。"

沈恪本想把这枝玫瑰随手丢进垃圾箱，但他提溜着玫瑰转念一想，面无表情地扯开裤腰，把玫瑰别了进去。

唐晚晚别开眼，耳根莫名其妙有点发烫。

张宗正心梗。七夕玫瑰的最终归宿是裤腰，这是道哲学题。

垂首站在一旁的赵猛终于捋清了逻辑，再看向张宗正时，眼里多了些别样情绪——看他不顺眼，甚至觉得他还没有沈恪顺眼。

沈恪至少是个神经病，可这个人看起来有点优秀。

赵猛转身往外走，烦闷道："我去搬机器。"

张宗正说："我去帮忙。"

机器固定在一个手推车上，搬下来不算太难。掀开面包车后备厢，放下支架，慢慢把手推车滑下来即可。

赵猛一个人也不是不可以，多个人帮忙总归是好事，所以没有拒绝张宗正的加入。

唐晚晚看了看沈恪，沈恪一副"关我屁事"的样子，想想也是，他懒到酱油瓶倒了都不会去扶，更别提让他去搬机器。

"老大，你看好他，别让他过来。"赵猛回头吼了一嗓子。

张宗正对沈恪始终抱有好奇心，于是问赵猛："他怎么了？"

赵猛哼声："他只会帮倒忙。我敢打赌，要他帮忙，他肯定会坐在机器上，让我们抬他。"

张宗正一愣："什么？"

"他是个神经病懒汉，一干活神经就劈叉。本来就是神经病，劈叉后就是神经病的二次方。二次方你懂吧？"

张宗正缓口气："哦。"我怎么觉得你有神经病。

他们合力把机器搬上楼。

正是吃晚饭的时间，家里没菜，唐晚晚也懒得动手做饭，提出一起去外面吃饭，她请客。

饭店就在幸福里小区隔壁，步行就可以走到。虽然是个小饭店，但是七夕的节日气氛很浓。

男店员统一打扮成牛郎的模样，女店员则是美美的小仙女，背景音乐无限循环《千年等一回》，店里用餐的客人也都是成双成对的情侣。

唐晚晚一行人走进店里，门口迎宾的"牛郎织女"齐声说："欢迎光临。"

四人收到了全店的注目礼。

"好羡慕这个女人啊。"

"这是什么神仙七夕节？"

"别人的七夕。"

"女人，放开那三个男人，让我来！"

"我可以！"

唐晚晚再迟钝也注意到了众人炽热的目光，她以为自己脸上有东西，随手拉住离她最近的沈恪，问道："我脸上有东西？"

沈恪点点头："嗯。"

"有什么？"

"眼睛鼻子和嘴巴，细看还有个火气痘。"

唐晚晚瞪了沈恪一眼，然后了然："原来大家是在看你，你居然穿睡衣拖鞋出来吃饭？"

沈恪坦荡荡地说："没时间换衣服。"

这是实话。机器搬上楼后，唐晚晚当即就提出她请赵猛和张宗正到外面的饭店吃饭，沈恪压根没时间换衣服。

饭店大厅餐桌被占满，只剩包厢。服务员把他们领进包厢，呈上菜单让他们点菜。

赵猛在圆桌前坐下，瞪了沈恪一眼，问道："你什么职业？"

沈恪挨着唐晚晚坐下，脸不红心不跳："无业。"

赵猛觉得不可思议："你不工作，拿什么来吃饭？"

沈恪贱贱地说："你老大养我。"

赵猛和张宗正同时愣住。唐晚晚正在点菜，没听到他们在聊什么。

店员支棱着耳朵一边努力听八卦，一边给唐晚晚推荐主打菜和主打甜点。

唐晚晚指着菜单上的一款杧果味甜点，对店员说道："沈恪对杧果过敏，把这个换成红豆味的。"

赵猛的眼珠快瞪出来：老大真的养了这个神经病？但是今天她收了张宗正的玫瑰花，又是什么意思？不行，我得捋捋逻辑。

暧昧不明的气氛中，饭菜全都上齐。

赵猛胡吃海喝了一通，还是没有捋清逻辑。他一会儿瞪瞪沈恪，一会儿瞪瞪张宗正，越看他俩越窝火，所以说话带着火气，非常冲。

张宗正话本来就少，被他三言两语怼得不再出声。赵猛又去怼沈恪，每次都被沈恪反怼回来，气得不轻。

状况外的唐晚晚全程一脸蒙："师父，你今天怎么了？"

赵猛闷头扒饭："没事，饿的。"

沈恪笑道："蹬三轮的，你能不能让你老大省省心？她一个女孩子单身到现在不容易。"

赵猛瞪沈恪一眼："知道她不容易，你还好意思天天去她家蹭饭吃？"

沈恪淡淡地说："所以你就不要来蹭饭了，我一个人负责让她不容易就够了。"

赵猛没听明白："什么意思？"

沈恪一本正经地说："每个人承受负能量的容量是一定的，比如你老大，她只能承担一个人蹭饭带给她的负能量，所以我要去蹭。不要问我为什么非要赖着她蹭饭，因为如果我不蹭饭，她承受负能量的容量就白白浪费掉了。我一个人刚刚好，多你一个，负能量爆棚，你老大就会承受不住崩溃的。蹬三轮的，让你老大省省心吧。"

赵猛鼓起眼睛：这是什么逻辑？我得捋捋。

张宗正无语。

整个用餐过程，唐晚晚心无旁骛专注吃饭；赵猛瞪沈恪和张宗正；沈恪四两拨千斤地负责气赵猛，把赵猛气到打嗝，还全程无视张宗正，在感觉到张宗正的目光时，他就和唐晚晚来个只有他们两个才懂的暧昧小互动；张宗正一言难尽，时不时看唐晚晚几眼，拧眉沉思。

几个人在五彩缤纷的氛围中，结束了这顿饭。

服务员拿着账单过来结账，刚报了一个数字。

"扑通"一声，沈恪一头栽倒在餐桌上，睡着了。

赵猛觉得沈恪不要脸到家了："知道你没工作你穷，我们不会让你付账，至于装醉吗？"

张宗正一边往外掏钱夹，一边说道："今晚没喝酒。"

"我差点忘了，今晚压根没要酒，你在这儿装醉糊弄谁呢？"想起上次沈恪突然躺倒"装晕碰瓷"的白莲行为，赵猛气上加气，向唐晚晚告状，"老大，你看看他。"

混乱中，唐晚晚已经抢先用手机结了账，说好了她请客，就一定她付钱。

唐晚晚在沈恪脸上拍了拍："好了，结过账了，可以醒了。"

沈恪悠悠醒过来，缓缓坐直。

赵猛气笑："果然，付账就装醉，结过账就秒醒。你是宫斗十级表演专业的吧。"

张宗正也是一副活久见的神情。

沈恪淡声说："我睡着了。"

但在其他人眼里，他就是活脱脱一个低劣表演的厚脸皮无赖，没人信他。

沈恪耸肩，无所谓地跟着他们一起走出饭店。

四人在幸福里小区分别，各回各家。

唐晚晚想起摩托车头盔该保养了，先去停车位取了头盔过来。9号楼前只剩下沈恪和唐晚晚两个人。

突然，一个黑影蹿到他们跟前，大喊一声："哒。"

黑影原地腾空向他们冲过来。

唐晚晚想也没想，迅疾抢起手里的头盔一砸，快准狠，一击即中。黑影缓缓倒下。

借着远处的路灯，辨认出黑影的原貌——一头舞狮。

沈恪眉尖一跳，直觉这事和自己有关。

果然，阿晋从舞狮头套里爬出来，哭唧唧道："沈大爷，救我。"

我今天离婚了一个小时。

——《挖掘机性能记录本》

白天时，阿晋在微信群里问沈恪七夕准备怎么过。

沈恪：【被人养着是没有选择权的。】

阿晋：【？？？】

阿晋：【我忘了，你被挖掘机养着。】

阿晋：【她不是已经把你甩了，跟那天去"AI小美"那里组装摩托车的那个男人相亲了吗？】

阿晋：【还是说，她同时？】

阿晋：【你好惨。】

阿晋：【换个角度，其实你赚了，赚了休息的时间。她用那个男人的时候，你就可以休息了。】

阿晋已被群主禁言一小时。

阿江：【哦。】

一个小时后。

阿晋禁言时间结束，噼里啪啦先是一通道歉，然后开始给沈恪献言献策，分享了无数个驭女链接，诸如——

《惊！无数猛男竞相落泪，亿万美少女居然喜欢他！》

《他，五里庄的王大柱，如何赤手空拳从乡村少年打拼到大都市，赢取

了董事长千金的芳心？》

《女总裁背后的男人。》

《街头惊现落跑新娘，背后的原因居然是这样！》

沈恪当时正在洗澡，没看见这些消息。

阿晋等了一会儿，发现自己居然没被禁言，美滋滋疯狂刷屏——

【沈大爷，你正在看这些帖子取经吗？】

【我觉得《女总裁背后的男人》这个帖子满满都是干货。】

【挖掘机虽然不是女总裁，但她看起来很飒，四舍五入就是女总裁，最主要是她干出来的事是女总裁能干出来的。总裁万岁万岁万万岁。】

【这个干货帖里，有一点说得非常好——男人要出其不意地制造小惊喜。】

【女总裁见多识广多金有钱，什么贵重的东西不能自己买？心意，男人的心意，男人随时随地制造小惊喜的心意。】

【何为心意？送到她心坎里的东西才叫心意。】

【挖掘机相当硬核，能送到她心坎里的东西一定也要硬核。】

【比如：胸口碎大石、喉咙顶标枪、拇指拉汽车、口里喷火、头顶撺鸡蛋。】

【这些虽然好，但是一日之内学不会。】

【如果是我，我就选个难度稍微低点的，舞狮子。】

【狮子代表雄性，威猛强壮。狮子舞得好，不用喝肾宝。】

【不行不行，越想越觉得我这个点子牛。@沈大爷@阿江】

阿江：【哦。】

沈恪这时洗完澡，换了家居服，正烦闷着要不要去楼下垃圾箱捡玫瑰，手机通知栏显示阿晋@他，他点进去没怎么看，跟在阿江后面，回了一个字：
【哦。】

之后他放下手机，终于下定决心去楼下捡玫瑰，再然后被唐晚晚扒裤子，男人甲乙丙三人会师，吃饭，再返回幸福里小区。

沈恪的手机一直在家里的美人榻里静静躺着，他全程没带手机，对之后的发展一无所知，更不知阿晋打算亲力亲为替他制造小惊喜。

阿晋趴在地上，挣扎呻吟，满脸痛苦："沈大爷，救我。我脑袋是不是被开瓢了？"

沈恪扶额。

唐晚晚回头看沈恪："你们认识？"

沈恪回道："好像认识。"

唐晚晚疑惑地问："他为什么要这样？"

沈恪若有所思："可能想制造小惊喜。"

唐晚晚在阿晋跟前蹲下来，把头盔放在一旁，摘下他的舞狮头套，抱着他的脑袋检查了一番："没流血，但是肿了个包。"

阿晋一阵"哎哟"喊疼。

"会不会脑震荡？"唐晚晚问阿晋，"送你去医院吧。"

沈恪问道："开车来的？钥匙在哪儿？"

阿晋："砸了我脑袋还要砸我车？"

沈恪："开车送你去医院。"

阿晋："你不是不能开车？"

沈恪："她开。"

阿晋哭唧唧地站起来，摸出车钥匙。

唐晚晚接过车钥匙，认出车标，惊讶道："你的车是卡宴？"

阿晋说："舞狮的服装太大，要空间多点的，所以开了卡宴。我还有辆兰博基尼，虽然这车名听起来不正经，说秃噜嘴就是比基尼，但是……"

唐晚晚没听他絮叨，她的心思全在舞狮男有辆兰博基尼，还认识沈恪，并且七夕来给沈恪制造小惊喜。

不想不知道，一想吓一跳。我的三舅姥爷，这位难道是沈恪的老板？

唐晚晚整个人都不好了，穷则思变，沈恪也太会变了吧。为了挣钱，他真的太不容易了，如此敬业，真让人佩服。

三人到达医院，经检查过后，阿晋并无大碍，但是他还是要在医院观察一夜。

"万一脑震荡呢？"阿晋哼唧唧，"万一有后遗症呢？"

沈恪冷冷地说："放心，我当初被她从楼梯上摛下来也没有脑震荡。"

阿晋："那是你头铁。"

唐晚晚正在听护士交代注意事项，沈恪盯着她的侧脸看，眼里露出迷之笑容。

这个笑容被阿晋看到，掉了一层鸡皮疙瘩：这难道就是传说中的痴汉笑？

沈大爷说他被挖掘机从楼梯上摛下来后，没有脑震荡，也没有后遗症，这谁信？细思极恐。

刚开始沈恪说他是被挖掘机养着，阿晋以为他开玩笑，后来又觉得他在玩情趣，再后来以为是被下蛊，现在再来看，这就是脑震荡后遗症啊。

阿晋坚信自己会有后遗症，硬是在医院躺了两天，后来阿江带人把阿晋绑出医院才算完事。

阿晋在医院闹腾的时候，沈恪和唐晚晚正在家里吵架——因为张宗正的那束玫瑰。

唐晚晚给张宗正微信转账五百块钱，转账备注：【玫瑰。】

张宗正没回复，也没有收钱。

唐晚晚向朱珠讨教怎么拒绝张宗正。朱珠很爽快，什么也不问，半分钟后发过来一个好人卡模板。

唐晚晚粘贴复制，把好人卡转发给了张宗正。

没等来张宗正的回复，朱珠倒是很积极：【晚晚，我还是押你竹马。加油。】

唐晚晚心想：我和谁都有可能，就是和沈恪绝无可能。

唐晚晚咕咚咚边喝水边胡思乱想。

"咚咚咚——"沈恪拎着扫帚拖把垃圾铲敲门，进门后一个字不说，拿着扫帚拖把开始扫地拖地，堪比扫地机器人，只干活不说话。

唐晚晚一脸蒙，某个瞬间差点以为沈恪是她肚子里的蛔虫，前脚腹诽他懒，后脚他就拎着工具上门打扫卫生。

直到"哐当"一声，沈恪面无表情地把餐桌上的一束玫瑰丢进垃圾桶里。

唐晚晚跳过来："这个不是垃圾！"

沈恪冷着一张脸："我觉得是。"

唐晚晚跑过去想要捡回来，发现玫瑰花瓣上粘了好多瓜皮果壳剩菜剩饭。她刚花了五百块钱啊！

花还新鲜着，插在水瓶里还能养几天，五百块钱起码能看几天。结果现在，花五百块钱就听个响？

唐晚晚巨生气："就算是垃圾，可你为什么把玫瑰扔在厨余垃圾桶里？"

沈恪一本正经地说："玫瑰是湿垃圾，湿垃圾包含厨余垃圾，混在一起没问题。"

唐晚晚："我还得夸夸你垃圾分得好？"

沈恪："不夸也可以，我优秀我自己知道。"

"我有个疑惑。"唐晚晚咬牙切齿地问，"你平安活到现在靠的是什么？脸吗？"

"谢谢。"沈恪道，"除了脸，还有钱。"

"你不是破产了？"

"哦，我忘了。"

唐晚晚气到昏厥："深刻检讨，你当年杧果过敏肿成猪脑袋，是谁背着你去医务室的？"

沈恪反驳："唐大碗，你当年想吃驴肉汤泡饼丝，是谁逃课翻墙排队给你买来的？"

"但是我没吃到嘴里。"

"为什么没吃到嘴里你没点数吗？你把驴肉汤全浇我头上了。"

"谁让你吓唬我。"

"是你让我戴万圣节面具的。"

小学生吵架，添油加醋翻旧账揭老底。他们从小学一年级翻到高中二年级，只要能想起来的，都被翻了个遍。

翻到最后时，沈恪说："你玩零散的变形金刚是我买的。"

唐晚晚一惊："什么？"

沈恪解释道："你前几天发的朋友圈，说你要跟变形金刚结婚。"

唐晚晚："我跟它结婚关你屁事。"

沈恪："那个变形金刚手办是我给你买的。"

唐晚晚翻了个白眼："你放屁，变形金刚是我高二时买的，你高二早去英国了，我记得清清楚楚变形金刚是在桐市买的。"

无论唐晚晚怎么说，沈恪都一口咬定变形金刚是他送的。

最后唐晚晚被他气糊涂，翻出变形金刚来丢进垃圾袋里，连同玫瑰垃圾一起，一并打包扔进了楼下的垃圾箱里，并且当场宣布和变形金刚离婚。

一个小时后，唐晚晚彻底冷静下来：我和沈恪吵架为什么要和变形金刚离婚？

唐晚晚偷偷摸摸下楼去翻垃圾箱，边翻垃圾边碎碎念："老公，我来接你回家了。离婚一小时的感受怎么样？是不是和我一样很后悔？下次如果我再说离婚，你要说不同意。你躲哪里去了？我喊一二三，你快出来。"

翻翻翻，脑袋扎进垃圾箱里，把垃圾箱翻到底朝天，还是没翻到。唐晚晚快哭了，声音都变了调。

"唐晚晚。"沈恪从外面走过来，手里拿着变形金刚，"你是不是在找这个？"

唐晚晚抹了把通红的眼睛，看清他手里的东西时，刚想开口骂他，她突然想起来，这个变形金刚手办好像还真是沈恪买的。

第五章

初吻

沈恪居然是亿万少女的男神。

震撼我全家。

但他今天确实有点点帅。

——《挖掘机性能记录本》

高一暑假过完，开学后就是高二，即将文理分科。

唐晚晚想选理科，但是妈妈希望她选文科。因为唐妈妈从事文艺类工作，想把一身本领传给自己女儿，加上唐晚晚这次期末考试理综没考好，唐妈妈就更加反对她选理科。

唐晚晚几乎要被妈妈的糖衣炮弹攻陷答应学文科了，但心里总是闷闷的。

有天，她和同桌出去逛街，在体育场附近的一家精品店里看到了一个变形金刚的手办，立马就挪不动脚。

她以前没买过手办，也不沉迷这些二次元的东西，但不知为什么，却被眼前的变形金刚摄了魂魄。后来她想过这个问题，翻了很多"教学书"，找到了原因——这就是爱情。

爱情虚无缥缈，来的时候，只需要看一眼就知道对方是你的命中注定。

唐晚晚用爱情这套理论来讲她和变形金刚的缘分，大都被人耻笑，甚至说她是神经病，只有朱珠理解这份缘。不过这些都是后话了。

当时唐晚晚站在精品店里，目不转睛地盯着变形金刚手办，但是价格让她眼球掉地。大几千块钱，她所有零花钱加起来也没这么多。

她抱着变形金刚和老板死磨，只磨掉了个零头，跟不磨一个样。

同桌劝她："算了，我觉得不太值，还不如买几条好看的小裙子。"

唐晚晚不吭声，抱着变形金刚不撒手。

窗外走过去一群穿球衣的男生，个个荷尔蒙爆棚，非常吸睛。

"体育场今天有什么比赛吗？我出去瞧瞧。"同桌丢下这句话跑出去。

过了一会儿，精品店涌进来几个穿球衣的男生，笑闹着朝柜台扔了一张卡，对老板说："店里的东西我们全要了。"

然后他们开始扫荡货架。

唐晚晚被这一情况弄蒙了，她紧张地抱着变形金刚，生怕被他们看见抢走，好在没人看上她的变形金刚。

过了一会儿，同桌从外面跑过来，摇着唐晚晚的肩膀尖叫："啊，我们发财了！你的变形金刚，我的小裙子，都有救了！"

"怎么了？"唐晚晚快被她摇零散。

"我们今天走运了，这个店里的东西可以免费拿，就现在。"同桌激动地解释道，"外面有个男生为了哄他朋友，说要买下这家店。"

唐晚晚一头雾水："什么意思？"

同桌指了指店里穿球衣的男生们，小声八卦："我刚在外面听来的，他们都是国际学校高中部篮球队的，今天来体育场参加篮球赛。国际学校你知道吧？"

唐晚晚点头："嗯。"

桐市就一所国际学校，沈恪高中就在那里念的。

"国际学校的学生都贼有钱。"同桌继续八卦，"刚有个男生，为了讨好他朋友，哄她开心，扬言要买空这个店。"

唐晚晚不理解："哄他朋友和买空这家店有什么关系？"

同桌说："管他呢，反正是从现在开始，不管是谁在这个店里买东西，账单就记在他卡上。你赶紧让老板给变形金刚结账，我去拿刚看上的小裙子。"

唐晚晚有些不好意思："不太好吧。"

旁边一个莫西干发型的男生向唐晚晚伸手，笑道："不要给我。"

唐晚晚抱着变形金刚往后退了退，一脸警惕。

莫西干说："太子爷今天放血，不要给他省钱。"

另一个男生搭着莫西干的肩膀，不知跟他小声说了什么。

莫西干看着唐晚晚，挠了挠头，说道："同学，你还是见识太少，我们有钱人都这样，动不动就随手撒钱，开心就给陌生人买单，毫无理由。"

他旁边的男生跟着说道："对对对，等你有钱就知道了。你现在不要会后悔一辈子。"

"我们有一颗向善的心。"男生们嘻哈笑着抱了一堆东西到柜台。

直到同桌拿着小裙子过来，唐晚晚还在消化信息中。

这时店里又零星来了几个陌生人，有男有女，年龄层次不等，他们选好自己的东西去柜台结账，老板告知他们今天店里搞活动，全部给他们免单。这些人无一例外全都开开心心地拿着东西走人，真的没给钱。

同桌催促她，唐晚晚才抱着变形金刚挪到柜台前。

老板刷了下条形码，笑道："小姑娘，你今天太幸运了，一定是变形金刚给你带来的好运。我跟你说，每个人都有个转运的小物件，我从前……"

老板比唐晚晚还激动，好似他就是被神眷顾的天选之子。

唐晚晚抱着变形金刚走出店外，还在恍惚，高兴得想骂脏话，这是踩中狗屎的时候又被天上掉下来的馅饼砸中了吧？

今天经历的一切好玄幻，冥冥中，她觉得这都要拜变形金刚所赐，变形金刚带给她好运，赐给她力量。

同桌捅了下她的胳膊，指着前面的一个男生，小声说道："唐晚晚，他就是说要买空这家店哄他朋友开心的那个男生。妈呀，太帅了！别人的好朋友从来不会让我失望，呜呜呜。"

唐晚晚顺着同桌手指的方向看过去，眼睛一亮："沈恪！"

沈恪穿着球衣，正在拍着篮球玩，听见唐晚晚叫他，便抬头看过来："唐晚晚，你来这里干什么？"

　　唐晚晚在同桌一脸震惊的表情中走过去，献宝似的傻笑道："沈恪，你看这是什么？"

　　沈恪瞥了一眼，没什么兴趣的样子，淡声说："不就是一个变形金刚，至于吗？"

　　唐晚晚白了他一眼："你懂个屁。"

　　沈恪把篮球放在她脑袋上，说道："唐晚晚，我发现你的头好圆。"

　　唐晚晚沉浸在拥有变形金刚的巨大喜悦中，没有理会他的玩笑，任由他抓着自己的脑袋玩，兴奋地跟他描述刚才在精品店里发生的奇遇。讲完之后，她突然瞪大眼看着沈恪："我傻了，那个男生不就是你吗？"

　　沈恪笑了。

　　唐晚晚仰头看着他："你朋友呢？让我看看。"

　　沈恪随手往体育场一指。

　　"哦，那好吧。"唐晚晚又问，"她漂亮吗？"

　　沈恪说："凑合吧。"

　　唐晚晚撇嘴："背后说朋友坏话，小心我去告状。"

　　沈恪"嘁"了声。

　　唐晚晚抱着变形金刚爱不释手："做你朋友真好，可以随便买东西。"

　　沈恪眯起眼，说道："你求求我，我可以考虑让你做我朋友。"

　　唐晚晚："屁。"

　　沈恪做出一副嫌弃的样子："你一个女孩子天天屎尿屁，恶不恶心。"

　　唐晚晚："狗屁驴屁乌龟屁芝麻屁沈恪屁，略略略。"

　　沈恪笑了："唐狗屁，我以后就叫你唐狗屁。"

　　穿球衣的男生们从精品店里走出来，冲沈恪吹口哨。

　　沈恪抱起篮球朝他们做了个手势后，对唐晚晚说道："到点了，我进去打球了。"

　　"哦。"唐晚晚看他抱着篮球走远，小跑几步追过去，叫住他，"沈恪。"

　　沈恪回头。

唐晚晚问道："你学文科还是学理科？"

沈恪说："理科。"

唐晚晚深吸一口气，郑重地说："我决定好了，我也选理科。"

沈恪笑了下："学我？"

"才不是。"唐晚晚紧握着变形金刚，目光坚定，"是变形金刚告诉我的，它让我选理科。"

沈恪把篮球塞到胳膊下夹好，用两只手捏住唐晚晚的脸颊，一边往两边扯，一边嘲笑她："唐狗屁你就是头呆驴。"

往事一旦回忆起来格外清晰。

楼道里。

唐晚晚从沈恪手里接过变形金刚，小声说道："对不起，谢谢。"

她觉得自己好渣，是个绝世大渣女。

变形金刚明明是沈恪花钱包下来的，她分文未花，但她的记忆好像出现了偏差。在固有印象里，变形金刚是她挖宝挖出来的，变形金刚是她的幸运符，是支撑她奋斗向上的隐形力量。

她把幸运背后的沈恪给忘了。

"我总觉得变形金刚是从天上掉下来的。"唐晚晚不好意思地说道。

沈恪没接话。

唐晚晚歪头，突然问道："你当时那个朋友呢？我得好好谢谢她。"

沈恪没好气地说："死了。"

"哦。"唐晚晚最终抬手，拍他肩膀，安慰道，"你节哀。"

沈恪心梗。

唐晚晚借着楼道里的灯光，用袖子擦变形金刚："垃圾桶里好脏的。"

沈恪幽幽地说："我已经让人清洗过了。"

唐晚晚抬头，想了想，恍然道："怪不得你刚从外面过来，是在小区门口那家店清洗的吗？"

沈恪没回答，他从背后伸出左手，手里是一束鲜艳的红玫瑰。

唐晚晚心头一跳。

沈恪面无表情地说："赔给你的。"

唐晚晚愣了愣："你……其实不用。"

沈恪作势要往垃圾箱里丢："不要算了。"

"要要要。"唐晚晚夺过来，"就当是被你扔掉的那束吧。你千万不要告诉我这束玫瑰花多少钱，我不听我不听我不听。"

"放心，不找你报销。"沈恪转身往电梯间走。

唐晚晚一手拿着失而复得的变形金刚，一手拿着"失而复得"的玫瑰，心里美滋滋的。她自我催眠这束玫瑰就是她花了五百块钱买来的那束，今天没有白白丢掉五百块钱。

沈恪双手抄裤兜，靠着电梯壁假寐。他刚在沈宅"偷摘"玫瑰时，被沈奶奶看见，拽住他问东问西，心好累。

暗恋一头不开窍的呆驴，心好累。

喜欢一个钢铁直女铁憨憨，心好累。

电梯间都是沁人心脾的玫瑰花香。

唐晚晚心情很好："沈恪，你明晚想吃什么？"

沈恪闭着眼，不假思索道："肉。"

"什么肉？"

"小二，来一壶酒两斤牛肉的那种肉。"

"不就是酱牛肉嘛，非说成这样。"

沈恪闭着的眼睛渐渐弯起。

暗恋中的人，不论男女，只要对方不经意间递过来一张糖纸，就会像是吃到了全世界最甜的那颗糖。

沈恪泪痣下面有一层薄薄的红，格外好看动人，丝毫不输唐晚晚手里的玫瑰半分。

可惜唐晚晚不看他。

第二天，唐晚晚去科技馆办事，路过一个展厅，她又倒回来。

展厅门口立了一个人形立牌，上面的人居然是沈恪。牌子差不多和沈恪本人等高，照片非常清晰，连右眼角的泪痣都清清楚楚。

唐晚晚不太敢信，直到看见沈恪的名字。

"我儿子出息了。"唐晚晚踮起脚尖去摸照片上的脸。

这时，两个女孩慌慌张张跑过来："完了完了，迟到了。"

"师姐刚发过来信息，她说后门可以进，我们从后门悄悄溜进去。"

"啊，我也要摸男神。"

一个穿白色连衣裙的女孩冲过来，挤掉唐晚晚，踮脚伸手"捏"住沈恪的耳朵："花花，快来给我照一张。"

花花气喘吁吁："都已经迟到了，别照了。"

穿白色连衣裙的女孩说："不管不管，我就要捏男神的兔耳朵。"

花花拿着手机咔嚓咔嚓九连拍，然后把手机塞到白色连衣裙女孩手里，说道："我也要揪男神的兔耳朵。"

一旁的唐晚晚看得万分疑惑："沈恪是你们的男神？"

"对啊对啊，是我们亿万少女的男神。"白色连衣裙女孩回道，"难道他不是你的男神？"

唐晚晚说："我是他爹。"

两个女孩奇奇怪怪地看了她一眼，牵手跑进展厅。

唐晚晚的双脚像是装了"指女孩针"，不自觉地跟在这两个女孩后面，随她们一起从后门溜进了展厅，坐在了最后一排的空位上。

展厅观众席没开灯，昏暗暗的。她们三个弯腰溜进去，没引起任何人的注意。所有人的注意力都在演讲台上。

沈恪穿了一身正装，手执一根教鞭站在演讲台上，正在侃侃而谈。他身后的银屏上播放着有关人工智能的短片。

唐晚晚想起来，人形立牌上好像写有 AI 之类的内容，她没细看。

唐晚晚凑过去，小声问身边的花花："沈恪是干什么的？"

花花很吃惊："你居然不知道沈大神？"

唐晚晚很淡定："神经病的神吗？"

花花超生气："你走开！你闭嘴！"

唐晚晚闭上嘴巴，转头去看演讲台上的沈恪。

他正在讲的是 AI 换脸技术，内容深入浅出，唐晚晚能听懂，刚开始她还能听进去，后来渐渐开始神游——

沈恪的声音好好听，尤其是说英文的时候，一口标准的伦敦腔，不愧是在英国待过那么多年的人；

沈恪的衣服好好看，有点眼盲，看不出来是不是她付钱给裁缝赔给他的那套；

沈恪的手好好看，拿教鞭时最好看，玉白教鞭，手也很白，想收藏；

其实沈恪的脸是最好看的，他能安全活到现在不被揍死，绝对是凭这张脸……

唐晚晚搜肠刮肚，想不出绝美的修饰词来形容沈恪现在带给她的震撼。

嗯，今天的沈恪就像她的摩托车，拉风炫酷帅炸天，低调奢华有内涵，一本正经有点冷。

包里的手机一直振动，拉回她的神思。

唐晚晚从包里拿出手机，是科技馆的联络人打来的电话，她这才想起今天来科技馆是有工作上的事要办。男色误国，罪过罪过，差点被沈恪耽误正经事。

唐晚晚接起电话，猫腰悄悄从后门溜出去。

事情比较复杂，两个小时才办好。

唐晚晚告别联络人，再次经过展厅时，讲座已经结束，门口的人形立牌也没了踪影。她从科技馆出来，骑着摩托车回家，脑袋里全是沈恪。

她拎着菜回到幸福里小区时，猛然惊醒过来，激动得大喊了一句："沈恪今天好正经。"

怪不得总觉得哪里不对劲，沈恪今天不打嘴炮不犯贱不犯懒，俨然一个禁欲高智商的博学教授。

唐晚晚做好晚饭，像往常一样把门打开。"叮咚"一声，电梯恰好到，沈恪从里面走出来，身上还是白天在展厅里时穿的那身西服。

“这身衣服是我赔你的那套吗？”唐晚晚问道。

沈恪愣了下，点点头：“嗯。”

唐晚晚翻了个白眼：“真是人靠衣装马靠鞍，花了我两千块钱，当然好看了。”

沈恪弯起嘴角，如果唐晚晚知道她给裁缝的钱连做套衣服的零头都不够，肯定会气得骑摩托车把这身衣服碾个稀巴烂。

沈恪熟门熟路走进601，去厨房洗手拿他的专属碗筷。今天连轴转了一天，他现在非常疲惫，只想泡澡睡觉。

餐桌上摆了一个大花瓶，里面塞满了红玫瑰，花香弥漫。

沈恪看了眼，确定是他昨晚从沈宅玫瑰园偷来的，他眼角弯起，疲惫瞬间消失了大半。

不经意间一瞥，余光扫到对面的唐晚晚正在偷看他。

沈恪以为小心思被她看穿，连忙耷拉下眼皮，上翘的嘴角也被意念强按下来，同时脑内警铃乍响，随时准备迎接唐晚晚的天坑脑回路。

“沈恪，你今天干什么去了？”

“干宇宙星空和大海，就跟你玩弄变形金刚一个道理。”

唐晚晚猛往嘴里塞米饭：我今晚再和你说一个字就跟你姓。

唐晚晚不说话，沈恪也默默吃饭不说话。惦记着待会儿有个时差视频会议要开，他没有和往常一样赖在这里不走，吃过饭后就回602了。

会议结束，他洗漱泡澡，结束一天忙碌，终于回归被窝的怀抱。

临睡前，沈恪习惯性补录AI唐狗屁的数据。他敲了一行代码，顿了下，果断删除退出。

今天这个补丁如果更新，以AI唐狗屁的尿性，非但不会承认，肯定还能把他气出一个新境界。

沈恪想了想，随手从床头柜上翻出一个电器说明书，趴在被窝里在上面手写了几行字。

今晚吃饭时，唐晚晚偷看了我五回。

我觉得她是在勾引我。

——《工科钢铁直女恋爱指南》

再也骑不了摩托车。

我恨沈恪。

——《挖掘机性能记录本》

唐晚晚非常不习惯。

自从那天在科技馆展厅见了沈恪另一面后，她偷偷观察过他好几回，发现他还真的是和她的摩托车很像。

这一认知让她浑身难受。她已经连着三天没有骑摩托车上下班了，根本下不去腿。

唐妈妈听闻她不再骑摩托车上下班，高兴得放了串鞭炮。能让唐晚晚放弃摩托车做个小女人，肯定是谈恋爱的功劳。

唐妈妈给唐晚晚打电话："晚晚，你周末带张宗正来家里吃饭。"

唐晚晚莫名其妙："为什么？"

"给你们做顿好吃的。"唐妈妈笑道，"不要紧张，不算正式见家长。"

"见家长？除了你们，我还有别的家长？"唐晚晚猛地站起来，"我不是你们亲生的？"

唐妈妈赶紧解释："当然是亲生的，你出生的那天我们文工团正在表演……"

唐妈妈开始追忆往事。

唐爸爸默默走过来，拿走老婆的手机，对唐晚晚道："你妈妈以为你正在和张宗正谈恋爱，所以让你带张宗正回家吃饭。"

说完这句话，唐爸爸把手机塞回了老婆手里，淡定走开去煮饭。

唐妈妈瞪了老公一眼，把手机放在耳边，正好听到唐晚晚说："我和张宗正早没关系了。"

七夕晚上，她微信转账五百块钱给张宗正，当作买玫瑰的钱，还给他发

109

了张好人卡，明明白白拒绝了他。

张宗正一直没有收钱，也没有回复她。二十四小时后，五百块钱退了回来，但张宗正的支付宝账号恰好是手机号，唐晚晚把五百块钱转账过去。支付宝转账功能之一就是自动到账，对方不用确认。钱转过去后，唐晚晚觉得两人从此以后互不相欠，大路朝天各走半边。

唐妈妈在电话里轰炸了唐晚晚十分钟。

唐晚晚说："七夕那天他买了一束玫瑰，我给他转账过去五百块钱，之后他一直没再联系过我。"

"五百？什么破玫瑰要五百？送都送出去了，居然好意思收你的钱？他上辈子是卖花姑娘吗？抠抠搜搜，屁的精英总裁。你想要玫瑰的话，妈妈明天就去给你买一卡车，谁稀罕那个姓张的玫瑰。呸，我祝他买菜涨价，翻倍涨价。"

唐爸爸插嘴道："把菜换成猪肉，祝他买猪肉翻倍涨价。猪肉现在贵得很，一斤要四十块钱。"

今天晚饭，唐晚晚蒸了六只大闸蟹，她和沈恪一人三只。

唐晚晚习惯边吃饭边玩手机，结果吃大闸蟹把手弄脏，玩不了手机，很是郁闷。

她抬头看沈恪，发现沈恪吃相非常斯文，不像她吃得满手满嘴都是黄油。最主要的一点，他吃饭不玩手机，吃个大闸蟹都这么正经。

唐晚晚问道："沈恪，你吃饭的时候怎么忍得了不玩手机？"

沈恪淡淡地说："习惯。"

唐晚晚撇嘴："可是我上次相亲，你吃饭的时候一直在玩手机。"

"因为你让我吃枇杷果炒虾仁，我不玩手机会被毒死。"

唐晚晚小声嘀咕："还挺记仇。"

沈恪掀起眼皮看她一眼："你想玩手机？"

"就是习惯刷一下。"

"手机不是有自带的功能小助手？"

"不好用，我喊半天小助手都不出来。"

"吃饭看什么手机。"

"沈恪，你现在的样子好像我妈。"唐晚晚哈哈笑着说，"我妈也这么说我，连语气都一模一样。"

沈恪没理她。

饭后，唐晚晚去厨房收拾。因为有洗碗机，大大减轻了她的家务量，她也就在厨房待了不到十分钟，从厨房出来时，沈恪坐在沙发上向她打了个响指。

"你偷看我手机？"唐晚晚跑过去，劈手夺走他手里的手机。

沈恪："我在你手机里装了一个小软件。"

唐晚晚一惊："病毒还是监控我？"

沈恪笑道："可以让你吃大闸蟹时玩手机的小软件。"

唐晚晚："真的假的？"

沈恪向她演示了一遍。

唐晚晚三观重塑，惊讶得合不拢嘴："呆驴也太听话了吧。"

"呆驴"是沈恪给唐晚晚手机里装的这个小助手的名字。唐晚晚每叫一次呆驴，沈恪就笑一次：唐狗屁你就是头呆驴。

"呆驴，看看今天有什么热搜。"唐晚晚边指挥着小助手替她刷微博刷朋友圈，边问沈恪，"你在英国学的是计算机？"

"差不多吧。"

唐晚晚抬头看了看他的头发，现在看是挺浓密，但谁能保证以后？

"程序员？那你要保护好你的头发，你这张脸如果秃顶的话会很搞笑。"

唐晚晚忙着和呆驴玩，没注意到沈恪什么时候歪在沙发里睡着了。

"沈恪，没想到你还挺厉害的。

"对了，我那天去科技馆看见你了，我还去展厅里听了一会儿，发现你还蛮帅的。你可能不知道，居然有女孩说你是亿万少女的男神。

"她们不知道你破产了吗？

"我妈这下惨了，她自称是少女，现在被按头认你当男神。"

唐晚晚说了这么多，都没听到沈恪吱一声，抬头才发现沈恪睡着了。

她给朱珠发信息：【我觉得沈恪是个俄罗斯套娃，揭开一层还有一层，有点好玩。】

科技馆展厅演讲、有个吃饭不玩手机的好习惯、会开发软件。

每次都令她刮目相看，带给她的惊喜不是一星半点。

朱珠：【祝你玩得愉快。微笑.jpg】

唐晚晚放下手机，盯着沈恪的睡颜看了会儿。

完蛋了，越看沈恪越觉得他就是她的摩托车，巨帅，呜呜呜。

眼睛鼻子嘴巴耳朵，这不就是摩托车车把前轮横杠和后视镜吗？尤其是他右眼角的小泪痣，简直和她摩托车车把上的小挂件一模一样，可爱得想让人摸一摸抠一抠。

唐晚晚慢慢爬过去，伸手去摸那颗小泪痣。

咦？不是想象中的那样凹凸不平，竟然很光滑，摸起来和别的地方一模一样，是嵌进皮肤里了吗？

唐晚晚一直以为泪痣就跟机床上的螺丝钉一样，抠一抠就可以出来。这样想着，她的手指跟着行动起来。

我抠。

"啊！"沈恪一声惨叫，从睡梦里疼醒，一脚把唐晚晚从身上蹬了下去。

唐晚晚跌坐在地上，有点点委屈："说出来你可能不信，我是在抠机床上的螺丝钉。"

沈恪的皮肤很薄，被唐晚晚那么一抠，破了块皮。

"我真的没用力，是你太禁不住抠了。"唐晚晚说话超小声，"没流血，泪痣完好无损，还是那么可爱。"

沈恪本来还在生气，听到她夸泪痣可爱，突然笑了，窝着的火瞬间烟消云散。

他在唐晚晚跟前蹲下来，声音轻轻的："泪痣可爱吧？给你摸。"

唐晚晚犹犹豫豫伸出手，放在泪痣上。

嗷呜，我的摩托车小挂件。

"唐狗屁。"沈恪笑容有点瘆人，"勾引我是要付出代价的。"

垃圾桶里捡来的沈恪。

——《挖掘机性能记录本》

唐晚晚万万没想到，勾引人的代价是去鬼屋半日游。被绑去鬼屋的路上，唐晚晚觉得自己要死了，肯定要把小命交待在鬼屋里。

鬼屋在桐市郊区的一个半山坡上，周围荒凉，非常应景。

沈恪指着这片山坡，说道："据说这里以前是乱葬岗。"

唐晚晚从小就怕鬼，她哆哆嗦嗦地说："我刚刚上网查了下，有人在鬼屋论坛里说，鬼屋里有些鬼是真的鬼，不是工作人员假扮的。"

沈恪笑得深不可测："你怎么知道发帖子的是人？"

"啊——"唐晚晚被吓到，"沈恪，我不去！我回去给你跪榴梿徒手劈榴梿牙齿啃榴梿皮吃垃圾桶里的榴梿，求求你不要让我去鬼屋，呜呜呜。"

鬼屋门口的检票员被逗笑，瞅着他俩像一对小情侣，听女孩话里的意思，猜测是她犯了错，所以男朋友才带她来鬼屋。

检票员笑着对唐晚晚说："女孩子跪什么榴梿，你亲他一下，他保证消气。"

唐晚晚像是看到了救星，思考这个建议的可行性。

检票员起哄："他消气后啥啥都听你的，你说不进鬼屋，他肯定也就不会让你去。"反正票一经售出概不退款，这波鬼屋不亏。

沈恪冷着脸扫了一眼检票员，突然，他感觉到泪痣一热，温暖软香，是柔软的唇瓣。

唐晚晚扒着他的肩膀，踮脚在他泪痣上亲了下。

沈恪石化中：唐晚晚你到底知不知道亲吻代表什么意思啊？

"沈恪，我亲过了，你消气了吗？"唐晚晚直愣愣看着他，半天没等来回应，她发出直男疑惑，"是要我再玩一下泪痣才能行？像玩变形金刚一样？"

沈恪继续石化。

检票员被喂了一嘴狗粮，有点消化不良。

"咕——"他放了个震天响的屁。

"对不住了两位，我今早吃了三个白萝卜馅大包子，通气。"他抬手一推，把沈恪和唐晚晚推进了鬼屋里。

外面是臭气熏天的某种气体味道，里面是森森的阴气。

"管他三七二十一，闭眼走吧。"唐晚晚拉着沈恪一头扎进鬼屋里，与其被臭死，不如被吓死。

沈恪的脑袋木木的。

最让你难以忘怀的初吻体验是什么？

在鬼屋门口被强吻的时候，旁边的检票员放了个震天响的臭屁，味道销魂，久久萦绕鼻尖，夜不能寐。

如果唐晚晚回头看，就会发现沈恪此时此刻的脸色比鬼屋里的厉鬼还要吓人。

一路瞎蒙乱撞，唐晚晚基本摸清了应对厉鬼的办法——要比厉鬼还凶。

假扮厉鬼的工作人员内心几乎是崩溃的：果然是光脚不怕穿鞋的。姑娘，手下留情。

走到"十八层地狱"这个关卡时，突然，一个长发厉鬼的脑袋倒吊在沈恪面前，猩红的长舌头甩在他脸上，黏腻腻的。

"啊！"沈恪五感全开，被突如其来的大舌头吓得惨叫一声。

唐晚晚抬胳膊挥拳，快准狠地把大舌头从横梁上拽了下来。她回头牵住沈恪的手，豪迈地安慰道："来一个我打一个。过来，跟紧我。"

沈恪这时被吓得魂魄离体，完全忘了顾忌面子，像个胆小怕事的小兔子，死死攥住唐晚晚的手，紧紧跟在她后面："左边有个无头鬼，右边有个无脸鬼，前面是怪眼鬼。这些鬼都很可怕，我们往哪边走？"

唐晚晚气势如虹："哪里有鬼往哪儿走。"

她赤手空拳，一路畅通无阻来到鬼屋出口。

山坡青草依依，阳光温暖，柔风阵阵。

沈恪面色苍白，迎风拥抱阳光。

唐晚晚挥着拳头，有点意犹未尽："我还没玩够呢。"

"还记得小时候咱们一起玩的植物大战僵尸吗？"唐晚晚兴奋道，"里面有个大怪僵尸，他其中的一个武器就是手里的小僵尸，遇到路障抡起小僵尸一通砸，帅。"

沈恪不想说话。

唐晚晚兴奋地说："刚才闯最后一关时，我有想过把你抡起来砸那些鬼，可惜没抡动。不行，我回去得好好练臂力。把你抡起来砸厉鬼，光是想一想就很好玩。"

回家的路上，唐晚晚突然回过味来："沈恪，你不是不怕鬼吗？你刚搬来那天，可是给我读了一夜的鬼故事。"

沈恪面无表情："哦。"

唐晚晚捂着肚子哈哈笑："沈恪你是不是想笑死我，自己怕鬼还要给我念鬼故事，还非要拉我去鬼屋体验。哈哈哈，别管我，我能笑一年。"

沈恪木着一张脸："我不怕鬼。"

唐晚晚拍他肩膀，憋着笑："嗯，你不怕鬼。"

沈恪脑壳疼，当时自己正沉浸在被暗恋的人偷袭强吻的情绪中，眼前突然掉下来一颗披头散发鲜血淋漓的鬼脑袋，关键那鬼脑袋还用两米长的舌头甩你一脸。试问，这种情况，谁不会受到惊吓？可是唐晚晚好像就不会，看她的样子，估计是对这个吻完完全全不在意。

"唐晚晚。"沈恪问她，"进去之前，在鬼屋门口，你……"

"我快被检票员的臭屁熏死了。"

沈恪顿了下，接着说："他放屁的时候，你在做什么？"

唐晚晚："在默念大悲咒。"

沈恪气急："你亲我的时候在默念大悲咒？"

"还有和我的摩托车告别，我以为我会把命丢在鬼屋里。"唐晚晚沉思，"这件事提醒了我，回去以后我得拟定个遗嘱，如果万一哪天我意外死亡，我的摩托车要留给……留给谁呢？"

沈恪发狂："唐晚晚，你偷亲我！"

唐晚晚："我还不是为了不去鬼屋。"

沈恪眼神复杂地看着她。

唐晚晚拍了拍他的肩膀："想开点，你的小泪痣是被我亲了，不是被母猪拱了。"

第二天。

为了对接上次的项目工作，唐晚晚再次去了趟科技馆。

完成工作，她从办公室出来，去了趟洗手间。洗手间挨着杂物间，一个保洁员抱着一大堆东西往杂物间走。只需一眼，唐晚晚就看见了沈恪的头像，这不是沈恪的人形立牌吗？

想想上次是多么光芒耀眼地摆在展厅门口，少女们竞相捏着他的耳朵合影留念。这才过去几天，就被保洁阿姨当成杂物丢弃。

啧啧啧，人走茶凉啊，你们就是这么对待你们男神的？

唐晚晚拿出手机拍了张照，正要发给沈恪，余光看到保洁阿姨推开了杂物间的门。

"阿姨，手下留人。"唐晚晚把手机塞进裤兜里，跑过去。

保洁阿姨很好说话，得知唐晚晚的意图后，果断把人形立牌交给了她。

"谢谢阿姨，你会一夜暴富的。"唐晚晚抱着沈恪的人形立牌，甜甜笑道。

阿姨笑眯眯的："小姑娘嘴巴真甜，阿姨祝你和你对门邻居早日结婚，百年好合。"

唐晚晚的笑容逐渐凝固：阿姨，你的嘴巴可真是甜的反义词。

她之所以要过来这个人形立牌，是想抱回家，当着沈恪的面让他认清他自己——他就是个可回收垃圾。

唐晚晚抱着人形立牌从科技馆出来，二十分钟过去没打到车。

她的心理障碍还没好，总是把沈恪和摩托车画上等号，导致她已经连着好几天不能骑摩托车。今天也不例外，她没骑摩托车，来科技馆的时候是打车过来的，但是现在她抱着的这个人形立牌太高太大，一般的出租车后备厢装不下。

最后她决定乘公交车回家。

科技馆站就有一路公交车直达幸福里小区，不是通勤时间，公交车上不算太挤。唐晚晚抱着人形立牌上车，成功吸引了全车人的目光。

公交车启动，唐晚晚还没找好空位坐下，惯性使然，她身体向后倒，她反应迅捷地伸手拉住了拉环，嘴巴不偏不倚地贴在立牌上。

旁边一个小姑娘看到这一幕，偷偷抓拍了几张照片，捂着嘴巴发微博。

@最可爱的小仙女是谁呀：【电车痴汉，嘻嘻 (*^__^*) 图片 /】

九宫格照片清晰地把唐晚晚和沈恪的脸照了进去，中间的照片最为劲爆吸睛——唐晚晚熊抱着人形立牌，粉嘟嘟的嘴巴正好贴在沈恪的嘴巴上。

刚开始这条微博只在小范围内传播，但因为照片视觉太过冲击，很快被热心市民转发。等唐晚晚下车时，这条微博已经被顶成了本地热门。

AI 小美 loft 改装厂。

阿晋吃着棒棒糖刷手机，刷到了这条热门微博。

"沈大爷。"阿晋拿着手机迅速跑到楼下，"挖掘机！你的挖掘机！"

沈恪正在调试一台机器人，闻言抬起眼。

"挖掘机把你亲上热搜了。公交车，立牌，亲嘴。"阿晋说话像被烫到嘴，"挖掘机姐姐，电车痴汉，不是，公交车痴女。"

沈恪皱眉看完了这条热搜。

阿晋又拿着手机给一旁的阿江看。

阿江看完："哦。"

"沈大爷，包养你的挖掘机段位实在是高，我等佩服。"阿晋抱拳。

沈恪嘴角拉平，面无表情地上楼。

他关门反锁，一步跳到铁床上打了个滚，然后从床头柜里翻出一个电器说明书，一脸镇定地趴在床上手写三行字。

唐晚晚肯定喜欢我。

实锤。

——《工科钢铁直女恋爱指南》

幸福里小区。

对事态发酵全然不知的唐晚晚正抱着人形立牌往 9 号楼走，一路引来一群小朋友的追随。

"姐姐，你抱着的这个哥哥是谁？是你男朋友吗？"

"不是。"

"那你为什么抱着他？"

"为了折磨他。"

"你从哪里捡来的？"

"垃圾桶里。"

一个小男孩双手抱臂，一副小大人模样，沉吟道："嗯，我妈妈一直用作业折磨我，她也说我是从垃圾桶里捡来的。所以姐姐，你是他妈妈吗？"

唐晚晚失笑，现在的小学生逻辑太强了吧！

走啊走，走到了 9 号楼前。

"唐晚晚？"沈奶奶从树墩麻将摊站起来，向她走过来，大声笑道，"我远远瞧着像你，但没敢认。走近看清你手里的牌子，我一瞅，这个帅小伙不就是沈恪吗，我这才敢认你。除了你，谁还会把沈恪的照片当宝贝。"

唐晚晚一窘：其实我也没把他当宝贝。

她马上把人形立牌放下，问道："沈奶奶你怎么来了？来看沈恪吗？"

"我来看看。"沈奶奶看见唐晚晚非常高兴，"我以为你不在幸福里住了。"

"公司离这里近，工作后我一个人搬了过来，我爸妈还在桃花苑新区。"

两个人边聊边乘电梯到达六楼。

沈恪这会儿不在家，唐晚晚邀请沈奶奶到她家喝茶吃水果。沈奶奶越看唐晚晚越开心，老人家有个习惯，偶然碰见多年不见的小辈，都会封个红包讨个喜气。

沈奶奶阔气，给唐晚晚封了个超级厚的大红包。唐晚晚不收，沈奶奶非要给。

两方僵持不下。

唐晚晚说："奶奶，你把钱留给沈恪吧。他破产了，这会儿没有钱。"

"破产？"沈奶奶的声音高了八度，"谁破产？沈恪比他爹都有钱。"

沈恪 ×。

——《挖掘机性能记录本》

沈恪身穿一套正装，头发梳得一丝不苟，手拎一筐大闸蟹从电梯间出来。

如果仔细看，就能看出来他身上的衣服袖扣领带皮鞋等等一切配置，完全照搬人形立牌上的自己。一晃眼，会让人误认为人形立牌活了。

他要的就是这种效果。

唐晚晚既然痴迷立牌上的他，不如他原模原样走出来。如果唐晚晚敢叶公好龙，他就再次带她去鬼屋。

沈恪站在 601 门口，第一眼看见了奶奶，第二眼看见奶奶身后的人形立牌。他翘起嘴角，全然没感觉到屋内怪异的气氛。

"奶奶，你怎么来了？"沈恪径直走到厨房，把大闸蟹放在台面上，"要在这里吃晚饭吗？"

唐晚晚背对着他洗葡萄。

沈恪凑过去捏了颗葡萄送进嘴里，见唐晚晚不理他，于是他在水龙头下洗了洗手，故意不擦手，贱兮兮地甩了她一脸水。

唐晚晚铁疙瘩一般，眼皮都没抬一下，依旧垂着脑袋，一颗葡萄一颗葡萄地洗。

厨房朝西，傍晚时分的太阳是金黄色的，映花玻璃上一片金黄。

唐晚晚垂着眼，睫毛被染成了金色，有点好看。

沈恪看得手痒痒，又甩了她一脸水，一颗圆润润的水珠滑落在睫毛上，唐晚晚岿然不动。

"唐晚晚，敢作敢当。"沈恪扯了扯领带，心神一片荡漾。

她这么反常，连看都不敢看他一眼，是在含羞吧？毕竟"公交痴女"在热搜待了半天。

"沈恪。"沈奶奶一边向他招手，一边一个劲儿使眼色。

沈恪应了声，在唐晚晚脑袋上抓了把，晃出厨房。

"你为什么骗晚晚？"沈奶奶小声问道，"她正在生你气。"

"我骗她什么了？"

"破产。"

沈恪浑身一僵，扭头看了眼唐晚晚："你告诉她了？"

沈奶奶扬手在他背上拍了一巴掌："哪里有咒自己家破产的。"

"我就是逗她玩。"沈恪靠在沙发上，心里虽然有点打鼓，但是面上依旧嬉皮笑脸，一副无所谓的样子。

装穷刚开始好玩，玩到现在他早腻了，而且还严重妨碍他耍帅。比如今天阿晋说想追一个女孩，打算带她去玩游艇。阿晋说，追女孩就是要使劲砸钱，铜臭味的恋爱最好闻，没有女孩子会不喜欢。

沈恪觉得，唐晚晚有点慕穷，估计没那么喜欢铜臭味的恋爱，但是她这个铁憨憨喜欢捣鼓摩托车拖拉机挖掘机。他这几天暗戳戳想过，如果给唐晚晚买台兰博基尼拖拉机让她拆解着玩，她会不会高兴疯。

那么问题来了，兰博基尼出厂的一台拖拉机可比跑车贵多了，如果他随随便便买来一台，唐晚晚怎么可能会信？毕竟他现在破产，穷到要去捡垃圾吃。

既然今天"破产落魄"的人设被奶奶拆穿，也省了他好多事。

沈恪跷着二郎腿，心想：唐晚晚现在非常痴迷我（人形立牌为证），就算知道欺骗她，肯定不会对我赶尽杀绝。

高一时，他装穷贴着唐晚晚蹭吃了一个月的饭，后来被揭穿，唐晚晚也没拿他怎么样。

理想很丰满，现实很骨感。

唐晚晚梗着脖子一晚上没搭理他。

沈奶奶知道他俩在闹别扭，为了缓和气氛，特意留在唐晚晚家里吃晚饭。饭桌上，唐晚晚和沈奶奶有说有笑，甚至还给沈奶奶剥虾拆大闸蟹，但全程没给沈恪一个眼神。

饭后，沈奶奶说 602 装修后她还没看过，拉着沈恪去 602 参观怀旧。

沈恪瘫在美人榻里，要死不活的。

"别这样躺，对腰不好。"沈奶奶逛了一圈过来，拽着他给他调整坐姿，"你看看人家唐晚晚，真是站有站相坐有坐相。"

不提唐晚晚还好，提起唐晚晚沈恪更加要死不活。

沈恪闷闷地说："她就是个铁疙瘩，怎么都折不动，当然站得直坐得正。"

"铁疙瘩多好，我就喜欢铁疙瘩，板正。"

沈奶奶今天来幸福里小区是准备捉妖的，在庙里求的黄符就在身上带着，但是被唐晚晚一打岔，她把这个事忘了，现在才想起来问："你前几天在家吃饭的时候，说你脏了，到底怎么回事？是不是被哪个狐狸精糟蹋了？"

沈恪无奈地解释："我当着唐晚晚的面突然睡着，一头扎进了垃圾桶里，唐晚晚以为我穷到捡垃圾吃，就这样。"

"有没有伤到哪里？脑袋疼不疼？是不是脸脏了？奶奶去给你拿热毛巾擦擦脸。"

"早洗干净了。"沈恪哭笑不得地拉住沈奶奶去拿毛巾的手。

"对啊，这都过去几天了，我真是老糊涂了。"沈奶奶叹了口气，随即道，"高医生对这个病挺有办法的，你肯定会好起来的。"

"嗯。"沈恪早已不抱希望，但也不想打破家人的憧憬，治病向来是会积极配合的。

过了一会儿，沈奶奶又问："唐晚晚不知道你得这个病？"

沈恪轻轻"嗯"了声。

"怪不得。"沈奶奶嘀咕道，"那我待会儿跟她说说。"

沈恪在美人榻里翻了个身，把脸埋进枕头里，许久后才闷闷地说道："你不用管，我自己跟她说。"

"也行，总是骗人家小姑娘多不好。再说，你一个人在这里住着我也不放心，怕你万一磕着碰着。唐晚晚在你身边帮忙照应着，总归是好的。"

沈奶奶闲不住，边唠叨边到处转着收拾房间。

沈恪不知在想什么，躺在美人榻里半天不动弹一下。

沈奶奶收拾卧室，整理床铺，拍打枕头时，有东西从枕头里陆续掉出来。

"怎么还跟个小孩似的,动不动就往枕头里藏东西。"沈奶奶笑着弯腰捡起来,"插座说明书?这是什么乱七八糟的东西。"

沈奶奶打算当垃圾扔了,放下枕头,随便一翻"说明书",看见中间空白处写了几行字。她眼睛有点花,拿着说明书走到窗前,举着读出来。

"今晚吃饭时,唐晚晚偷看了我五回。我觉得她是在勾引我……"

沈奶奶霍地瞪大双眼,八卦天性,她去捡地上掉落的其他名目繁多的电器说明书。无一例外,上面都有字。

"想给唐晚晚买台兰博基尼拖拉机……

"今天也是和唐狗屁绝交的一天。不要问我绝交是什么体位……

"唐狗屁你就是头呆驴……

"我有一头小毛驴。想骑……"

沈奶奶心潮澎湃:这都是什么污言秽语的东西,不能只污染我一个人的眼睛。

她把这些说明书全装进口袋里,准备带回家给沈爷爷看,但是转念一想,万一被沈恪发现这些说明书不见了,他面皮薄,估计这辈子都没脸回沈宅了。

不行不行不行。

沈奶奶赶紧把说明书全掏出来,又默念了遍,确保自己熟记于心,这才把说明书原封不动地塞回枕头里,又故意把枕头乱放,伪装成她没有动过的样子。

沈恪居然偷偷喜欢着唐晚晚。这是件大喜事啊,今年结婚!

唐晚晚刚出生时,沈奶奶就在幸福里小区住着,两家邻居又是对门,毫不夸张地说,她是看着唐晚晚长大的,对她知根知底。

唐晚晚心思正,没那么多坏心眼,力气大、爱运动、吃饭香、人美心善、人见人爱,沈奶奶这些长辈都很喜欢她。

沈恪小时候老是和唐晚晚作对,他们都以为他讨厌人家小姑娘,骂过他无数次,他都不听,没想到背地里竟然是这个酸样子。

沈奶奶心里美滋滋的,比吃了蜜还要甜。

沈爷爷总是说沈奶奶把沈恪当唐僧肉，觉得只有女儿国的国王才配和他在一起。

沈爷爷昨天还在说："在你眼里，你的孙媳妇人选只能是总统女儿。"

此时此刻，沈奶奶心底一个劲儿地乐呵，还要什么总统女儿？总统女儿会开拖拉机吗？总统女儿会组装摩托车吗？总统女儿力气大吗？关键是，总统女儿能让她的大孙子手写情书吗？不能，通通不能。

沈奶奶像个老小孩，什么心情全写在脸上，心里也藏不住事。她现在憋得不行，又不能直接戳穿沈恪，只想赶紧回沈宅和沈爷爷八卦。

"沈恪，奶奶回家了。"沈奶奶乐颠颠的。

"我送你吧。"沈恪嘴上说着，身体依旧瘫在美人榻里纹丝不动。

"不用不用，司机就在楼下等着。"沈奶奶关上门，直奔对门，敲开 601 的房门，"晚晚，我要回家啦。"

唐晚晚马上回道："奶奶，我送送你。"

"司机在楼下，我就是过来跟你说一声。"

"我正好也要出去。"

"好好好。"

沈奶奶高高兴兴地和唐晚晚一起下楼，怕打乱沈恪和唐晚晚的恋爱节奏，她不问这个事，装作不知道，只一个劲儿地夸唐晚晚，把唐晚晚夸得以为自己是个钢铁天使，给一双翅膀就能飞起来。

沈恪竖着耳朵听楼道里的动静，一直没等来唐晚晚再上楼。他躺在美人榻里，戳 AI 唐狗屁："唐狗屁，你是不是死外面了？"

AI 唐狗屁："你骂我死？生气，不理你。"

沈恪："你想不想要兰博基尼拖拉机？"

AI 唐狗屁："猪。"

沈恪还真就想起来一件事。

就事论事，装穷失败，没准猪比拖拉机好使。

我不但定住七仙女，我还要蒙上她们的眼睛。

——《挖掘机性能记录本》

高一那年，唐晚晚去国际学校科技月活动参展，碰见沈恪。沈恪骗她说他被爸妈虐待，伙食费总是不够用，然后顺理成章地贴着唐晚晚蹭吃蹭喝了一个月。后来唐晚晚在街上偶遇了沈妈妈，被沈妈妈当场拆台。

唐晚晚当时非常生气，要和沈恪绝交。沈恪赔给她一年的伙食费，被她反手捐给了一个贫困乡村的养猪场。

唐晚晚气鼓鼓地说："深刻检讨，我这个月就当是喂了一头猪。"

沈恪虽然不记得当时的那个养猪场，但是 AI 唐狗屁记得。AI 唐狗屁很快检索出当年的记录——二嘎子村红星养猪场。

沈恪随即查出来红星养猪场的联系方式。他一个电话过去，说要捐一车猪。

养猪场负责人高兴疯了，号召全村连夜砌了个新猪圈，好为明天的一卡车生猪提供空间。

沈恪办事效率相当高，第二天下午就亲自押着一车生猪到达了二嘎子村红星养猪场。

养猪场负责人是个精神抖擞的老头，很瘦，水烟袋不离手，非常热情，热情到了为了迎接沈恪和生猪的到来，组织了一个小型的欢迎仪式。

一队小朋友拥过来，向沈恪敬上塑料大红花。沈恪一转头，没抢到给他戴花任务的小朋友拿着塑料大红花，全戴在了生猪脑袋上。

虽然是贫困村，毕竟是 21 世纪，成年人基本每人一部手机，咔嚓咔嚓围着沈恪和一群猪拍照。

沈恪有点招架不住这种热情，甚至感觉自己在和一群母猪结婚。

仪式终于结束。生猪全部入圈，一群看热闹的人陆续离开。

新猪圈太干净，里面什么也没有，看不出猪圈的样子，倒像是屠宰场中转站。

沈恪想给 AI 唐狗屁拍个养猪场短视频，他打听出旧猪圈的具体位置后，和助理一起走过去。助理跟了沈恪好几年，熟知沈恪的病情。

负责人知道他们在办私事，特意嘱咐村里人不要过去打扰他们。负责人则趁机回家准备杀头猪备桌酒席感谢沈恪一行。

沈恪和助理二人还未走到猪圈，就差点被臭气熏天的猪屎味熏晕过去。助理事先有准备，掏出两个口罩，一人戴上一个。

捐猪，其实沈恪完全没必要亲自过来。当年唐晚晚捐款是在网上捐的，她并没有来过这个二嘎子村。但是沈恪想，待会儿他站在猪屎里拍张定位照片发给唐晚晚，唐晚晚估计会笑疯。唐晚晚不是爱记仇的人，她一开心，装破产骗她的事应该就能翻篇。

沈恪心情非常好，甚至觉得猪屎味也没那么难闻了。他套上助理为他准备的长筒雨靴，踏入猪圈。稀稀绿绿的猪屎猪食污泥混杂物没到他小腿肚，沈恪呕了声，差点吐出来。

助理拿着手机调到录像模式。沈恪从屎里拔腿，伸手比姿势，身体突然向前倒，五体投地趴在污泥里睡着了。

助理飞身跑过去，但已经迟了。沈恪像是洗了个猪屎澡，因为是向前倒，"受灾区"就比较严重。不幸中的万幸是他戴了厚厚的防毒口罩。

养猪场里倒是有自来水管，就是没有热水装置。八月份的天气，虽说有点热，但冷水浇在身上，还是会不舒服。

助理拿着皮水管，红着眼圈给沈恪冲水，觉得自己要完蛋。以前虽然出现过类似的突发状况，但从来没有像今天这般惨烈过。

因为嗜睡症的不确定性和突发性，沈恪每次出行都会有很多人跟着，以确保他的安全。自从他搬到幸福里小区，行事非常低调，不带保镖不带助理，只有出门才叫司机。

捐猪这个事沈恪不想让更多人知道，他这次来也只带了助理一个人。

沈恪接过助理手里的皮水管，平声道："你也去洗洗吧。"

助理自己脸上沾了好多猪屎，但只顾着清理沈恪身上的脏东西。

"谢谢，对不起，好好好。"助理语无伦次，嘴上答应着，但还是没有去清理，只是万念俱灰地蹲在地上，眼睛盯着沈恪，不敢有一丝懈怠。

唐妈妈排舞时扭伤了腰。唐晚晚昨晚送走沈奶奶后，直接去了爸妈家，没再回幸福里小区。

唐妈妈的腰伤是旧疾，这次旧伤复发有点严重。今天唐晚晚请了假，带妈妈去医院，好巧不巧，遇到了张宗正。张宗正了解情况后向她们介绍了一个按摩针灸的中医馆。

"是马医生的医馆吗？"唐妈妈问道，"我听说过他，按摩手法非常有一套，但是他早已不在医馆坐诊了，而且那家中医馆要排号预约，我怕腰伤等不起。"

张宗正说："我恰好认识马老，和他有点交情。如果阿姨信得过，我可以拜托马老亲自出一次诊。"

"不太好吧。"

"马老诊费很贵，就算是我亲自介绍，也不会给你们打折。"张宗正很会讲话，让人承情的时候不会太尴尬。

他又转头看着唐晚晚，态度诚恳："对不起，我前几天一直在外出差，没有及时向你解释，很抱歉。我完全尊重你的意见，我个人对你非常欣赏。如果你不介意，我想和你继续做朋友。不要误会，就是普通朋友。"

唐晚晚其实挺介意，但这时妈妈偷偷拽了下她的衣角。她知道，妈妈有腰伤很痛苦，这次来医院看病，医生也是建议保守治疗。所谓保守治疗无非就是按摩针灸敷药吃药，疗效不是太明显。而且看妈妈的态度，应该是知道张宗正这次介绍的马医生对腰伤保守治疗很有一套。

唐晚晚想：我不能因为个人的一点"偏见"就置妈妈的腰伤于不顾。张宗正说得对，他只是个中间介绍人，诊费不会少一分。再者，拒绝过的相亲对象又不是仇人。

"谢谢你。"唐晚晚道，"如果你有时间，待会儿请你吃饭吧。"

张宗正微微颔首，转身走了两步打了个电话。

这通电话很快结束，他拿着手机走到她们跟前，笑道："马老今天恰好有时间，可以腾出两个小时。"

二嘎子村红星养猪场。

沈恪拿着皮水管，从头往下浇，站着冲刷衬衫和裤腿。不知为什么，他突然有点心慌。

"手机给我。"沈恪偏头对助理道。

"哦哦。"助理拿出代为保管的手机。

手机里一堆信息，沈恪快速扫了遍，其中没有唐晚晚，他吊起的一颗心放下又被揪起。

就是在这个时候，他收到了阿晋的一条消息。

阿晋：【我刚偶然看见的。图片 /】

照片里的三个人沈恪都认识——唐妈妈、唐晚晚，还有张宗正。他们三个人站在一起，笑容满面。

唐晚晚带张宗正见家长？

水压突然升高，皮水管里的水束骤大，兜头一管冷水浇下来。

沈恪肩头有块没有清理干净的猪食，被水束冲刷下来，这块猪食不偏不倚落在手机屏幕上。冷水陆陆续续地浇，屏幕上的猪食稀释再稀释，直至冲刷干净，露出三人清晰的笑容，再到手机黑屏。

沈恪面无表情地站在原地继续浇水冲洗身体，周遭的空气里到处充斥着浓郁的猪粪味。刚刚看到照片时，他却仿佛隔着屏幕闻到了一股香水味——

张宗正这种胜券在握的成功人士独有的香水味，代表着征服、自信和高高在上不沾染尘世的风雅。不像他，随时都有沾上猪屎的可能。今天是猪屎，明天可能就是马尿。

这种生活中的不确定性，刚开始曾令沈恪苦闷自卑自闭崩溃过，后来随着年龄增长，他早已学会适应和接受，甚至是欢迎这种随即偶然性。

他为自己造了一个铜墙铁壁，无人可摧。可是现在，铜墙铁壁出现了一丝裂缝。不是矫情，裂开的时候，他甚至能听到"咔咔"的断裂声。

他想：可能自己就像是机器人，只是内部零件需要清理了。

沈恪站在原地，麻木地拿着皮水管不断冲洗身体。助理从没见沈恪这个样子过，站在旁边不敢吱声。

"你们怎么在这里洗澡？这里的水太冷，你们城里人禁不住，会感冒的。"养猪场负责人急匆匆过来，"我回家给你们烧一锅开水，你们再冲冲暖暖身子。"

负责人本来是来叫他们回家吃饭，却被眼前的这一幕惊到。

"沈总，去冲冲热水吧。"助理恳求道。

"嗯。"沈恪机械地应了声。

助理连忙接过皮水管关了水龙头，和沈恪一起去了负责人家里。好在他们开来的车里有备用衣服，沈恪冲过热水澡，总算换上了干净衣服。

负责人很热情，竭力邀请他们在家里吃饭。助理只想早点回去，走出这场噩梦，他本想拒绝，但是沈恪已经被负责人按在了椅子上，没有抗拒没有生气也看不出是否同意，就像个冷冰冰的机器人，没有情绪。

"也不是。"助理挠挠头，小声嘀咕了句，"沈总设计出的机器人都快成精了，这些机器人像是有自己思维，平时也会有点情绪。"

助理觉得沈恪可能就是受冲击太大，一时缓不过来劲。今天这事搁谁谁受得了？更何况他还是沈家的大少爷。

饭桌上，不知怎么说到了来这里捐猪的源头——唐晚晚十一年前给这里捐过一车生猪。

"哎呀，我记得这个事。"负责人非常激动，"那是我们红星养猪场第一次收到外界的捐赠，我和我老婆子高兴得好几个晚上睡不着觉。

"如果不是收到捐赠，我们红星养猪场也办不下去。可以说没有那车生猪，就没有我们红星养猪场的今天。

"我们一直想要感谢当年的那个捐助人，但是捐助人没有透露姓名和联系方式。

"你们原来是一家人。你们一家人都是大好人，都是我们红星养猪场的恩人。

"老婆子，去猪圈把三娃抱过来，送给这位大恩人。

"三娃是第十一代传人，我们养着它，为的就是今天。

"我给你们解释下三娃的经历，它曾爷爷的曾爷爷的……曾爷爷是十一年前捐赠的那批生猪中，个头最大，长得最壮实的。

"我们每年都会挑一个他的后代去配种,一年传一年,就有了今天的三娃。

"今天无论说啥,你们都要收着。"

于是,回城的路上,沈恪和三娃坐在后排座位,大眼瞪小眼。

二嘎子村在山坳里,因为要走山路,助理今天开的是辆越野车,空间足够大,装一头猪一个人绰绰有余。

三娃倒是不脏,抱上车前,负责人的老婆把三娃洗得干干净净,怕它在车里拉屎撒尿,还给它戴上了一个特制尿不湿。

车厢里只有三娃的哼哼声。

沈恪吃饭时被负责人劝了两杯酒,此刻脑袋有点胀。他的酒量其实还可以,不会两杯就倒,但是今天他情绪低落,而且这个酒太糙太烈,后劲非常大,刚开始没什么感觉,等车进了桐市,他已经有了醉意,说话都有点大舌头。

"沈总,进市区了,我们回哪里?"助理战战兢兢地问。

"回家。"沈恪撑着昏沉的脑袋,补充道,"沈宅。"

"好。"

半个小时后,越野车驶进沈宅大门。

"沈总,到家了。"

沈恪坐在车里没动,不知是睡着了还是在想什么,助理没敢叫他。

半晌,沈恪口齿不清道:"我要去找铁憨憨。"

助理一脸蒙:"谁?"

"送我去幸福里小区。"这时,三娃拱他的腿,沈恪蹙眉,"把这玩意儿给我弄下来。"

助理连忙下车把猪抱了下去,管家迎出来。

"不要宰,先养着吧。"沈恪突然道,"三娃可能饿了,喂它点东西。"

助理把猪交给管家,交代了几句后,随即开车送沈恪去幸福里小区。二十多分钟后,来到幸福里小区9号楼下。

沈恪把助理打发走,坚持一个人上楼,刚开始还能走两步,进了电梯间后就不行了,靠着轿厢滑坐在地上。

唐晚晚打算这几天暂时住在爸妈家,方便照顾妈妈,今晚吃过饭后,她返回幸福里小区收拾这几天的日用品。收拾好后，她拎着行李包出家门等电梯，习惯性看了眼 602 的门，紧闭着，不知沈恪在不在家。

六楼提示音到，电梯门开，酒气熏天。

电梯里有三个人，除了前面捂鼻皱眉的一对小情侣，唐晚晚看见电梯角落还瘫坐着一个人，她不太敢确定："沈恪？"

沈恪脑袋靠着轿厢，双眸似闭不闭，没有回应。电梯门重新合上，继续上行。

刚才时间太短，唐晚晚没看清那个人到底是不是沈恪。

数字屏显示停在 10 楼，之后好像是没有人乘坐电梯，一直停在 10 楼不动。唐晚晚按下行键，电梯很快到达 6 楼。电梯角落里的那个人依旧瘫坐着，像是晕了过去。

唐晚晚这次看清了，这个酒鬼确实是沈恪。她废了好大力气才把他拖出来，边拖边骂。

"铁憨憨。"沈恪大着舌头，靠在 602 门口，笑嘻嘻地输入密码开门。

"不错，还记得自己家密码。"唐晚晚从不和酒鬼讲道理，讲也讲不明白，不如顺着他。

"唐晚晚，我问你。"沈恪摇摇晃晃地走进家门，甩开鞋，偏头看她，"孙猴子定住七仙女却去摘蟠桃，为什么？"

有时候，沈恪觉得自己就像是被唐晚晚哄骗着扒光了衣服，但是她只是想拿衣服拧麻绳玩，全程不给他光溜溜的身体一个眼神。这跟孙猴子定住七仙女，居然跑去摘桃有什么区别？

唐晚晚把他的胳膊搭在自己肩上，承载着他的重量，一边搀扶着他去卧室，一边说道："还能因为什么，因为他想吃蟠桃。如果是我，我定住七仙女后得把她们的眼睛蒙上，这样她们就没证据证明是我偷吃的蟠桃。"

沈恪笑了一阵："唐狗屁你就是头呆驴。"

"是是是。"唐晚晚不和他计较，推开卧室门往大床前走，"能自己上床吗？"

"我今天吃了猪屎。"沈恪声音听起来委屈极了，"指甲缝里都是猪屎，不信你闻闻。"

唐晚晚把他安顿在床沿上，安抚地捞起他的手，凑近看了看，又放在鼻子前嗅了嗅，笑道："没有啊，我闻起来很香。告诉你一个秘密，我在科技馆展厅听你演讲的时候，看见你拿教鞭的手，想把你的手偷过来收藏。"

　　反正跟喝醉了的人说话他也听不懂，第二天醒来就会忘。唐晚晚说起这些，一点也不心虚。

　　沈恪不知被什么取悦到，心情很好的样子。他扯着唐晚晚的脸颊往两边拽，嘻嘻笑着："唐狗屁你一点也不乖。"

　　唐晚晚撇撇嘴，没说话。

　　"我给你表演一个乖。"说完，沈恪往大床上一躺，主动掀开被子盖上，一副被妈妈哄睡的乖宝宝模样。

　　唐晚晚被他的样子逗笑："要不要我给你讲个睡前故事？"

　　沈恪闭着眼睛不理她。

　　唐晚晚突然戏精上身，就是想讲睡前故事。他越不听，她越是想讲："从前森林里住着一个小男孩……"

　　"我还在表演中。"沈恪柔声道，"你不要闹。"

第六章
背她回家

没脸见人。

————《挖掘机性能记录本》

"好好好，请继续你的表演。"唐晚晚回到走廊，把行李包拿进家里，打算确定沈恪没事后她再回爸妈家。就这么一会儿工夫，沈恪居然把自己表演睡着了。

唐晚晚端着水杯站在床前："醒醒，起来喝水。"

沈恪闭着眼睛，安安静静，一副乖宝宝的熟睡样。

唐晚晚盯着他，自己咕咚咕咚把水喝尽。她其实还在生气中，生气沈恪装破产骗她，把她当傻子玩，让她愧疚这么久。毕竟，她有时候觉得他公司股票突然直线下跌，可能真就是她把他从楼梯上搋下去的缘故，害她迷信玄学，害怕鬼魂。虽然上次去鬼屋已经克服了怕鬼的心理，但在鬼屋之前她是真的害怕。

最关键的是，他那么有钱，居然每晚到她家骗吃骗喝，岂有此理！越有钱越抠！但沈恪此时此刻的这个死样子，还是好像她的摩托车。

唐晚晚突然冒出一个小念头，想到一个让沈恪赔偿的办法——骑他，把他当摩托车骑。

为了控制这个念头，唐晚晚差点把水杯捏变形。不行，她得找个事情做做转移注意力。她去灌了杯凉水，还是不行，非但不行，还更加想骑了。

"唐晚晚，不要。"不要压抑天性，呜呜呜。

眼不见才能心静。唐晚晚逃出卧室，奔回自己家，扛起行李包想回爸妈家冷静一下，但又怕沈恪半夜突然呕吐窒息死亡。她看过不少类似新闻，有人醉酒后睡着，被呕吐物阻塞气管窒息死亡。

最终，唐晚晚无可奈何地折返 602，去沈恪卧室继续守夜。

看着沈恪睡着的样子，唐晚晚脑海中不自觉浮现出等待保养的摩托车。突然一阵响铃，把她吓得从床沿跳下来，是唐妈妈打来的视频电话。

"晚晚，你到哪里了？怎么还没回来？"

"我、我、我……今晚不过去了。"唐晚晚支吾道，"摩托车坏了，要保养一下才能上路。"

"你不是不骑摩托车了吗？打车回来。"

"太晚了，明天吧，明天早起我就回家。"

"你换窗帘了？"唐妈妈看着视频里的背景，"颜色太暗，哪里像一个女孩子家，女孩子家就要粉粉嫩嫩的。"

唐晚晚回头看了眼身后，她正站在沈恪卧室的窗户前，幸好，不然肯定会被妈妈认出来这不是她的卧室："嗯嗯，我知道。"

"不和你说了，我要敷面膜。"

"妈妈晚安。"

唐晚晚把手机随手一撂，长舒一口气："深刻检讨，你得赔我守夜费。"

沈恪在睡梦中呓语了句什么，听不清。正因为听不清，听起来才会让人浮想联翩，有点像摩托车突突突的声音。

守夜费、护理费、被骗精神损失费、一个多月的晚饭费。赔偿吧，摩托车。

不管三七二十一，唐晚晚一个干净利落的翻身骑上去。我的摩托车，我来了，横杠车把轮胎脚蹬和后视镜，还有我的小挂件。因为隔着被子所以觉得很舒服，这款摩托车软中带硬，性价比有点高。

"沈牌摩托车，冲啊。"唐晚晚发起了神经，样子非常傻。

"唐晚晚！你在干什么？"唐妈妈突然一声吼。

唐晚晚瞬间呆滞："妈妈？你在哪儿？"

"唐晚晚！这就是你今晚不回家的理由？"唐妈妈惊得脸上的面膜掉在地上，"床上躺的是谁？"

唐晚晚小声道："我在试骑摩托车。"

"哎哟哟，老公救命。"唐妈妈起来太急，闪着了腰，"老公快来。"

唐晚晚刚才傻掉了，现在才意识到妈妈的声音是从手机里传来的。肯定是刚才视频过后她没有挂断视频，唐妈妈那边也没有挂。

手机在哪儿呢？她转着眼珠去找，转到床头，结果看见沈恪睁开眼，正看着她。

唐晚晚一秒灵魂出窍。

"不成体统。"唐爸爸的声音。

唐晚晚慢慢转动眼珠，终于看到手机不偏不倚立在床头。好吧，我可真会扔。这是什么史诗般的尴尬，唐晚晚想去死一死。

"我其实是在照顾醉酒的病人。"唐晚晚硬着头皮伸手够到手机，挂断视频。

不说话还好，说话之后感觉更加尴尬。她攥着手机翻身下床，反倒恶人先告状："你睡觉蹬被子，害我不停给你盖被子，再蹬被子小心我闷死你。"

沈恪没有回应。

唐晚晚眯着眼睛偷看，沈恪这货居然又睡着了？刚是她在做梦？还是他做梦？

唐妈妈一直打电话过来，都被唐晚晚挂断，她没脸接，只想找个地缝钻进去自闭。

半个小时后，有人敲门："唐晚晚！开门！"是唐爸爸的声音。

唐晚晚从 602 溜出来："爸，声音小点，小心邻居举报你半夜扰民。"

唐爸爸看见她从对门走出来，疑惑道："我敲错门了？"

他看了看门牌，又辨了会儿方向，这才确定自己没有敲错门。

"你在对门干什么？"说出来后，两人都陷入沉默。还能干吗，刚都看见了。

"咳咳。"唐爸爸握拳举到嘴边咳嗽了声，"你妈妈让我过来看看你。"

唐妈妈脑补了一万个不堪入目的内容，逼着老公到"犯罪现场"查看。

这种事情，作为父亲，不太好张口，何况是唐晚晚这个铁疙瘩。唐爸爸本来话就不多，现在话更少，此时此刻，他看着唐晚晚纯真无邪的眼睛，觉得自己的尴尬癌犯了。

唐爸爸说："你妈妈怕你被张宗正骗。"

"张宗正？"唐晚晚纳闷，"怎么扯到他了？"

"咳咳，刚才我们没看到那个男人的脸。"唐爸爸尴尬得直挠头，"张宗正今天不是刚帮忙联系到医馆的马医生吗，你们请他吃饭他没去吃，无功不受禄，所以你妈妈就想，他是不是想要其他感谢方式，咳咳。"

"没有啊，我没和他再联系。"

"嗯，那就好。"

"那……"唐晚晚道，"爸爸你现在走？"

唐爸爸心情复杂地盯着602的门："里面那个……"

"他喝醉了，不省人事，我帮他盖被子来着。"唐晚晚支吾，"我等电梯的时候，看见电梯里有人喝得醉醺醺的，我刚开始不知道是谁。"

唐爸爸听不下去了，绕过唐晚晚径直走进602。格局和601一模一样，唐爸爸一点也不陌生，很快就找到了卧室。卧室门半开着，他推开闯进去。

"沈恪？沈爷爷家的那个大孙子？"

唐爸爸眼力不错，一眼就认出了床上睡觉的人是沈恪。沈恪上小学初中时都在这里住，每天抬头不见低头见，唐爸爸很熟悉他这张脸。

事已至此，唐晚晚只得承认，解释道："沈恪今年回国，上个月搬来了这里住。我刚准备回家，等电梯的时候看见他不省人事地躺在电梯间，做好事把他拖了进来。邻居嘛，互帮互助。"

唐爸爸不是八卦的人，但如雷贯耳的沈氏集团谁人不知？集团总裁正是他们老邻居的儿子。

"沈爷爷的孙子，沈家的独苗。"唐爸爸放心道，"他看不上你。"

"你继续照顾他吧，我回家了，你妈妈还在等我给她敷药。"唐爸爸转身往外走，"既然你现在是安全的，我和你妈妈就放心了。"

唐晚晚没转过弯来："他看不上我，所以我是安全的？"

"嗯。"唐爸爸实诚地点头，"你放心，他不会对你图谋不轨。"

唐晚晚："哦，谢谢爸爸。"

唐爸爸走出 602，突然想起什么，来了个急转身。

"还有事？"唐晚晚问道。

"我觉得小沈可能不太安全。"唐爸爸拍女儿的脑袋，语重心长道，"你心思一向很正，爸爸是知道的，希望你再接再厉，不要晚节不保。"

唐晚晚无语地闭上嘴巴。

电梯到，唐爸爸要走。

"爸爸，这件事你千万不要告诉我妈。"唐晚晚双手合十，"拜托拜托，不要让我妈知道沈恪已经搬回来住了。"

如果唐妈妈知道沈恪现在还是单身，肯定会很头疼。

父女俩想到一起去了。唐妈妈最近一年想让自己女儿相亲结婚想疯了，在大街上碰见个不错的小伙，就问人家是否单身，沈恪这个条件她岂不是会癫狂？绝对不能让老邻居看笑话。

"嗯，我知道。"唐爸爸点点头。

回家的路上，唐爸爸已经编好了一套逻辑缜密的说辞，到家后告诉了老婆。

唐妈妈沉吟道："晚晚已经这么饥渴了吗？居然当众捡醉鬼亲热？"

"咳咳。"唐爸爸道，"没有当众，电梯里当时只有他一个人，不省人事一身酒气，晚晚怕他出事，都是同一楼里住着的，互帮互助嘛。"

唐爸爸当然没敢说是对门 602 家的人，而是随便说了个楼层数。唐妈妈被腰伤分散了注意力，没有打破砂锅问到底，只是一个劲儿地感慨："没想到晚晚已经饥渴到这种地步了。"

幸福里小区 602。

唐晚晚在沈恪床前老老实实守了一夜，因为怕他呕吐，她几乎一夜没阖眼。

沈恪第二天早上睁眼时，看到的就是一个披头散发、眼神涣散的女鬼形象。他倒抽一口凉气，差点吓晕过去。

干熬了一夜，唐晚晚喉咙沙哑："你居然一夜都没吐，对得起我吗？"

"你昨天是吃黄金了吗，不舍得吐？害得我一夜没睡。"唐晚晚把沈恪捞起来，在他背上一通捶，"给我吐！"

刚醒来，沈恪脑袋都是蒙的，完全不知道现在是什么情况，但是唐晚晚一句话就让他想起昨天吃的是什么。

"哇——"他吐了出来。

我发现

只要和沈恪在一起，我就会做出一些降智的事情。

像个活体智障。

——《挖掘机性能记录本》

唐晚晚快被熏晕过去，她觉得自己就是个傻子，为什么非要逼他吐？

"唐晚晚？"沈恪坐在床上，看了眼唐晚晚，又看了眼被子上的一摊呕吐物，太恶心了。于是，他扯着被子默默掩盖住这摊恶心的内容物。

"沈恪。"唐晚晚捏着鼻子，强忍着不适，好心提醒他，"刚才你嘴巴上有个绿绿的东西，现在没了，好像是被你吃进去了。"

沈恪皱眉，胃里又升腾出一股恶心，"哇"地又吐了一波。

"你太恶心了。"唐晚晚夺门而逃，奔回自己家。

今天休息日不用上班。因为一夜没睡，唐晚晚回到家一头栽倒在床上再也没起来。她是被一个电话吵醒的，熟睡时被电话吵醒，她非常暴躁。

"我给你发信息你一直没回。"张宗正在电话那头说道，"抱歉打电话打扰你。"

唐晚晚没好气："知道打扰你还打电话？"

张宗正一顿，继而说："是这样的，昨天约好的下周二给阿姨扎针，但是马老下周二突然有要事，所以想问能不能提前到今天下午。阿姨今天下午三点到五点有时间吗？"

"你问我妈。"唐晚晚迷迷糊糊挂断电话。

电话那头的张宗正差点把手机捏断。

唐晚晚闭着眼睛猛地坐起来，自言自语："刚刚是不是有什么重要的事？"

她试着回想了下，好像是马医生今天下午三点要给妈妈扎针。

唐晚晚揉着眼睛摸出手机看时间，原来一觉睡到了中午十二点。她赶紧给妈妈打电话，把张宗正刚打电话的事情告诉了妈妈。

"我睡过头了。"唐晚晚打了个哈欠，"我现在起床回家，下午和你一起去。"

"不用不用。"唐妈妈连忙道，"你爸爸陪我去。我这里有张宗正和马医生的电话，我现在就联系他们，你不用管了。"

"哦。"唐晚晚重新躺回床上，蒙被子继续睡。

"你睡够了就去跑步，去健身房做运动，要么骑摩托车去郊外兜兜风。"唐妈妈催促道，"运动可以发泄精力，不会有乱七八糟的念头，不要再去捡醉鬼带回家了，不安全。"

唐晚晚满头问号。

唐妈妈挂断电话，对旁边的老公道："我昨晚做了一夜梦，梦见晚晚蹲在酒馆门口，专门等醉酒的漂亮男人，扛起人家就往家里跑。"

唐爸爸沉默地给她按摩腰。

唐妈妈担心地说："昨晚的事情对我造成心理阴影了。不行，我得抓紧再给她安排几个相亲，不然放任她这样下去，迟早会做出犯法的事情来。"

唐爸爸有些疑惑："刚你们说的那个张宗正，精英总裁，年轻有为，不就很好吗？为什么拦着不让晚晚见？"

"张宗正不行。"唐妈妈皱眉，"他哪里都好，但越是表现得滴水不漏哪哪都好，我就越犯嘀咕。"

"犯什么嘀咕？"

"他要真像他表现的这么好，会缺女朋友？会看上咱们家晚晚？"

唐爸爸抽了抽嘴角，没说话。

"不过他帮忙联系马医生，这个恩情我还是要还的，至于怎么还我再想想。"唐妈妈又说，"晚晚现在太饥渴，我怕她见着张宗正，把他给办了，那以后可就说不清了。"

被电话这么一搅和，唐晚晚再也睡不着。她烦躁地在被窝里打了个滚，想起沈恪，更加烦躁。

她趴在床上给朱珠发微信：【你告诉我，我是个智障吗？】

朱珠不知道在忙什么，可能没看到微信，一直没回复她。

唐晚晚把手机撂到一旁，拿起床头柜上的《挖掘机性能记录本》，准备汇总一下本周的工作内容。她刚翻了两页，昨晚把沈恪当摩托车骑，结果被爸妈捉个现行的死亡画面挤进脑子里，面颊一阵发烫。

唐晚晚咬开笔帽，强行写字来转移注意力，写了一页，回头检查通读时，发现她刚写的是：【我发现，只要和沈恪在一起，我就会做出一些降智的事情，像个活体智障。】

她摔笔，怎么哪哪都有沈恪？

微信进来一条提示音，是朱珠发来的消息：【我刚在做运动。】

怎么大家都这么热爱运动？刚妈妈在电话里也让她出去运动。

唐晚晚回复：【你在做什么运动？我现在过去找你，一起做运动。】

朱珠发了个捂脸的表情。

朱珠：【这个运动，我建议你去找你竹马。】

唐晚晚：【？？】

朱珠：【我又要下一轮运动了，不和你聊了。】

唐晚晚挠着头发下床去洗漱。她肚子有点饿，但沈恪被子上的那摊呕吐物的画面刻在脑子里，甩也甩不掉，胃里一阵不适，吃不下东西。

唐晚晚决定找沈恪算账。她叼着牙刷从家里走出来，发现602的门开着，房间里两个阿姨不知在捣鼓着什么。她找了一圈，沈恪不在。

唐晚晚刚开始还以为沈恪家里进贼了，问了才知道，这两个阿姨是沈家派过来打扫卫生的。

小区物业就有钟点工，非要舍近求远让沈家的阿姨来打扫卫生，沈恪可真是抠。怪不得每晚都要去她家蹭晚饭，肯定是能省一点是一点呗。

沈宅。

沈恪感冒发烧，在床上躺了一天，什么也不说，什么也不吃。

"这可怎么办？"沈奶奶焦急，"沈恪一天没吃东西了。"

"饿得轻。"沈爷爷正在气头上，他的菜园子被三娃拱了，一园子的菜全被糟蹋了。

三娃就是沈恪昨天晚上带回来的那头猪。

沈爷爷喜欢种菜，在院子里开辟了个菜园，纯天然无污染，沈宅的人平时一日三餐都是吃那个园子里的菜。

"三娃已经圈起来了，不就是几颗菜嘛。你前两天不是说想吃丝瓜吗，正好腾出地种丝瓜。"沈奶奶非常护短，爱屋及乌，"沈恪说三娃是十一代单传，没准三娃是个什么宝贝。"

"什么十一代单传，赶紧给我撵走。"沈爷爷拐杖点地，气得胡子都吹了起来。

沈爷爷听管家说昨晚沈恪回了趟沈宅，进大院门把三娃放下来，让好生照顾着。他自己连车都没下，掉头回了幸福里小区。

今早沈恪回沈宅，脸色差额头烫，迷迷糊糊叫阿姨去幸福里小区打扫卫生，随后一头栽倒不省人事。沈奶奶连忙喊医生过来，经过一通检查忙活，确定沈恪发烧感冒，有点严重。

沈恪在床上躺了一天，乖乖打点滴吃药，就是不吃饭不说话。这可急坏了沈奶奶，她打电话问昨晚送他回来的助理，助理支支吾吾的："您还是亲自问沈总吧。"

沈奶奶一听就知道是沈恪下了封口令，等去幸福里小区打扫卫生的阿姨回来，向她汇报说沈恪卧室都是酒味，呕吐物弄得被子上都是。

沈奶奶稍稍一联想，就拐到了唐晚晚身上：肯定是这两个孩子闹别扭了，该不会是沈恪表白被拒了吧？

碍于沈恪面子薄，她最终忍住，没有去找唐晚晚探听八卦。

沈奶奶端着一碗蔬菜粥，敲开卧室门："奶奶亲手做的蔬菜粥，没有放油，非常清淡，你以前感冒没胃口时最喜欢吃这个了。"

沈恪正靠坐在床上给 AI 唐狗屁打补丁，闻言抬眼，看见奶奶手里端着的蔬菜粥，满满一碗绿油油的青菜。

这让他想起昨天红星养猪场那个臭气熏天的猪圈，绿绿稀稀黏黏糊糊。

"哇——"他再次吐在被子上。

因为一天没进食，沈恪吐出来的只有酸水和药水，感觉再吐，就会把胆汁吐出来。

沈奶奶慌到不行，喊人换了新的被子，一通倒腾收拾。

"不行，我得去趟幸福里小区。"沈奶奶皱眉。

"你去干什么？"沈恪终于开口说话。

沈奶奶心想：果然是因为唐晚晚。

"唐晚晚说你每晚都挺能吃。"沈奶奶故意道，"我去问问她，她每晚都做什么菜。"

"她做什么我都不吃。"

"怎么？你俩吵架了？"

沈恪嘴唇抿成一条直线，没有马上回答。沈奶奶起身，佯装出门。

"没吵架。"沈恪怕奶奶真过去找唐晚晚，声音闷闷的，"我昨晚喝醉，唐晚晚一夜没睡照顾我，但是我今早醒来，吐了她一身。"

其实没吐到她身上，但是沈恪那会儿脑子蒙蒙的，不知道到底有没有吐到她身上。

沈奶奶听了，眉梢里遮掩不住的都是喜气："晚晚在你身边待了整整一夜？"

这个速度，今年要抱上孙子了吧。

"都快要当爹了，身体要紧。"沈奶奶语出惊人。

沈恪疑惑地抬眼。

"不吃饭不行。"沈奶奶道，"你要是不吃饭，我就去跟唐晚晚要菜谱了。"

沈恪无奈地妥协道："我喝白粥吧。"

"好咧。"沈奶奶搓手，早知如此，她一开始就把唐晚晚这个杀手锏搬出来了。

沈恪虚弱道："不吃菜，不要蔬菜粥，吃纯白粥，一个月内不要让我看见绿色的饭菜。"

"好好好。"沈奶奶嘴里答应着，心里直犯嘀咕，不吃有机蔬菜，营养不均衡。

不知道奶奶在脑补什么的沈恪躺在床上，全身虚脱。

唐晚晚的这个周末非常无聊，充分体会了一回空巢老人的感觉。一个人吃饭一个人睡觉一个人看电视一个人聊天。她在家咸鱼躺了整整两天，又到了吃晚饭的时候。她越躺越废，懒得做饭，给朱珠发微信约吃饭。

朱珠发了家大排档的地址过来：【这家的烤串好吃到爆。我前几天吃过，直到现在还在流口水。】

于是，两个人约好去吃烤串。

唐晚晚到达后，却被朱珠临时放了鸽子。

朱珠发了一排下跪求饶的表情包：【晚晚，我有罪，我错了，我去不了了，下回我请你吃。】

唐晚晚：【你有事？】

朱珠发了一排捂脸的表情包。

唐晚晚发过去一排问号。

朱珠：【做运动。】

朱珠：【这次真的是突击运动，对不起啦。】

朱珠：【对了，你一定要吃这家的烤烧饼，超级好吃的。】

唐晚晚纳闷朱珠最近怎么老是在做运动，她不胖啊，用不着减肥。不知是什么运动让她如此痴迷。

唐晚晚郁闷，拍了张定位照片发朋友圈：【我吃过烤串就去做运动。】

沈宅。

沈恪正在和 AI 唐狗屁闲聊。

AI 唐狗屁突然报告道："我刚发了条朋友圈，邀请你观看。"然后主动把唐晚晚的这条定位朋友圈截图了出来。

为了减少刷手机的时间，沈恪给 AI 唐狗屁写个小程序，关联唐晚晚的所有社交圈。一旦她在网络平台发布状态，都会第一时间通知到他。

沈恪看着这张截图，关闭打开关闭再打开，反复十个来回，最终给唐晚晚发了条消息：【我今天一天没吃饭。】

唐晚晚：【真省钱。】

沈恪：【我发烧了，40℃。】

唐晚晚：【没我的摩托车厉害，我跑完水箱温度能飙到 90℃。】

沈恪抖着手回复：【我发烧的时候，被猪拱了。】

唐晚晚：【666666。】

沈恪气倒在床上。他在床上躺了一会儿，抄起一件外套，起身出门。

沈恪感冒还没好，今天阿晋和阿江来沈宅"探病"。沈恪病恹恹地躺在床上，半死不活，阿晋在一旁打游戏玩到嗨，阿江则在旁边的沙发上安静坐着。

沈恪突然问道："你还记得张宗正吗？"

阿江点点头："嗯。"

沈恪："你觉得我和他比，谁优秀？"

阿江："他优……你秀。"

沈恪眼神笼上少有的黯淡："他身体健康没毛病。"

阿江看了他一眼，单刀直入："挖掘机嫌弃你有嗜睡症？"

沈恪反应了半分钟，才意识到阿江说的挖掘机是谁，然后冷冷地说："她不知道我有嗜睡症。"

"那你完了。"阿江说，"你没病都争不过张宗正。"

沈恪丧了一天。他原本打算冷处置一段时间，但是刚看到唐晚晚的消息，心脏像是被谁捏了一下，又疼又涩。

去大排档的路上，沈恪有种破罐破摔的心思，甚至想在唐晚晚面前正大光明再犯一回病。我就是有病，爱咋咋地吧。

宾利停在大排档前，沈恪下车，对司机道："你回去吧。"

司机有些担心："可是……"

沈恪一指大排档前坐着啃烤串的唐晚晚："我今晚赖上她了。"

司机曾到幸福里小区接送过沈恪几趟，见过唐晚晚几回，知道他们俩关系暧昧，于是识趣地闭嘴，掉头开回沈宅。

唐晚晚啃烤烧饼啃得正得劲。沈恪一拉塑料凳，坐在她旁边："老板，再来二十串烤肉。"

唐晚晚瞥他一眼，讥讽道："阔气，没破产的人就是这么任性，一来就是二十串烤肉。"

沈恪："我请你。"

唐晚晚："用不着。"

沈恪感冒还没好，胃里不太舒服，吃不了这么油腻的东西，等肉串上来，他只吃了两口就放下了。

唐晚晚说不吃他的烤串，就是不吃，自己又单独叫了十串烤肉。

烤肉的签是铁的，为了便于穿肉，两头都是尖尖的。沈恪手拿一串烤肉，在思考如果下一秒突然睡着，一头扎在烤串上就好玩了。他瞟了眼唐晚晚，心想这样估计会吓到她，说不定还会给她造成心理阴影，以后再也不敢吃烤串，于是他把烤串放回了托盘上。

唐晚晚吃饱喝足，抹嘴起身要结账，AA，只付自己那份。沈恪跟着付了他点的那份。

大排档离幸福里小区不远，步行二十分钟的距离。

唐晚晚来的时候打车，现在吃太撑，打算散步回去消消食。沈恪跟着她。

两个人不知怎么，不知是谁开了头，吵了起来，从大排档一直吵到幸福里小区，又吵到6楼走廊。

唐晚晚吼他："你没破产为什么每天到我家蹭晚饭？"

沈恪呛回去："你不喜欢我为什么照顾我一夜？"

唐晚晚懒得理他，捋袖子开门。沈恪以为她是要揍他，往旁边偏了偏头，结果两个人的唇瓣不偏不倚碰到了一起。

时间和空气同时凝固。

唐晚晚最先反应过来，推开他。

沈恪低笑了声："唐晚晚，你又偷亲我。"

"又？"唐晚晚直男疑惑，"我什么时候偷亲过你？"

"鬼屋。"沈恪提醒道，"你偷亲我的泪痣。"

"你自己也说了是泪痣，不是你。"唐晚晚抠字眼，"上回是泪痣，这回是表皮和表皮触碰，常有的事情，你不要什么事情都扯到亲……唔——"

沈恪突然凑过来，堵住了她的嘴巴，撬开了牙关，来了个深吻。

唐晚晚内心波涛汹涌：怎么吵着吵着就吻上了？

我今天升天了。

朱珠今天也升天了。

——《挖掘机性能记录本》

试想一下这种场景：你在自己院子里摆烧烤，自给自足吃得非常满意，回味无穷，以至于你不舍得刷牙。这个时候，你的邻居翻进你家院子，掀翻你的烧烤摊还不够，还把你摁在门上攻城略地，连你口腔里仅剩的一丝丝烧烤味都被掠夺尽，你会作何反应？

此时此刻，唐晚晚就面临这个问题。她推开沈恪，有点恼怒："沈恪，你很饿？"

沈恪一愣："什么饿？"

"你为什么要吃我嘴巴里的烤肉？你既然这么饿，刚在烧烤摊，你自己点了那么多烤串不吃，偏偏要抢我嘴里的？"

沈恪被气笑："唐晚晚，你觉得我是在抢你嘴里的烤串？"

唐晚晚快被气哭："难道不是？"

沈恪："你现在嘴巴里还有烤串味吗？"

唐晚晚啪嗒掉了一颗泪："没有了！都被你吃光了！你这个……唔——"

沈恪再次堵住了她的嘴巴，比上次更加凶猛。这回不仅仅是攻城略地，还是在放火烧山。

唐晚晚被亲蒙了，脑子突然蹿出这么一个画面——

自家院子里的烧烤摊虽然没了，但是院子里却奇迹般地开了好多花，此起彼伏，连绵不绝，有玫瑰有百合有薰衣草，还有好多好多叫不上名字的鲜花，五彩缤纷多姿多彩应接不暇。院墙外甚至还有一台老式摇臂爆米花机，"砰"的一声巨响，玉米一瞬间炸开，爆出数以万计的玉米花，香香甜甜。她吃了一颗又一颗，因为贪吃，嘴巴肿了。

次日，公司。

唐晚晚跑去洗手间照镜子，刚又被公司的同事打趣，问她是不是谈恋爱了。

"有这么明显吗？"她看着镜子里的嘴唇，"好像是有点肿，还有牙印，但也不至于是香肠嘴啊。"

沈恪真可恶。

隔间走出来一个小姑娘，她看着镜子里的唐晚晚，边洗手边笑："你涂口红盖一下就好了。"

唐晚晚："你现在涂口红了吗？"

"涂了啊。"

"颜色挺好看的，什么牌子，我也买个一样的。"

"每个人的唇色和质地不一样，对口红的要求也就不一样。口红还要根据每天的衣服款式颜色搭配着来。"小姑娘普及了一遍口红常识后，说了她现在用的这个口红牌子和色号。

唐晚晚听得一个头两个大："口红不都是红色？"

小姑娘扶额。

唐晚晚一挥手："算了，太麻烦，做女人真难。"

唐晚晚一整天都有点心不在焉，总是走神。

昨晚上沈恪亲了她三回，回回都是深吻，最后一回是她主动索取的。

唐晚晚觉得她当时肯定是被下蛊了，不然怎么可能会主动扒着沈恪索吻？

沈恪边亲她边揉她的脑袋，场面有点不受控制，最后她终于清醒过来，推开沈恪跑回了家里。

初吻没了，她升天了，接吻的滋味原来就是得道升天。

她一夜无梦，一觉黑甜到天明。

唐晚晚趴在办公桌上，给朱珠发微信：【我堕落了，我升天了。】

朱珠：【我也堕落了，我也升天了。】

唐晚晚：【我的初吻没了。】

朱珠：【我的初婚没了。】

唐晚晚：【你不要学我说话。】

唐晚晚：【初婚？！】

朱珠：【你快去朋友圈蹲我，给我首赞给我首评给我第一个撒花。】

唐晚晚赶紧点进朋友圈刷新。

朱珠上一秒发了条朋友圈，唐晚晚没来得及看，第一个点赞第一个评论：【撒花撒花撒花。】

做完这一切，她才细看这条朋友圈内容，吓得把手机扔到了桌上。她再捡起来，一个字一个字地看。

朱珠：【我昏了。图片 /】

照片里，大手包小手，小手拿了两张红彤彤的结婚证。这是条定位朋友圈，定位显示是在桐市东城区民政局。

唐晚晚差点昏厥过去。朱珠打过来好几个电话，她都没接，捂住耳朵，嘟囔着："我不听我不听我不听。"宛如琼瑶女主上身。

她不能接受朱珠结婚，感觉自己被渣了。朱珠不是说要和她一起单身到底，这辈子都不会结婚的吗？居然偷偷单飞了。

等等，朱珠什么时候谈的恋爱？哪里找的男人？

唐晚晚一个头两个大，昨晚稀里糊涂把初吻交给了沈恪，脑袋本来就是蒙的，现在朱珠又给她当头棒喝，满脑袋的"我和沈恪乱来了"和"朱珠渣了我偷偷结婚了"。

唐晚晚趴在办公桌上，给沈恪和朱珠同时发了一条一模一样的微信：【绝交。】

沈恪又发烧了。自从养猪场回来，他开始反反复复发烧，烧退了过会儿又开始烧，低烧高烧轮着来。

昨晚他去大排档时，烧是退了的。后来可能是在烧烤摊吹了风，也可能是被油烟熏得反胃，从烧烤摊返回小区的路上，沈恪开始不舒服，脑袋胀痛，晕晕乎乎的。忘了是被唐晚晚哪句话气着，和她吵了起来，一路吵到家门口。他当时身体发冷发热，头昏脑涨。看着唐晚晚铁疙瘩一样的脑袋，又气又恼，一时冲动强吻了她。吻了三回，但最后一回是她主动的。

唐晚晚可能是被惊到了，贴那么近，居然都没发觉他在发烧，再然后她逃回家反锁门。沈恪在门外站了一个小时，身体越来越支撑不住，于是他戳AI唐狗屁叫来司机，回沈宅打点滴。

沈恪睡了一觉，今早醒来烧已经退去。

早饭后，沈恪去院子里看三娃。他觉得昨晚太混乱，从唐晚晚的脑容量来理解这个吻估计够呛。所以他想趁热打铁，帮助她来理解理解。

他的理解办法就是牵着三娃去找唐晚晚，告诉他这头猪的来历，顺理成章和她忆往昔，随后表白。

然而当他去院子里找三娃时，三娃好像是在闹脾气，以百米跨栏的速度冲向他，把他撅到了花园里。

花园里的 360° 喷洒水龙头正在浇水，沈恪被浇了个透，又开始发烧。他在床上迷迷糊糊躺了一天，收到了唐晚晚要和他绝交的微信。

沈恪既委屈又困惑，难道唐晚晚被他传染了感冒？他想直接问她，转念一想，以唐晚晚的脑回路，肯定会觉得昨晚吻她，是想把感冒传染给她。于是沈恪喊来阿江，开车偷偷溜出沈宅。

唐晚晚失魂落魄地下班。朱珠给她发了好多信息，她都没有看，直到回到幸福里小区，她气消了不少，才慢腾腾打开。

朱珠一直在道歉和解释。唐晚晚从上翻到下，得出四条关键信息：

1. 朱珠是闪婚，和她老公真正确定关系只有十天；

2. 她老公工作很忙，领证是今早临时决定的；

3. 他们彼此认定了对方，就算以后会分开，她也不会后悔；

4. 他们太和谐，跟他在一起，她觉得自己像动物一样快乐。

唐晚晚抓头皮，理解不了动物的快乐是种什么快乐。

朱珠：【百因必有果，他的报应就是我。】

朱珠：【晚晚，其实，你认识他。】

最后，朱珠发来了他们结婚证的内页。

二寸照片，一男一女依偎在一起，头发丝里都是甜蜜，女人软萌，男人阳刚。

咦？这个男人的脸有点面熟。

唐晚晚再看名字——高鹏飞。

这不正是她的第一个相亲对象，酒吧续摊相亲那个警察？

想和沈恪吵架。

——《挖掘机性能记录本》

消息太过震惊，唐晚晚如被雷劈：朱珠居然和我的相亲 1 号闪婚了！

不过还得记得朱珠有次算卦，说高鹏飞会主动找她。

唐晚晚给她发微信：【你居然真的会算卦。】

朱珠：【你不生气了？】

唐晚晚：【还是有点。】

朱珠：【好啦好啦，等我们度蜜月回来请你吃饭，吃最贵的。】

唐晚晚：【度蜜月？】

朱珠一个电话打过来："他前段时间执行任务时受伤，昨天任务结束，今天开始休假养伤，假期不长，不是真正的蜜月假期。年底办婚礼时把所有假期都凑一起，到时候再度次蜜月。晚晚，你年底也结婚吧，咱们一起办婚礼，一起穿婚纱。"

信息太多，唐晚晚原地蒙了一会儿："受伤还能度蜜月？"

"当然能啊，他体力好。上回你在我家，我不是算了一卦吗，算出来他会主动来找我，结果还真的是。"朱珠笑着开始讲他们认识的过程，"前段时间，他出任务时受了伤，我那会儿正要下班，他直接进来问我要止血带和酒精。我虽然是个兽医，但对人体的紧急处理还是会的，就帮了他的忙。"

"哦，我懂了。"唐晚晚说，"因为你是兽医，但你却给他治了次伤，所以你才说他是牲口。"

"是，也不是。"朱珠嘿嘿笑了几声，"我告诉你他伤在哪里。"

唐晚晚："哪里？"

朱珠："大腿。"

唐晚晚虽然没觉得这有什么前因后果，但她直觉朱珠要开启成人脑洞了。

唐晚晚心如止水，想要挂电话："祝你们百年好合。"

"等等。"朱珠匆忙交代，"晚晚，结婚之前，你试试你竹马。"

"试什么？"

"试试他会不会使你像动物一样快乐。"

唐晚晚捏着电话若有所思，乘电梯到6楼，一眼就看见沈恪靠在她家门上。突然想起他俩昨晚就在这个门上干了些什么，唐晚晚心口一慌，下意识想逃。

"唐晚晚。"沈恪收起手机，快走两步，伸手把她从电梯里拽出来摁墙上。两个人的距离太近，怕感冒过给她，沈恪从裤兜里掏出一个口罩戴上。

唐晚晚缓缓地问："你的嘴巴被我咬烂了？"

沈恪声音闷闷的："没有。"

唐晚晚："不然你为什么戴口罩？"

沈恪眼睛弯起来："我感冒了。"

"我亲你的原因？"唐晚晚皱眉心，"可是我又没有感冒，怎么会传染给你？你不要赖上我。"

沈恪发现她没有被传染，心里踏实下来。他叹了口气，伸手盖在她脑袋上揉了下。这个揉的动作，使唐晚晚想起了昨晚接吻时的混乱，他就是这样揉的，有点点舒服，还有点点刺激。

唐晚晚的脸腾地烧起来，心脏也扑通扑通狂跳。她弓腰缩背，从沈恪胳膊肘底下钻出来，快步走到家门口，到处翻钥匙，没翻到。

唐晚晚今天受刺激太大，一整天脑袋都是蒙的。她下班时还在想朱珠闪婚的事情，魂不守舍地收拾办公桌，可能是把钥匙落在哪个角落里了。家里没装人脸识别和密码锁，开门必须要用钥匙。

"去我家吧。"沈恪笑道，"过夜不收费。"

"我又不包养你，为什么要收费？"唐晚晚怼回去。

觉得哪里不太对时，沈恪已经把她架到了602门口。

唐晚晚马上说："我要回我爸妈那里。"

"朱珠今天结婚了？"沈恪说着，输入密码开锁，推开了602的门。

"对啊，闪婚，我今天差点气死。"

成功转移了她的注意力。

唐晚晚痛斥着朱珠，太过投入，浑然不觉自己已经进了602，而且还自来熟地从冰箱里拿了一排果冻。

沈恪中间插了句嘴："吃什么？我叫外卖。"

"酸辣土豆丝，糖醋小排，青椒炒牛肉。你自己做饭，我不吃外卖。"唐晚晚吃着果冻，"你知道朱珠的老公是谁吗？说起来你也见过。"

"谁啊？"沈恪漫不经心说着，退出某个国宴大师开的私房菜馆，登录某个跑腿软件，输入菜名，让跑腿小哥代买菜谱原材料。

"高鹏飞。"唐晚晚道，"一个多月前，绿夜酒吧。你、我、朱珠，还有另外一个男的。"

"那个警察叔叔？"沈恪在她面前坐下，挑了挑眉，"唐晚晚，朱珠结婚你生气。生气的点在哪里？她抢走了你男人？"

唐晚晚一脸问号："高鹏飞和我什么关系都没有，酒吧那次之后，我们没有联系过。"

沈恪阴阳怪气地"哦"了声。

"如果是阿晋今天突然结婚，但是他事先不告诉你，你什么感受？"唐晚晚试图举个让他感同身受的例子。

沈恪："巴不得。"

唐晚晚不解："为什么会巴不得？"

沈恪撕开一个果冻："结婚不通知，不用给份子钱。"

唐晚晚撇嘴: "你可真抠。"

沈恪抬眼笑: "份子钱省下来给你买果冻。"

"沈恪,你可真抠。"唐晚晚啧啧, "我百思不得其解,你身为桐市首富亲生的独生子,没人跟你抢家产,你为什么会这么抠?什么钱都想省。"

沈恪十分心塞: 重点难道不是给你买果冻吗?

唐晚晚感慨了一番,吞下一颗果冻,突然想起朱珠说的快乐论,她对此始终疑惑: "沈恪,动物的快乐是种什么快乐?"

沈恪: "什么?"

"朱珠说,高鹏飞使她像动物一样快乐,这是她闪婚的原因之一。"

"咳咳咳。"沈恪被果冻卡住,咳到快窒息。

"朱珠是兽医,喜欢小动物,她什么都喜欢用动物来比喻,我想象不出来。"唐晚晚托腮,遐想道, "如果是我,我肯定用挖掘机手扶拖拉机变形金刚这些东西来比喻。我觉得挖掘机就挺快乐,每天突突突地挖土推墙刨坑。"

沈恪终于止住了咳嗽,他扯了扯衬衫,又扯了张纸巾擦上面的果冻污渍: "唐晚晚,你又毁了我一件衣服。"

"不是我弄脏的,不要赖我。"唐晚晚瞪眼看了他一会儿,又回到上一个话题中, "沈恪,你可真抠,又想赖我赔衣服。"

"上次你让我赔衣服。"唐晚晚跪步向前,伸手扯他的衬衫前襟,肯定道, "这就是我赔你的那件。"

沈恪: "不是。"

"我看就是,扣子一样,款式一样,颜色也一样,都是白衬衫。"

"款式布料扣子都不一样。是不是在你眼里,所有白衬衫都一个样?"

"你想唬我?"唐晚晚扯他的衬衫想看个仔细,双腿跪地毯上太久有点麻,支撑点没找好,倒在了沈恪身上。泰山压顶,再次骑上了摩托车。

沈恪躺在地上,缓缓地说: "这个画面有点熟悉。"好像经历过,又好似是在梦里。

唐晚晚动弹不了,不是她想耍流氓,实在是双腿不听使唤。

你们有没有长时间蹲坑的经历?蹲太久,双腿又酸又麻似乎不是自己的,不能走不能站，只能放置等它自己缓过来。

此时此刻，唐晚晚觉得自己像是刚蹲了次坑。大人，民女冤枉啊。

沈恪视线落在她嘴巴上："唐晚晚，你是不是觉得所有口红都是红色？"

"我知道不是。"唐晚晚哼了声，今天在公司刚被科普过，她有点神气地说道，"有大红色、橘红色，还有粉红色。"

沈恪笑了下："你说得对。"

唐晚晚顺坡下驴："所以白衬衫有灰白、葱白和豆腐白？"

"是。"沈恪勾住她的工装往下拽，"但是口红还有一种红。"

"什么？"

"晚红。"

"晚红是什么红？"

"就是唐晚晚红。"

至此，挖掘机重量全部撑在摩托车上，唇瓣几近相贴。

"叮咚叮咚"，门铃响个不停。

唐晚晚像是装了弹簧，原地跳出几米远。她动作迅速地低头收拾散乱的果冻，样子像极了小时候一个人偷偷在家看电视，听到大门响，赶紧关电视藏遥控，用冷水毛巾给电视后壳降温的"老实孩子"。

沈恪原地躺了一会儿，懊恼地起身去开门。跑腿小哥拎着一袋子菜，等着他签收。

沈恪蹙着眉："你们跑腿业务太快了，下回慢点。"

"您真幽默，快是我们的宗旨。"小哥在签收条上扫码，笑道，"如果您满意，记得给个五星好评。"

沈恪冷脸接过袋子关上门。他瞟了眼唐晚晚，拎着袋子去厨房。因为还在感冒期，为了妥当，做菜之前戴上了口罩。

唐晚晚坐在美人榻里玩手机，肚子开始有点饿了。

厨房里的男人身穿白色衬衫，身材挺拔，手撑台面微微躬身，衬衫牵拉出来的褶皱勾勒出精悍的肌肉弧度。窗外金色的阳光照进来，落在他半边脸和肩背上，给脖颈洒了一层温柔的金光，美得像一幅画。最美的是切菜的动作，从背后看，他像是在画画。

唐晚晚走过去，捏着一根比她手指还要粗的土豆条，疑惑地问："你要炸薯条？"

沈恪垂眸："酸辣土豆丝。"

"你家的土豆丝这么粗？"唐晚晚丢掉土豆条，又捏了片牛肉，"牛肉不能这样切，你把肉的纤维切坏了。"

"我没做过饭。"

"没做过很骄傲？"

"没。"

"等你做好饭我早就饿死了。"

"对不起。"沈恪开始发烧，握刀的手滚烫，但是身上格外冷。

"算了算了，你一边待着去，我自己来吧。"唐晚晚从刀架里抽出一把刀，"你切土豆用错刀了，要用这把。你平时不做饭厨房用具倒是挺齐全，这把刀和这口锅简直就是我梦中的挖掘机。"

沈恪笑着放下刀去洗手。

"我发现你对别人抠，但对自己非常大方。"唐晚晚熟练地切着土豆丝，"有好刀不用，非要去我家蹭饭。"

沈恪突然问道："如果是张宗正每天都要去你家蹭晚饭，你会怎么办？"

"不可能，他有钱，而且他不抠。"

"比如，比如他跟我一样，装破产去你家蹭饭。"

唐晚晚停下刀，想了十秒，果断摇头："我又不是他妈。"

沈恪被取悦到，眼睛弯起来："如果是赵猛呢？"

"我师父有爸妈。"唐晚晚又道，"如果他爸妈不要他，来我家蹭饭也不是不可以，但他饭量很大，他可能会把我吃破产。"

沈恪弯起的眼睛又耷拉下来。

唐晚晚切好土豆丝，换了个刀剁排骨："我师父好像会做饭，如果他在我家吃饭，我得让他做饭。"

"唐晚晚。"沈恪语气有点小心翼翼，"你有没有想过，张宗正、赵猛，还有我，你为什么只允许我去你家蹭饭，而且不用我做饭？"

唐晚晚没有想，直接道："因为你是沈恪啊。"

沈恪觉得他快被这句话烧死，喉结缓缓滑动，伸手去揉她的脑袋。

"啊。"唐晚晚一刀挥起，案板上的猪肉甩了沈恪一脸，"不能碰拿刀剁肉的人，你妈妈没教过吗？"

"没。"沈恪讪讪的。

"你口罩上沾了块肉。"唐晚晚踮脚拽下他的口罩。

发烧的缘故，沈恪脸上出了一层薄薄的汗。他皮肤很白，水湿盈润。正在饿肚子的唐晚晚看着他的脸，联想到了刚出笼的水晶包，皮薄 Q 弹，她有点想吃。

沈恪脸白，衬得嘴巴分外红。他在发烧，身体冒汗，体内却极度缺水，嘴唇有点干裂，细汗滑到干巴巴的嘴唇上，不够，还是不够。

唐晚晚吞咽了口口水，她突然想化身为他脸上的汗水，去浸润这个干裂的嘴唇："沈恪，咱们吵架吧。"

因为昨晚他们就是吵着吵着吻上了。

我就是馋沈恪的身子。

——《挖掘机性能记录本》

唐晚晚"咚咚咚"把骨头剁得震天响，以此来发泄内心的邪念。

沈恪躺在美人榻上昏昏欲睡。吵什么架？吵不动。刚才沈奶奶打来电话，催他回家打点吃药。他撒谎说今晚没再发烧含糊了过去，其实他烧得厉害，有点头重脚轻。

不知道这几天是不是睡多了的缘故，他的嗜睡症没再犯过。

从昨晚开始，在唐晚晚面前，沈恪抱着破罐破摔的心态——如果突然犯病，唐晚晚应该会问，他正好趁机坦白直接说出来。

没犯病的情况下他实在开不了口，尤其是对着唐晚晚。

要怎么说？

我高二那年突然得了一种怪病，总是会无缘无故地突然睡着。吃饭时会睡着；走路时会睡着；写作业时会睡着；打篮球时会睡着……我哪儿也不敢去，只好休学了几个月。在国内没找到对症的医生，所以出国去治病？

我不想接受你的同情，不想听你安慰，不知道怎么面对你，所以这些年一直没有联系。今年回国在初中同学聚会上看见你，控制不住想要接近你，所以搬来幸福里小区和你继续做邻居。我可能一辈子都治不好这个病，你会不会介意？

"杀了我吧。"沈恪扯了一条毛毯盖到脸上，死也说不出口。

唐狗屁你这头呆驴快来向我表白！

饭菜做好，唐晚晚摆好餐桌，喊了声"吃饭"，沈恪没应。

"吃饭了，大少爷。"唐晚晚走到美人榻前，扯了下沈恪身上的毛毯。

沈恪胳膊从毛毯里耷拉下来，宛如一条死狗，一动不动。他的手腕荡来荡去，露出一截紧实的小臂，那只一度让唐晚晚想偷过来收藏的手就垂在地毯上。因为皮肤白，显得特别柔美。

男人的手长成这样，简直是不像话。

唐晚晚蹲下来，看了沈恪一眼，确定他"没有意识"，于是她胆从心生，拿起这只手放到她膝盖上，然后一手按住手腕，一手举起做了个砍刀的姿势，手起刀落劈柴。没砍下来，没舍得，呜呜呜。她拿起这只手放在嘴边吹了吹，没忍住，又亲了亲。

目睹全程的沈恪全身像过了电，焦麻焦麻的。

其实沈恪一直没有睡着，他就是懒得说话懒得动弹，甚至懒得出气。他生病的时候又娇气又丧气，丧娇丧娇的。

他用毛毯蒙着脸，只露出一个眼角，嘴角疯狂上扬：唐狗屁请继续，不要怜惜我这朵娇花。

想起唐晚晚抱着他的人形立牌乘公交车的痴女形象，再联系她刚才疯狂吸手的样子，沈恪有点小躁动，唐晚晚骨子里居然是个痴女。

上次的人形立牌事件，被沈奶奶横插一杠拆穿他的破产人设，后来就不了了之，他没有问人形立牌去了哪里。此时此刻，沈恪浮想联翩：夜深人静时，唐晚晚被窝里的人形立牌突然动了起来……

"沈恪，你手怎么这么烫？"唐晚晚玩够了这只手，才后知后觉地感觉到这只手的体温不正常。

沈恪继续躺尸，唐晚晚把他摇"醒"。

"我可能得了绝症，要死了。"沈恪掀开眼皮，病恹恹道。

唐晚晚已经拿了手机："我打 120。"

"不用不用。"沈恪扔掉毛毯坐起来，"我又活过来了。"

唐晚晚看着他，想了想："你还空着肚子，吃过饭再去医院好了。"

"嗯。"沈恪压抑着内心的雀跃，去厨房洗了手，回来时多了双筷子。

怕感冒传染给唐晚晚，夹菜的时候，他特意用公筷。唐晚晚没有发现这个小细节，她的注意力全在手机上。

朱珠在朋友圈发了张动图，这个动图截取的是某个古装电视剧的小片段。在这个小片段里，有个长者在教训儿子："放屁，你那叫喜欢吗？你那是馋她的身子，你下贱。"

唐晚晚咬着筷子尖，去偷看沈恪。

沈恪长得可真好看，刚才拽他起来的时候，手又软又烫，特别好摸，如果是身体那岂不是更加……嘿嘿嘿，呜呜呜，我就是馋沈恪的身子。

沈恪知道唐晚晚一直在偷看他，他故意装作不知道，以此来满足痴女的幻想。

"呆驴。"唐晚晚指挥她的手机小助手，"刷新朱珠的微博。"

朱珠的微博里有好多类似的图片。

沈恪闷笑了声："唐晚晚，你不觉得你就是头呆驴吗？"

唐晚晚不以为意："我如果是呆驴就好了，天天住进手机里。"

沈恪觉得唐晚晚就是头憨憨的倔毛驴，用皮鞭抽着不走，非要在脸前吊根红萝卜才往前走。仔细品品，在她面前近似裸奔疯狂刷存在感，她只会觉得他神经病，但当他裹得严严实实躺着不动时，她却开始想方设法地去扒他的衣服。

自己扒衣服和被暗恋的人扒光衣服，这两者根本没有可比性。

本来沈恪打算今晚死也要"绑住"唐晚晚，和她来个强制良宵。但现在他改了主意，他想等着唐晚晚"绑住"他，被强迫着和她共度良宵。一步步引鱼上钩的感觉，爽。

吃过饭，唐晚晚把碗和盘子放进洗碗机里，她从厨房出来，居然看到沈恪在泡脚。

自从患上嗜睡症后，沈恪的作息饮食和运动都很有规律，非常健康。泡脚是被爷爷奶奶逼迫的，养成习惯后，他也觉得泡脚好舒服。

"沈恪，你现在的样子好像我爸哦。"唐晚晚被沈恪泡脚的样子震惊到。

沈恪沉默又诱惑地解开衬衫领口的两粒纽扣，露出弧度好看的脖颈和性感的锁骨。

唐晚晚挠挠头："好吧，又不像了。"

沈恪泡脚，唐晚晚在旁边写工作日志。

工作日志写好，回头检查的时候，看见表格里有句不相关的话：【我就是馋沈恪的身子。】

唐晚晚觉得自己魔怔了。她哀伤地合上记录本，抬头看沈恪。

沈恪泡脚的时候在看一本书，他看书的样子怎么可以这么好看。

他的嘴巴已经不再干裂，水润润的，像是刚和书里的颜如玉亲过嘴。她莫名其妙有点生气，凑近再凑近，眼前忽然一黑。沈恪手里的书本蓦地抬高，她的嘴巴和书的封皮贴在一起。

唐晚晚又窘又羞愤。

沈恪的脸掩在书里，嘴角咧到耳根，肩膀耸动。

"我接个电话。"唐晚晚的手机铃声适时响起，借此慌忙跑开。

沈奶奶给沈恪打了好几个电话，但沈恪把手机设成静音，一概没有接到。上次沈奶奶来幸福里小区，临走时和唐晚晚互换了电话号码。

"沈奶奶让你回家打点滴吃药。"唐晚晚挂断电话，对沈恪道。

"嗯。"沈恪强行把嘴角拉平，冷着脸放下书。

唐晚晚本来今晚要回爸妈家，结果不知怎么被沈恪拐到他这里。现在沈恪要回沈宅，她也没有留下来的必要。

"我送你回去。"沈恪问道，"你爸妈是在新区桃花苑吗？"

"嗯。"唐晚晚报了个地址。

沈恪叫来阿江充当司机，先送唐晚晚回桃花苑小区。阿江今天开的是一辆高档保姆车，座椅非常舒适，唐晚晚睡着了。车到楼下时，她依旧在酣睡。

"等她醒？"阿江看向沈恪。

沈恪看着她的睡颜，不知想起了什么，嘴角勾起："我背她回家。"

阿江很担心："但是你万一突然睡着怎么办？"

"她头铁，磕一下没关系。"沈恪解开唐晚晚的安全带，在阿江的协助下，稳稳把她背在背上。

阿江看着他们的身影消失在电梯间，摇了摇头。沈恪的脑袋可能被驴踢过。

唐晚晚趴在沈恪背上继续装睡。在车里时她确实是睡着的，但是阿江协助沈恪背她时，偷偷在她胳膊上使劲拧了下，她被拧醒了，但她不想那个时候醒，呜呜呜，又可以骑沈恪这辆摩托车了。

沈恪背着唐晚晚乘电梯，电梯里刚好有一波跳过广场舞回来的大妈，她们一脸八卦又兴奋地看着他们，彼此眼神疯狂交流。

"小伙子，你女朋友喝醉了？"

"没，她在睡觉。"沈恪轻轻应着。

"小伙子腰真好。"

"你女朋友有福气喔。"

唐晚晚一张脸埋在沈恪脖颈里，闭着眼睛偷偷在笑。这种闭眼骑摩托车被"交警"拦着盘问的情景，好刺激。

电梯很快到达5楼。唐家住在503，沈恪背着唐晚晚走出电梯。

因发烧的缘故，沈恪的体温很高，这种温度烤得唐晚晚有点心猿意马。他身上有好闻的皂香，淡淡的，从头发丝里和衣领里散发出来，很好闻。

唐晚晚趴在他背上，闭着眼睛，又想起了昨晚他们亲亲时她脑子里的那片开满鲜花的院子。她想吵架，她想吃烧烤，她想吃爆米花，她想吃他的嘴巴。

唐晚晚心一横，要不假装从他背上滑下来摔地上，然后借口被他摔倒，顺理成章开始吵架。迟了，沈恪已经敲开了503的门。

唐晚晚豁开一条眼缝，正好和拉开门的唐爸爸对视。她朝爸爸眨了眨眼，脑袋一耷拉，歪在沈恪脖颈里。

唐爸爸凝固住，仿佛回到上次视频"女儿骑摩托"的现场。

"唐叔叔，晚晚今天没带幸福里小区的钥匙，进不去家门。我送她回来，她在车里睡着了。"沈恪简短解释道。

"来来来，快进来。"唐爸爸狠狠在唐晚晚背上拍了一巴掌，"唐晚晚很重的，累着了吧。"

"不累。"沈恪背着她走到客厅沙发前。

放她下来的时候，唐晚晚身体一歪，胳膊顺势搂住他，手上稍微一用劲，巧用姿势，完成了嘴巴对接。嘿嘿嘿，亲上了。

唐爸爸没眼看，默默转身。

我怀疑沈恪喜欢我。

——《挖掘机性能记录本》

沈恪僵住。

唐晚晚就着这个姿势，嘴巴蠕动，咬着沈恪的唇瓣嘬了嘬。她像是做了个美食梦，正在梦里吃东西，不知把沈恪的嘴巴当成了什么美食，香香地吃个没完。

唐爸爸黑着脸，使劲摔了下鞋柜门。

沈恪半弯着腰，像一颗大白菜，呆呆地立在土里，任由猪拱。

唐晚晚吃够了，胳膊从沈恪脖子上滑落下来，翻了个身，歪在沙发里继续装睡。她闭着眼睛咂吧了几下嘴，含混不清咕哝了句什么，像是在梦里呓语，装得出神入化。

沈恪木着脑袋，她这是在做梦吧？

"咳咳咳。"唐爸爸蹲在鞋柜前，拿了双拖鞋出来。

沈恪如梦初醒，意识到自己刚才做了些什么时，背上瞬时出了一层汗，泅湿了衬衫。他竟然当着唐爸爸的面，趁唐晚晚睡着，占她便宜吃她豆腐。

他立马规规矩矩站直，毕恭毕敬的："唐叔叔。"

唐爸爸蹲在鞋柜前，手里不知何时多了一个改锥，正在"认认真真修理"鞋柜门。

"鞋柜门坏了，呵呵呵。"唐爸爸抬头，装作刚看到沈恪那边的情况，憨厚笑道，"你坐你坐，我去给你倒杯水。"

沈恪欲上前："我来修吧？"

"不用不用，就是螺丝钉松了，我刚已经拧好了。"唐爸爸心虚地收起改锥，站起来给沈恪倒水。

唐爸爸心里直犯嘀咕：他难道看出来我是在假装修理鞋柜门？

沈恪后背淌着冷汗，心里也在嘀咕：他到底有没有看见我和唐晚晚亲嘴？

两个人宛如战争年代的双面间谍，疯狂掩饰自己的同时，各自在心里揣测对方的想法，互相客气，心弦紧绷，又苦又累。

唐爸爸："你长高了。"

沈恪："您还是一如既往的年轻。"

唐爸爸："你什么时候回国的？"

沈恪："今年年初。"

唐爸爸："还走吗？"

沈恪："不了。"

唐爸爸："回国好，桐市的大米好吃。"

沈恪："嗯。"

话题终结。

沈恪咕咚咕咚喝光了一杯水，期间用余光偷看了唐晚晚好几回。她貌似是真的在睡觉，这个睡眠质量，真羡慕。

唐爸爸端起茶壶："我再给你倒一杯？"

沈恪心想，这是在下逐客令吧。他把水杯放下，站起来告辞："叔叔，天有点晚了，我该回去了。"

唐爸爸："不再坐会儿？"哎呀，终于要走了。

"打扰你了。"沈恪在门口换鞋，"叔叔再见。"

"唐晚晚才是麻烦你了。"唐爸爸扶着门框，呵呵笑道，"以后有空常来家里坐。"

房门关上。

门外的人冷汗涔涔。

完蛋，刚才占唐晚晚便宜肯定被唐爸爸看见了。唐爸爸好严肃，笑容好恐怖。攻略一个唐晚晚就够脑壳疼，再来一个唐爸爸……天啊，杀了我吧。

门内的人头发直竖。

沈恪肯定是在嘲笑我们唐家教女无方。我刚拿着茶壶给他续杯，不会认为我在给他下药吧？越想越有可能，毕竟有其父必有其女。

"唐晚晚！"确定沈恪已经乘电梯下楼，唐爸爸抄起门后的鸡毛掸子，投掷过去。

唐晚晚从沙发里跳起来："沈恪走了？"

"不走留在这里继续看笑话？"唐爸爸气得双手哆嗦，女儿这么大了，他又不好说重话，"你你……你害不害臊？"

唐晚晚拍拍发烫的脸颊："爸，你怎么偷看别人隐私？"

"你你你……"唐爸爸半天才憋出一句，"要想人不知，除非己莫为。"

唐晚晚没皮没脸道："你不告诉沈恪，他就不会知道。"

唐爸爸气到昏厥，用手去撑桌子，不小心碰掉一个水杯。玻璃水杯在地板炸开，声音脆响。

"怎么回事？"唐妈妈穿着睡衣从卧室出来，"唐升，你赔我的美容觉。"

唐升是唐爸爸的名字。

唐妈妈今天照镜子，发现脸上多了一道皱纹，悲春伤秋了一阵，然后决定从今天开始早睡不再熬夜，结果刚睡着没多久，就被吵醒。

"你女儿回来了。"唐爸爸蹲在地上收拾碎玻璃碴，"你问她都干了些什么。"

唐妈妈双手抱臂看着唐晚晚，一副了然的样子，猜测道："你买了辆手扶拖拉机？"

"差不多吧。"唐晚晚嘻嘻笑，"人形摩托车。"

唐爸爸的脸又黑了一层。

"我去洗澡了。"唐晚晚去卧室拿换洗的衣服。

"多大点事，她就那么点爱好，想买就买吧。"唐妈妈打着哈欠转身回卧室，"我继续睡了。"

唐爸爸闷声道："唐晚晚今晚是让一个男人背回来的。"

"哦。"唐妈妈关上卧室门。

半分钟后，卧室门被猛地拉开："你说什么？再说一遍！"

"唐晚晚装睡，赖着沈恪趴他背上。"唐爸爸的样子像个告密的反派，"进家门后，她居然当着我的面对沈恪耍流氓。"

唐妈妈一秒清醒："给我详细说说她是怎么耍流氓的。"

唐爸爸不说话。

唐妈妈又问："沈恪是谁？"

"幸福里小区，咱们对门邻居，沈爷爷家的大孙子。"

"这个沈恪！他现在单身吗？长残了没？还是那么帅？多高？回国发展了？你为什么不叫醒我？为什么不多留他一会儿？"

"老爸。"唐晚晚抱着换洗衣服走出来，做了个给嘴巴拉拉链的动作，"别忘了你答应过什么。"

唐爸爸猛然惊醒，唐晚晚"床上骑摩托车"那晚，他去了幸福里小区，答应过唐晚晚，不会把沈恪现在就住在 602 的事情告诉唐妈妈。

"晚晚，你过来，妈妈有话问你。"

"你问我爸。"唐晚晚抱着衣服冲进浴室反锁门。

"老公，你们刚才说什么，你答应过她什么？"唐妈妈转向唐爸爸。

"嗯，就是……"唐爸爸挠了会儿头皮，"答应她不会把她刚才耍流氓的细节告诉别人。"

唐妈妈："我不是别人，我是你老婆。"

唐爸爸："有道理。"

十五分钟后。

唐妈妈陷入沉思："晚晚居然饥渴到这种地步，沈恪不会告晚晚性骚扰吧？"

唐爸爸仔细回忆细节："他可能真不知道唐晚晚是在装睡。"

唐妈妈想起什么，又问道："他们两个是怎么碰上的？该不会是沈恪现在就在幸福里小区住着吧？"

"没有没有。"唐爸爸双手摆出重影，"幸福里是个老破小，他怎么还会住在那里。"

"也是。"唐妈妈沉默片刻，突然欢喜地说道，"算起来沈恪和咱家晚晚是青梅竹马。他们年纪相仿，从小一起长大，咱们两家知根知底。如果沈恪还是单身，咱们可以撮合撮合啊，没准儿这事真能成，我改天去找沈奶奶。"

"别了吧。"唐爸爸沉吟道，"先不说别的，我记得沈恪小时候不是太喜欢晚晚，他俩老是打架。"

唐妈妈发愁，两个人相对无言。

"我突然想起一件事。"唐妈妈道，"沈恪好像不是那么讨厌晚晚。"

"怎么说？"

"你还记得晚晚初三暑假那回吗？晚晚出去玩了一整天，大晚上十一点多才回家。"唐妈妈回忆道，"那天晚上，是沈恪把她背回来的，沈恪说她睡着了。"

"我想起来了。"唐爸爸猛地一拍腿，"唐晚晚装睡这一招到底要用多久。"

唐妈妈若有所思："原来晚晚从初中时就喜欢沈恪。"

唐晚晚洗过澡，擦着头发从浴室出来："我才不喜欢沈恪。"

四只眼睛齐刷刷看向她。

"我不喜欢他，我只是喜欢他的身体。"唐晚晚一副渣女的样子，"谁让他长那么好看。"

"那你可真是早熟。"唐妈妈冷笑一声，"初三就知道勾搭他。"

唐晚晚："什么初三？什么勾搭？"

唐妈妈把初三暑假她装睡让沈恪背回家的事情说了一遍。

"我不知道，真不知道。"唐晚晚一脸蒙，"不过我记得那天，我们班去游乐园玩，晚上一起聚餐，后来我太困趴桌上睡着了，再醒来就是第二天上午，不是你们把我从夜市街接回家的吗？"

"我们哪里知道你在夜市街。"唐妈妈说，"是沈恪把你背回家的，我们那个时候还住在幸福里小区。"

唐爸爸说："我记得那晚刚好停电，电梯停运。"

"对对对。沈恪把你背到六楼，脸上都是汗。"唐妈妈回忆，"那天闷热闷热的，没有风没有电，坐着不动都像是在蒸桑拿，何况是背着你走楼梯走到六楼。我和你爸爸把你接过来，让他喝水他也没喝，把你放下就走了。不得不说，沈恪一点大少爷的架子都没有。"

"反正他也要回家，顺路把我捎回来了呗。"唐晚晚不以为意道，"他又不知道电梯坏了。我敢打赌，如果知道电梯坏了，他肯定不会送我。"

"你以为别人都和你一样憨。电梯是死的，人是活的。"唐妈妈道，"他要是不想背你，完全可以把你叫醒，让你自己上楼。"

唐爸爸沉吟："不对，沈爷爷他们家那个时候已经从幸福里小区搬走了。"

唐妈妈点点头："是是是，沈恪那会儿已经搬走了，所以他是特意送你回家的。"

唐爸爸和唐妈妈描述着当年的事情，唐晚晚却对此没有一点印象，她完全不记得这回事，更不记得沈恪。她蒙着脑袋躺床上，使劲想。睡眼蒙眬中，隐约记得在夜市街碰到了沈恪，她好像拽着他付账耍赖皮。

沈宅。

沈恪吊着点滴，单手拿着手机，从 AI 唐狗屁的数据库里调出一个陈旧的档案。

【今天在夜市街看见了唐晚晚，她就是头猪，吃饱就睡。我没办法，只好把她送回幸福里。小区停电，我好惨，要背着头猪爬六楼。算了，她睡这么香，背就背吧。】

【暑假就升高中了，她要去九中。】

【楼道里很黑，我很热，她好重。】

【背到四楼的时候，她从我背上滑下来，作为惩罚，我偷偷亲了她。】

【她刚吃了烤串，嘴巴上一股孜然味。】

昏暗的楼梯间那个慌乱的偷吻，时隔十多年，依旧记忆清晰。

沈恪单手补录数据库：【我偷亲你一回，你在鬼屋门前偷袭亲我泪痣，扯平。】

他并没有在这个吻的回忆里沉浸多久，因为又想起了今晚的唐爸爸。

有一个瞬间，沈恪想骗唐晚晚偷户口本，骗她学朱珠闪婚。没有哪个家长想让自己的女儿离婚吧？

沈恪戳 AI 唐狗屁，输入：【我决定当个骗婚渣男。】

"叮咚——"突然收到一条信息，来自唐晚晚。

唐狗屁：【沈恪，你是不是喜欢我？】

沈恪手一抖，把刚才输入 AI 唐狗屁的那句话误发给了真人唐狗屁。

唐晚晚盯着沈恪发来的回复：【我决定当个骗婚渣男。】

原来你也下贱。

——《挖掘机性能记录本》

沈恪窒息，选择死亡。

他看着唐晚晚发过来的问号，本想撤回上条消息，但又觉得这简直就是此地无银三百两，索性不解释。为了防止再把两个唐狗屁弄混，他老老实实地把唐晚晚的微信备注名更改为她的大名。

唐晚晚：【沈恪，你这句话什么意思？】

沈恪：【你猜。】

唐晚晚：【不猜。】

其实她猜了，但没猜出来，于是她把聊天记录截屏发给了"情感专家"朱珠。

朱珠很快回复：【一看他就喜欢你。】

唐晚晚：【哪种喜欢？】

朱珠：【想睡你的那种喜欢。】

唐晚晚：【！！！】

唐晚晚：【正好我也想睡他。】

朱珠：【加油，冲啊。】

唐晚晚抱着手机在床上打了个滚，其实她没有想要睡沈恪，她就是有点迷恋他的嘴唇，触感温热，软软的，香香的。

接吻的感觉妙不可言，吃过还想再吃，使人上瘾。沈恪也是因为接吻才会有想要睡她的喜欢吗？原来沈恪才是那个馋她身子的人，下贱。

唐晚晚给沈恪发微信：【你下贱。】

沈恪看着这条微信，一时不知道她对他想骗她结婚这件事，是理解还是不理解。

于是，他回复：【你高贵。】

唐晚晚：【不不不，我也下贱。】

沈恪：【？？？】

唐晚晚没再回复，沈恪满脑袋问号地进入睡眠。

次日，公司。

一年一度的公司团建活动将在下周末进行，说是团建，其实就是休假福利。

"我爱公司，公司是我家。"小菜双手捧着一张宣传彩页做供奉状，"包山庄泡温泉，这是什么霸道总裁公司。"

小菜去年大学毕业进的公司，今年刚转正，这是第一次参加公司团建活动，格外兴奋。一个男同事拿着保温杯经过她身边，笑着调侃："走，哥哥带你泡私汤。"

小菜撇撇嘴，跑去找唐晚晚："才不和你们这些臭男人在一起，我找晚晚姐。"

公司总部男女员工比例大概 7:3，女员工大多集中在人事、行政和财务部，唐晚晚所在的技术部女员工非常少，像小菜这种刚毕业的小姑娘，更是少之又少，非常招人喜欢。工作之余，男同事总是找她打趣。但是小菜不爱在男人堆里混，她最喜欢找唐晚晚玩。

"晚晚姐。"小菜拿着宣传彩页兴奋道，"下周末公司包山庄泡温泉。"

"哦。"唐晚晚忙着手头的工作，兴趣不是太大。

"不知道怎么安排住宿。"小菜说，"我想和你住一个房间。"

"估计不太可能。"唐晚晚没抬头，一板一眼道，"咱们级别不一样，住宿条件应该也不会一样。"

"哦。"小菜有点讪讪的，但她早已习惯唐晚晚的说话风格，知道唐晚晚不是故意奚落她，"但是会男女分开的吧，我实在不想和那些油腻男在一起泡温泉，感觉像在大众澡堂泡澡。"

"男女还可以在一起泡？"唐晚晚抬头。

"我看彩页介绍，有公共温泉浴场，有露天私汤，还有室内汤池。我刚问了行政部的小娟，她说公司并不是包下了整个山庄，只是包了一部分相对来说经济实惠的小院，我猜应该有公共浴场。"

唐晚晚若有所思中。

小菜："天啊，不会是院子里就一个公共浴场大池子，不分男女下饺子一样扑通扑通往里跳吧。"

在想象沈恪泡澡画面的唐晚晚小声说道："这可太好了。"

小菜："什么？"

唐晚晚："可以带家属吗？"

"应该不可以吧。"小菜有点小哀怨。

唐晚晚："彩页给我，我研究研究。"

十分钟后，她给朱珠发微信：【公司团建泡温泉，求问怎么带上沈恪？】

朱珠：【把他塞你行李箱里。】

唐晚晚：【……】

朱珠：【简单易操作。你跟公司去，他单独去，但是到了地方，嘿嘿嘿，你可以偷溜出来私会男人，多么刺激的剧情。】

朱珠：【公司以为你走丢，发动全公司找你。当一众同事找到你的时候，你正在和沈恪鸳鸯泡，刺激狗血令人上头。】

唐晚晚：【……】

午后，茶水间。

小菜和行政部的小姑娘们在一起聊天喝咖啡，从这次公司团建聊到明星八卦，又聊到最近的各种番剧。

"我想要一个这样的男朋友，呜呜呜。"

"给我看看，反正我也不想活了。"

"一点一点吃掉你的口红，虽然是土味情话，但是从我家哥哥嘴巴里说出来，一点也不觉得土，酥断腿，嗷。"

"这样的吻我可以来一百遍，不怕嘴巴肿啊。"

唐晚晚走进来倒了杯果汁，无意听到她们聊天，问道："什么样的吻？"

不信有比沈恪还好吃的嘴巴。

"这个这个。"小菜拿着手机，给她播放一个半分钟的接吻小视频，"正在热播的一个电视剧。"

视频拍得很唯美，镜头里全是女演员的嘴巴特写。她的嘴巴也太好看了，莹润光泽有弹性，像个果冻，男演员一点点吃掉果冻的样子太犯规了。

唐晚晚下意识咬唇："她的口红是哪个牌子的？"

她以前从没特意留意过哪个女孩子的口红，更没有 get 到涂口红的美貌点，今天还是头次被秒到。

"我猜是 kkk。"小菜说了个牌子的色号。

"我觉得是 yyy。"一个小姑娘说了个别的色号。

"我觉得是 zzz 薄涂叠加 xxx。"另外一个小姑娘道。

"弹幕肯定有人说。"小菜打开弹幕。

果然，层层叠叠的弹幕全是在猜口红色号。看下来，最终确定是 zzz。

唐晚晚记下来，下班后直接去了商场专柜，买了同款口红。刚开始她总是涂不好，跟着各种教学视频练了半根口红的量，终于学会怎么正确涂抹。

周末很快就要来临，唐晚晚有点心神不宁，因为她还没有想好怎么骗沈恪去泡温泉。

沈恪这几天被强制关在沈宅打点滴吃药，今天感冒才彻底好利索。他当即从沈宅溜出来，回到幸福里小区。

唐晚晚不知道他今天回来，她一个人吃过晚饭，躺在沙发上看电视玩手机。

朱珠：【明天就周末了，温泉之旅准备得怎么样？】

唐晚晚叹气：【我还没跟沈恪说。】

朱珠：【？】

朱珠：【不知道怎么开口？简单，你发朋友圈，说明天公司团建泡温泉，不用你约，他肯定屁颠屁颠主动找你。信我。】

唐晚晚将信将疑地发了一条朋友圈，刚发布不到两分钟，沈恪就开始敲门。这么有效？他果然也馋我的身子。

沈恪拎着一大袋蔬菜瓜果，进来后直接去厨房往冰箱里塞："我爷爷自己种的，非让我拿回来。"

"放我这里可是要收电费的。"

"给你吃的。"

"那你给我洗一碗小番茄。"

"哦。"

沈恪很快洗了一碗小番茄端了过来。

唐晚晚有点不敢吃："我怀疑你下了毒。"

沈恪笑笑，捏了一颗放嘴里自己吃了，乖到她不适应，果然是馋她身子的原因？

唐晚晚看着他的嘴巴，咽了咽口水。她移开眼，有点想说"既然我们彼此都馋对方的身子，不如坦诚相对，直接开亲。都是成年人，简单点，去掉烦琐的步骤，直接来吧"。

"沈恪……"临到嘴边，怂了，唐晚晚转而把沙发上的温泉宣传单递给他，"我们公司明天去这个山庄泡温泉，住一晚，后天回来。"

沈恪看了眼彩页："这个季节泡温泉，纯属王母娘娘来例假——神经病。"

唐晚晚回怼道："你才神经病，你就是抠门不舍得自己花钱去。"

沈恪看着她，意味深长地笑："你是不是想让我也去？"

反正这家私汤山庄是沈氏集团名下的一个产业，他随时去都会有预留

VVVIP 庭院。

唐晚晚被戳中心事，"呵呵"干笑了两声，反咬他一口："沈恪，一看你就喜欢我。"

沈恪抓着彩页的手指紧了紧，脸上却一派淡然："那你再看看？"

终于报了 AI 唐狗屁之仇。

唐晚晚死死盯着他的脸，看了又看，除了臭屁和耍贱，什么也没看出来，半指甲的喜欢都没有。她有点沮丧，肯定是朱珠猜错了，他才没有想睡她，只是她单方面想吃他的嘴巴，单方面馋他的身子，仅此而已。

唐晚晚默默吃完一碗小番茄，什么滋味也没尝出来。

临睡前，朱珠给她发信息，再三交代她：【一定要穿成套内衣。】

【其实泡私汤什么都不要穿最舒服。】

【我想了想，你还是穿泳衣吧，有点神秘感。】

【穿上次咱俩去三亚，我给你挑的那套红色比基尼，别忘了还有件白色纱衣，搭配着穿，纱衣罩在外面会更加有感觉。】

【你竹马肯定会喷鼻血。】

【你还记得吗？当时你这样穿，我直呼我可以。】

唐晚晚心不在焉地回复：【已阅。】

不知道为什么，她像个泄了气的带孔皮球，502 胶水都补不及。别人一边往里打气，她一边从小孔里漏气，都是无用功。

她随便收拾了几件行李，上床睡觉。

第二天一大早被闹钟叫醒，唐晚晚拎了行李包出门，走的时候看了眼对面 602 紧闭的房门，鼻孔朝天地阔步进电梯。

电梯里，她拉开行李包检查行李。电梯到达一楼她没出来，又按了六楼折返回家，翻箱倒柜找到去年在三亚买的那套泳衣，又去抽屉里取了上周买的那支口红，一同塞进包里，最后换了成套内衣。

就像是一个和好朋友吵架的小孩子，霸占一堆最好玩的玩具，专门等着这个好朋友来找她玩。

唐晚晚再次走出家门，故意哐当摔门锁门，但是 602 依旧房门紧闭。

她去公司和同事们会合，坐上大巴。大巴驶离市区，开往郊区。

唐晚晚总觉得自己丢了什么没带出来，检查行李包，什么东西都在。口红攥在手心，沉甸甸的，她心口却像是长了个洞，空落落的。形容不出来这种感觉，以前从没有过，反正不好受。

不知过了多久，终于到达目的地。唐晚晚无精打采地下车，同事们都很兴奋，叽叽喳喳，显得她格外与众不同。

"晚晚姐。"小菜跑过来，"你不舒服吗？是不是晕车？"

唐晚晚摇头。

小菜又问："大姨妈来了？"

唐晚晚摇头。

小菜安慰道："可能是坐车闷的。这里的风景好美，待会儿把行李放在宿舍后，咱们出来逛逛，心情很快就会好起来的。"

唐晚晚每天都活力四射，宛如一个活体小太阳，今天却有点蔫了吧唧，小菜非常不习惯。

同事们有说有笑，跟着接待员去宿舍。

山庄空气清新，风景优美，河流潺潺，鸟语花香，漫步其间，宛如身在世外桃源。接待员边走边向大家介绍山庄概况。

"这里有高尔夫球场？"一个女同事一边问，一边看向前方一个手拿高尔夫球杆的年轻男人。

"有的，高尔夫球场占地……"服务员向大家介绍。

"沈恪？"唐晚晚漫不经心地随着大家的目光看过去，看到前方的那个男人时，她眼睛突然一亮。她没发觉，在看到这个男人时，她心口的那个洞瞬间被填满，心里满满的都是喜悦，巨大的喜悦铺天盖地漫上来。

唐晚晚顾不得和同事们打招呼，她扛着行李包，大剌剌跑过去："沈恪！"

沈恪装作偶遇她的样子，惊讶道："你跟踪我？"

"放屁，你才跟踪我。"唐晚晚把行李包挂在他的高尔夫球杆上，"昨晚跟你说了，我们公司今天来这里团建泡温泉。"

沈恪从善如流接过行李包，一本正经道："我半个月前就敲定了行程，今天是来山庄验收工程的。"

唐晚晚一惊："验收？"

沈恪没隐瞒："山庄是我家的。"

唐晚晚看着他，震惊无比。

沈恪："我有VVVIP会员，可以享用山庄顶级的一个私汤庭院，想不想被资产阶级腐蚀？"

唐晚晚呆呆地点头："沈恪，我不说你抠了。"

草坪外的同事们就这么看着公司一枝花被一个野男人拐带走。

小菜说："晚晚姐笑得好开心啊，是恋爱的酸臭味。"

一个男同事气吼吼道："那人谁啊？"

服务员说："这个山庄是他的。"

众同事爆发出惊叹声。

服务员又加了句："地皮也是他的。"

众同事又是一阵惊叹。

不愧是坐拥整座山庄的男人，VVVIP私汤庭院简直就是挖掘机里的爱马仕。

唐晚晚像是刘姥姥进大观园，走一步叹一句。

"我要在这里泡汤。"

天地良心，唐晚晚说出这句话时，完全没有想要觊觎沈恪的身体，她就是单纯地想体验一下这种尊贵的会员待遇。

"我觉得我像是充了QQ黄钻的小学生，特别的尊贵。"

沈恪闷笑。

唐晚晚有点乐不思蜀，后来还是小菜打电话问她住宿问题，她才想起回公司宿舍，临走时和沈恪约定了来泡汤的时间。

走得太急，忘记带行李包。

沈恪看着沙发上的行李包，勾了勾嘴角。

接吻使人上瘾。

——《挖掘机性能记录本》

唐晚晚回到公司包下的庭院，受到全体同事的注目礼。

"怎么了？我脸上有东西？"唐晚晚纳闷。

"有，非常有。"

"什么？"

"满脸桃花开。"

小菜发自内心地羡慕："晚晚姐，你男朋友好帅，长得像个明星。"

唐晚晚："我就是看上他长得好看。"

众人被酸到。

"他不是我男朋友，他是我……"唐晚晚挠头，想了半天都没想到合适的名词来定义沈恪和她的关系。

邻居？同学？发小？朋友？不是男女朋友，是可以接吻的普通朋友。呃，解释起来好麻烦啊。

众人一副"我懂"的神情，不是男朋友，那就是未婚夫啊。别人家的未婚夫又没有让我失望系列。女同事们像是吃了一筐柠檬，男同事们则像是泡在了过期柠檬汁里。

公司里不少男同事曾经追过唐晚晚，全被她直球打了回来。同事们一直以为她就是个不开窍的铁疙瘩，没想到她不声不响，居然找到了一个这么优质的未婚夫。他们拼死拼活为公司卖命，一年到头只赢来了到唐晚晚未婚夫家里做客两天的福利。品品这滋味，没有对比就没有伤害。

饭厅气氛格外诡异。

唐晚晚觉得胃里满满的，什么也吃不下，随便扒了两口饭就放下筷子。

"晚晚姐，你在笑什么？"小菜给了她一根香蕉，"来，吃根香蕉。"

"我有笑吗？我不知道啊。"唐晚晚拍拍脸颊，看见餐盘上的香蕉，不知想到什么，脸颊速度红了起来。

"你脸怎么红了？"

"可能是我拍红的。"唐晚晚捂脸。

小菜再次被酸到,有男朋友真好,有个坐拥整座山庄的男朋友真好,有个长得像明星又坐拥整座山庄的男朋友真好,酸成了浓硫酸。

饭后,同事们开始整理房间。庭院分前后院,男女分开住宿泡温泉。

庭院规格挺大,基本设施都有。餐厅健身住宿一条龙,还有一个游泳池,但是跟沈恪的那个私人庭院比,还是差好多。

唐晚晚在公司属于管理层,分到的是个套房,带了一个小小的私人汤池,视野很好,泡汤的时候能看到外面起伏的山脉。如果没有见过沈恪的庭院,她觉得这个套房简直不要太好。

"我是个低级趣味的人。"唐晚晚自我检讨,"我爱慕虚荣,我贪图享乐,我贪恋沈恪的身体。"

爸妈,我错了,我下次还敢。

唐晚晚检讨完毕,决定先收拾行李,却死活找不到行李包,想问问是不是忘在了沈恪那里,然后她发现手机也没在身上。下车的时候,她把手机塞进了行李包里。

她出去逛了一圈熟悉了环境,估摸着和沈恪约定的泡汤时间快到了,于是去找沈恪。裤兜里装有沈恪给的庭院门卡,她刷卡进门。

沈恪爆了句粗口,僵在汤池里。他是光着的,谁在自己家泡私汤要穿衣服?

"都是白雾,热汤也是白的,不是清水,我什么都看不见。"为了证明她真的什么都看不见,唐晚晚特地往前走了几步。

汤池台上有个白色浴巾,沈恪伸手,默默拿起来,伸进汤水里围在腰间。

唐晚晚本来没想到他什么也没穿。他坐在汤池里,因为有白雾缭绕,她真的只看到了他一个脑袋,脖子都没看清,但是这个举动,说实话,尴尬到她了。

为了化解尴尬,她硬凹话题:"沈恪,你也太不讲道理了。说好的我来这里泡私汤,你却提前在这里泡,等我泡的时候,水脏死了。"

沈恪幽幽地说:"这是活水。"

唐晚晚寻着声音找到了源头,讪讪地"哦"了声。

四目相对了半分钟。

唐晚晚挠头："我去拿行李包。"

找到行李包，她翻出手机看了眼时间，才发现她早到了一个小时。如果现在回去，一来一回把时间全浪费在路上了，不如早泡早回去。

"沈恪，你快点出来，我去换衣服，出来换我泡。"

唐晚晚扛着包走进浴室。她先冲了个澡，然后换上那套红色泳衣，罩上了那件遮盖到大腿的白色纱衣。她又仔仔细细涂了个口红，然后莫名其妙地开始紧张，胸口像是装了一个大鼓，"咚咚咚"，鼓点密集。

她坐在凳子上给朱珠发信息：【求救，我现在换好了泳衣涂好了口红，怎么出去？】

朱珠：【爬出去。】

唐晚晚：【不知道沈恪走了没，我刚让他走。】

朱珠：【你傻啊？他走了，你的泳衣为谁穿？你的口红为谁涂？】

唐晚晚：【我觉得沈恪并不是想和我睡，不不不，其实我也不想和他睡，我就是想和他亲嘴，他的嘴巴真的好软好香好好吃。】

朱珠：【你再不出去，他的嘴巴就要被别的女人吃了哦。】

唐晚晚憋了半天才敲出来几个字：【可是我好害羞。】

朱珠：【唐晚晚，我刚给你原地算了一卦。十秒之内，如果你再不出去，沈恪就会和别的女人接吻。】

知道朱珠的卦非常准，唐晚晚什么都来不及想，放下手机哧溜跑出浴室。

朱珠接连发了两条微信，她都没看到。

朱珠：【你居然知道羞耻！这是大喜事啊，撒花撒花。】

朱珠：【羞耻是恋爱的前奏，唐晚晚你终于开窍了！】

沈恪本来已经从汤池里出来，看见唐晚晚的第一眼，他原地定了三秒，鬼使神差地又踏入汤池里稳稳坐下。看她第二眼时，他低头看了看腰间的浴巾。第三眼，他伸手抹了把鼻子，感谢天感谢地感谢阳光照耀着大地，他没有流鼻血出洋相。

唐晚晚越走近越局促，紧张到能听见自己的呼吸声，既想让沈恪看她，又不想沈恪看她。矛盾纠结不安中，她终于来到了汤池前，没敢看沈恪。

她抬脚踏进去，与他相对而坐。

汤池很大，足够两个成年人一起泡，就算是两个人相对而坐伸展双腿，最多触碰到脚尖。"最多"这一情况最终发生，两个人的脚尖相触，触电般随即弹开。

唐晚晚浸在热汤里，磕巴地指责沈恪："你为什么没走？不是让你走了吗？流氓。"

沈恪装作无所谓的样子："这是我的地盘，凭什么你让我走我就走？"

唐晚晚："跟狗一样，撒泡尿圈地盘。"

沈恪："你再说话，我真在这里尿了。"

小学生吵架现场。

吵架？谁说小学生吵架没有质量？

唐晚晚眼睛一眯，原来沈恪是想接吻了，上次不就是吵着吵着就吻上了？

"略略略，我说话了，你尿啊。"继续吵。

"扑通——"沈恪突然朝前一栽，整个人浸在汤池底睡着了。

"这是什么撒尿姿势？"唐晚晚惊讶，"沈恪，你敢尿我就敢把你剪下来。"

咕咚咕咚，汤池冒泡。这是喝水的声音？

"沈恪？"

汤池不深，站起来只到腰部，根本淹不死人，但沈恪一直没有回应，唐晚晚慌了神。她蹚水过去，把沈恪捞出来。沈恪已经没有了意识，一副溺水的模样。

"沈恪，你不要吓我，一点也不好玩。"唐晚晚快被吓哭，打电话叫人需要一定时间，而且她手机还在浴室里放着。

她大学时跟着朱珠学过一些基本急救常识，于是她打开气道按压控水人工呼吸。

"咳咳咳……"沈恪吐出几口水，幽幽醒来。

唐晚晚眼圈红红："你是不是傻，让你撒尿你喝什么水？"

她头发湿漉漉的，扑在脸上，白色纱衣紧紧贴在身上，包裹着西瓜红的泳衣，整个人像一个大果冻。可能是热汤熏着的缘故，也可能是受到了惊吓，她脸色苍白，衬得嘴巴格外殷红。说话的时候，有两根头发丝贴在涂了口红的嘴唇上，非常性感，此时此刻，再没有别的景色比她更诱人，比她更好看。

沈恪猛地把她拽下来，不由分说贴上她的唇瓣，像吃果冻一样，把上面的口红一点点吃掉。

唐晚晚情绪跌宕起伏，由惊吓到惊喜再到欢喜。她觉得自己在骑海上摩托车，飞扬跋扈四处乱蹿，一路溅起浪花朵朵，比上次在她家院子里开的花海好看刺激多了。

许久，沈恪松开她："接吻舒服吗？"

唐晚晚红着脸，微不可察地"嗯"了一声。

沈恪看着她的眼睛："想不想要更多舒服？"

唐晚晚抿唇。

沈恪说："不要回去，今晚在这里睡。"

第七章

嫁给我

泡温泉好舒服。

——《挖掘机性能记录本》

摩托车成精，学会勾引人了。唐晚晚大脑放空，控制不住想要骑摩托。

沈恪一只手扣住她的后脑勺，声音魅惑："你今天真好看。"

唐晚晚灵魂出窍，摩托车滚开啊，她连滚带爬，"扑通——"掉进了汤池里。

沈恪的浴巾不知何时缠住了唐晚晚的纱衣，唐晚晚掉进汤池里的时候，连带着把沈恪也拽了进去。想起他刚刚差点溺死在里面，唐晚晚慌忙去捞他，混乱中，反被他堵在汤池角落。

这种感觉，特别像是和摩托车一起掉落悬崖，你视摩托车如命，死也要保住摩托车不被摔零散，结果却忘了摩托车是金刚不坏之身，而你才是那个易推倒的血肉之躯。好吧，纯粹是她自作自受。

"唐晚晚，我想当个骗婚渣男。"

汤池里白雾缭绕，雾蒙蒙一片，温度适宜，流水潺潺，气氛很适合做些舒服的事情，比如抠脚（当然不是）。

不知道算不算骑摩托车，但在唐晚晚的认知里，四舍五入就是在骑摩托，反正她亲了摩托车的前轮横杠车把和小挂件。呜啦呜啦，这个吻可以绕梁三日。

唐晚晚趴在汤池边沿玩石头，边玩边傻笑。她刚刚说饿，突然想吃驴肉汤泡饼丝，沈恪出去给她买了。他还说，等他回来，今晚让他拆解摩托车玩，想怎么玩就怎么玩。

唐晚晚有点期待，还有点羞耻。

她想给朱珠发信息分享，但手机在浴室放着，她懒得动。泡温泉好舒服啊，她都快泡散架了。

汤池台上有各种小零食和饮料，对面还架了台电视机。唐晚晚泡着温泉，边吃零食边看电视。

她无聊时会看些综艺节目，但她今天一概看不进去，看综艺节目的时候总嫌里面太吵。她拿着遥控随机换台，都好无聊，音乐台也很聒噪，影响她回忆刚才的那个吻。

可是关掉电视机，屋里又太静，反衬得她心里格外空落落的。

汤池挖在屋里，但是视野非常宽阔，泡在汤池里，能看到山庄的全景。因有白雾萦绕，会让人有种置身仙境的感觉，骑摩托车在仙境里驰骋，这是多么美丽的画面。

唐晚晚双眼放空看着远处，被这一画面刺激到，体温无缘无故突然攀升，瞬间感觉汤池沸腾了起来，快要被烫死。不行不行，她收回深思，重新拿着遥控换台。

农科频道在播一个致富栏目，某地的一个农民大户引进了一辆高效能拖拉机，大大提高了生产效率。很好，唐晚晚停在这个台，认认真真地看了起来，很快就清心寡欲了。

一下午的时间很快消磨过去，脚底板都要泡出褶皱了，沈恪还没有回来。

唐晚晚从汤池里出来，去浴室换衣服。手机里有好几通未接来电，全部来自公司同事。她给小菜回过去。

"晚晚姐，公司今晚有活动，我们正在搭建会场。你还在山庄吗？现在过来还来得及。"小菜小声说，"刚才领导找不到你，一直在发火。"

"活动不就是聚餐泡温泉吗？"唐晚晚问道。

"原定是这样，但公司的大股东带着 3z 项目组突然驾到。"小菜说，"对了，这是个联谊活动。"

"和谁联谊？"

"就是 3z 项目组啊。"

"哦，你把地址发给我，我现在过去。"

3z 项目组顾名思义就是现阶段负责 3z 项目工程的一个部门，虽然都在同一个公司，但技术部和项目部不在同一个楼层。除了工作对接，平时没有太多交集，员工间不是太熟悉。

唐晚晚今年一直负责的是另外一个项目工程，但也听说过 3z 项目组。3z 项目是公司今年新接的一个工程，涉及的交易额巨大，是公司今年的重中之重。

唐晚晚猜想，可能 3z 项目组今天也正好过来团建，之所以和技术部联谊，可能是因为接下来会有工作方面的接触。

她匆忙换好衣服，手机进来一条消息，她瞟了一眼，是朱珠问她和沈恪的进展。她随手回了一条语音，三言两语解释了下午一起泡汤的小意外。

朱珠兴趣盎然，尖叫十八连。

"公司突然要搞联谊活动，我得马上过去，不和你聊了。"唐晚晚打算出门。

"你等等，我有个小预感。"朱珠开启丰富的联想模式，"会不会是求婚的套路？"

唐晚晚："什么求婚？"

朱珠说得有鼻子有眼："收买对方同事，以工作名义把女方约出来，然后当众表白求婚，在周围吃瓜群众的起哄中，女方被迫答应。没想到你竹马居然喜欢这种老掉牙的套路。"

唐晚晚讷讷的："不会吧。"

"怎么不会？"朱珠道，"我问你，你竹马为了这次泡温泉之旅，是不是下了血本，包下山庄的顶级套房？"

唐晚晚："他没花钱，山庄就是他家的。"

朱珠尖叫："你不要骗我！"

唐晚晚淡淡地说："我没跟你说过吗？他爸爸是桐市首富。"

"你没说过，我不知道。"朱珠几乎要癫狂，"桐市首富不就是沈……沈恪也姓沈！好啊，唐晚晚你居然瞒我这么久！"

"我以为我说过啊。"唐晚晚挠头，"哦，他前段时间装破产，不让我告诉别人他破产。"

朱珠抱着话筒大喊："我总算开了眼了，这是什么绝世好男人啊，宇宙第一。"

高鹏飞正在打沙袋练拳，听到朱珠的发言，皱眉看过去。

朱珠扫了他一眼，丝毫没有收敛，依旧在沙发上滚狂吹沈恪。高鹏飞摘下手套，大步走过去，一手揽住朱珠，姿势特别像是老鹰抓小鸡。

"唐晚晚，他这么有钱，肯定能收买你们公司，说不定你说的那个 3z 项目组就是他的。"挂断电话前，朱珠竭尽全力助攻，"盛大的求婚场面啊，你一定要打扮得漂漂亮亮的。"

朱珠的手机被扔进犄角旮旯里。

高鹏飞醋意大发："宇宙第一绝世好男人？"

"老公我错了。"朱珠窝在他怀里嘿嘿笑，"我下次还敢。"

朱珠说得有理有据，唐晚晚将信将疑。

求婚？和沈恪结婚？以上两个问题她都没有想过。唐晚晚脑子里一团糨糊，当众求婚什么的，她怕自己会憋不住当众揍沈恪。饶是心里这样想着，出门前她还是涂了个口红。

她云里雾里地走到联谊活动会场，一眼看过去，布置得像是结婚现场。不是吧？来真的？

唐晚晚小腿开始颤抖，平生第一次心生怯意。

突然，一辆拉风的摩托车横在她面前。摩托车被装饰成花车的样子，各色玫瑰穿插其间，设计非常巧妙，娇嫩的玫瑰和改装硬核摩托车相得益彰。

摩托车上坐着一个男人，穿一身黑色西服，健壮的长腿包裹在西服裤里，又长又直，相当吸睛，但他不是沈恪。

"好巧。"张宗正双眸里浸满笑意，"上次请你帮忙改装的摩托车好了，你要试试吗？"

3z 项目工程，张宗正姓名首字母不就是三个 z？

公司同事起哄，今天我们都是柠檬精。一个是坐拥整座山庄的男人，一个是公司大股东的合作伙伴，3z项目工程背后的男人。

起哄声中，唐晚晚看着张宗正，雷劈天灵盖，终于想起他长得像谁——张其正。

大四那年的平安夜，三班的张其正送了唐晚晚一口亲自打的铁锅，一度成为机电学院的笑谈。

平安夜，女生宿舍楼下全是表白的心形蜡烛。众多蜡烛和玫瑰花中，张其正拎了一口铁锅，非常显眼。

刚开始大家以为他是单纯来围观表白的吃瓜群众，途中还有个男生和他开玩笑："哥们，我有泡面，来一锅？"

张其正抱着锅："我送人的。"

过了一会儿，其他男生开始喊楼表白："×× 专业 ×× 班的 ×××！"

张其正敲了下锅底，跟着喊："机械设计制造及自动化专业二班的唐晚晚！"

众人被他的喊楼操作惊呆了，头回见表白送锅的。

张其正红着脸："这不是一般的锅，是我自己打的。"

哄堂大笑。

沈恪牵着一头猪回到山庄套房。

没错，这头猪就是三娃，那个从二嘎子村红星养猪场带过来的三娃，那个十一代单传非常了不起的三娃。

本来沈恪是想稳坐钓鱼台，等唐晚晚自己上钩的。但是今天是个意外，场面有点小失控，虽然没有进行到最后一步，但他确实占了唐晚晚不少便宜。

左右都是渣男，不如一渣到底，生米煮成熟饭骗她结婚。届时唐爸爸再阻拦也没用，大不了他负荆请罪，送唐妈妈一个歌剧院。记忆中，唐妈妈最喜欢听歌剧，而唐爸爸又是个妻管严。迂回战术，先搞定唐晚晚和唐妈妈，唐爸爸一人之力再反对也没有用。

沈恪的小算盘打得噼里啪啦响，心里美滋滋的。

他先回沈宅把三娃牵出来，再去那家正宗老字号买驴肉汤泡饼丝。

排队买饭的时候，三娃突然发癫，脱离掌控在街上横冲直撞。一帮人追了好久才逮住它，浪费了不少时间。

沈恪一手牵着猪，一手拎着驴肉汤回到山庄套房，没找到唐晚晚。

这个时候太阳已经落山，天有点擦黑。

驴肉汤虽然在保温桶里装着，但是温久了不好喝，时间长了会有腥味。

沈恪问山庄负责人唐晚晚公司的情况，负责人告诉他，公司租了草坪，晚上要搞联谊活动。

他走的时候，唐晚晚就吵肚子饿，点名要吃驴肉汤泡饼丝，现在正是晚饭时间，她肯定还空着肚子。于是，沈恪打算去找唐晚晚，至少先让她把汤喝了。

沈恪拎着保温桶向草坪走去，走到半路，三娃突然吭哧吭哧追过来。经过几次接触，三娃有点认主，就愿意亲近沈恪。既然它已经跟出来，沈恪就当遛猪，没撵它回去。

草坪很热闹，好像有人在当众表白。

沈恪嗤了声，有点不高兴："居然有人和我撞表白，真晦气。"

"唐晚晚，那个坐拥整座山庄的男人来了。"不知谁突然喊了声。

全体人员脖子上像是长了向日葵，"唰"一下，同时转向"太阳"——沈恪。

沈恪站在山坡上，左手牵着一头大花猪，右手拎着一个保温桶，死死盯住唐晚晚和张宗正。

......

——《挖掘机性能记录本》

张其正和唐晚晚专业相同，唐晚晚在二班，张其正在三班。他们虽不在同一个班，但有些公共课会在一起上，彼此都认识。

张其正专业成绩很好，大三时被选拔为校科创小组的一员，唐晚晚当时也在那个小组。他们一起代表学校参加全国大学生科创大赛，获得了一等奖。

张其正也是在那时对唐晚晚萌生了情愫，但是奈何唐晚晚钢铁直女，从不为所动。

科大就在桐市。大四圣诞节正好赶上周末，唐晚晚放学后回了家。张其正平安夜敲锅喊楼的时候，她不在学校。有人在班级群里发了张其正的视频，唐晚晚看过就忘，没放在心上。

张其正性格有点偏执。他喊楼的时候，有人告诉他唐晚晚不在宿舍，张其正不信，拎着锅蹲在宿舍楼下，一直等到宿舍熄灯，宿管过去撵他，他才走。

唐晚晚周一返校，上午放学时，被张其正拎着锅堵在走廊里。张其正的脸涨红，磕巴着说这口铁锅的锻造过程。

唐晚晚认真听着，然后提出质疑："你这个硅砂的比例好像不太对。"

张其正愣了愣："我精确称了克数的，事先用同等比例的混合剂配制试验过，我觉得没问题。"

"试验室和实际操作会有出入。"

两个人突然认认真真讨论起课题来。

最后，唐晚晚说："你开锅了吗？"

"还没。"张其正眼睛亮晶晶的，"那我开过锅再来找你。"

唐晚晚点点头："好。"

张其正拎着铁锅开开心心走了，旁观全程的一个女生目瞪口呆。

女生拍唐晚晚的肩膀："高，实在是高。"

唐晚晚不解："什么高？"

女生很惊讶："没想到你居然以这种方式打发走张其正，他可是张其正啊，教授和他说话都要脱层皮。"

唐晚晚挠头："我没打发他啊，我刚说的是有数据依据的。"

女生问道："你觉得张其正拎着铁锅找你来干什么？"

"他平安夜喊楼送锅，我舍友说他是喜欢我，我本来也以为是，但我现在觉得不是。"唐晚晚沉思了一会儿，"我现在确定，他来找我只是探讨铁锅成分的。"

女生无语。

张其正平安夜喊楼送铁锅，隔天又拿着锅把唐晚晚堵在走廊，反被她以实操数据怼回去。这件事很快在机电学院流传开来，一度被大家当作课余消遣的八卦谈资。后来有人说张其正的这口铁锅和红太狼的平底锅神似，有着异曲同工之妙。

红太狼是热播动画《喜羊羊与灰太狼》里面的一个主要角色，平底锅是她的关键特征。关于平底锅这个梗，当时衍生出众多同人作品，鬼畜恶搞等等什么版本都有。更有人和张其正开玩笑，给他出馊主意，让他学灰太狼，用这口铁锅给唐晚晚煮只羊，没准唐晚晚一高兴就会收下这口锅。

张其正当然没有煮羊，他煮了一锅饭。因为上次唐晚晚跟他说，让他"开锅"后再找她。所谓开锅，就是新锅第一次使用前要做保养措施，开过锅后才可以正常使用。

某个晚自习，张其正煮了一锅泡面，打电话给唐晚晚，说他开过锅了，让她验收。唐晚晚正在自习室写作业，接到电话后没有多想，一个人走出自习室。

张其正端着锅等在教学楼外的花坛边，看见唐晚晚过来，他一脸期待地揭开锅盖："你饿吗？我煮了夜宵。"

锅里还在冒热气，里面有一只不知道啥时候进去的猫。

唐晚晚受到惊吓，身体比大脑先行，一拳击在锅底，铁锅扣在张其正脑袋上，泡面热汤泼在了他脸上。张其正"疯了"。

知道这件事的人很少。

临近毕业，辅导员力争把这件事的影响力降到最小，再三叮嘱唐晚晚，不要告知其他不相关人员。唐晚晚答应了，全权交给学校处理。

学校介入调查，结果却不了了之。

猫不是张其正煮的，他不知道是谁"偷梁换柱"把他煮的泡面倒掉，换成了死猫。

张其正的舍友做证，他煮泡面的时候在宿舍，而且他们在宿舍没有见过猫，更没有听见猫的叫声。

这个事情就此成了"悬案"，但是张其正的心理和精神渐渐都出了一些问题，后来甚至不能生活自理，被家人偷偷接回了家。

张家是普通家庭，家里有两个儿子，大儿子张宗正，小儿子张其正。

张宗正性格沉稳内敛，工作能力很强。弟弟出事的时候，他正在创业阶段。公司刚有了起色，他日夜住在公司，很少关心家里的事情。父母体谅他辛苦，没有拿这件事打扰他，也因此错过了给张其正治疗的最佳时期。

父母起初不知道小儿子出事的原因，以为他学习压力太大才会如此，想着让他休学一年在家里养养就好了。后来从别处听说，小儿子之所以得这个病是因为一个女生。

他们四处打听，不知从哪里听来了一个真假参半的版本——

张其正为了向一个女生表白，亲手打造了一口铁锅想要送给这个女生，被女生当面拒绝羞辱，要求他用这口锅给她煮饭。张其正老老实实煮了锅饭，端给她时，趁他不注意，她往锅里偷偷放了只死猫。她以此栽赃张其正，把饭和死猫扔他脸上，给他脑袋上扣上锅来奚落他。张其正受了双重刺激，心理失常才患上了精神疾病。

张家父母听了后极为震惊，闹到了学校。

"证据"充足：张其正敲锅喊楼的视频；张其正拿着锅把唐晚晚堵在教室走廊的照片；唐晚晚把泡面和死猫"泼"他脸上的照片；张其正头顶铁锅尖叫的照片。

学校没找到换死猫的人，换句话说，谁都可以是那个人，包括唐晚晚。

当时有人透露给张父张母，唐晚晚和张其正都提交了学校的保研申请，但最后名额给了唐晚晚，张其正落选。这其中的"奥妙"和"巧合"，只要你想，就可以有多种解释可能。

所有"证据"摆在一起，唐晚晚百口莫辩。

在张父张母的强烈要求下，学校选择息事宁人，取消了唐晚晚的保研名额和优秀毕业生评选。

但是张其正的病情并没有随着"唐晚晚受到惩罚"而好转。

张父张母恨不过，曾拽着唐晚晚去家里见张其正，并且想要以其人之道还治其人之身。

但当计划实施的时候，张其正出现了，救了唐晚晚。

张母差点晕过去。张其正受刺激，病情再次加重。

因为有张其正"护"着，张父张母没再找过唐晚晚。

没人知道，唐晚晚当天回校后情绪崩塌，自那以后，她长时间陷入自责不安愧疚惊惧中，失眠焦虑厌食等等一同找到她，让她置于绝境。

毕业季，大家都在忙实习。初出校门，每个人都接受着现实的毒打和摧残，忙自己的事情到焦头烂额，分不出太多精力吃瓜打屁闲聊。所以，唐晚晚情绪低落，没引起大家的特别注意。

辅导员和校方一再向她施压，不要让她散播负面不利消息，她真就没跟任何人说，连爸妈也没告诉。

那段时间，唐晚晚对猫有创伤后应激障碍。朱珠学的兽医专业，实习也是在动物医院，天天和猫猫狗狗打交道，每天的话题也离不开这些小动物，因为害怕听到"猫"的字眼，她会特意避开朱珠。

朱珠知道她情绪不好，以为她是受了友情重创。因为就在前不久，电子系的系花王小音偷唐晚晚的身份证去医院打胎。唐晚晚知道这个事情后深受打击，和王小音断绝了朋友关系。朱珠为唐晚晚打抱不平，曾找过王小音理论，为唐晚晚出气，但唐晚晚好像不想多谈这些事，数次之后，朱珠也就"报喜不报忧"，彼此只谈高兴的事。

唐晚晚从小就是个铁疙瘩，有时候一根筋，思考问题直来直去，和人之间没有隔夜仇，有什么想不通的事情就放着不去想，吃顿好的，然后睡一觉就好了。

单纯干脆简单，那个时候，这些全成为她的致命缺点。

当她吃不下睡不着的时候，碰到想不通的事情，这个方法不再有用。她曾经连着两天不吃不喝不睡觉，躺在床上反复想一件事——为什么说是她换的那只死猫？

始终没想明白。

钻牛角尖是件可怕的事情，尤其是铁疙瘩钻牛角尖，即使把牛角钻烂也钻不出来。

唐晚晚以前从没思考过诸如人生哲学之类虚无缥缈的东西，仿佛是种报应，这些东西全在一瞬间向她涌来。她开始想人为什么活着，活着的意义是什么，找不到活着的意义是不是就说明活着没有意义等等诸如此类的问题。最后，她甚至想到了死亡。

　　那个时候，她正在车间实习，带她的师父是赵猛。

再也不想和沈恪吵架。

——《挖掘机性能记录本》

　　在车间，唐晚晚总是爱盯着一台机器出神，好几次差点出了事故，都是赵猛把她从"死亡边缘"拽了回来。感谢赵猛一万次。

　　赵猛是个粗人，脑子简单，遇到什么烦心事，吃吃喝喝睡一觉，第二天又是一条好汉，这和以前的唐晚晚很像。所以，唐晚晚愿意跟他待在一起，在他身上能看到曾经的自己。

　　她尝试过找回曾经的自己，无数次失败。

　　唐晚晚以为自己这辈子也就这样了，活着没意思，睡不着好痛苦，如果有个办法能让她安稳睡一个好觉就好了。她最终想到一个办法——长眠。

　　就要付诸实践的时候，柜子里的变形金刚手办突然掉了下来。它的胳膊摔断，砸在她脚趾上。

　　唐晚晚突然找到了她活着的意义。

　　这件事只能用玄学来解释。

　　直到现在，她都能清晰地记得变形金刚砸在她脚趾上的声音——花开的声音。

　　深渊泥潭里开出的每一朵花；宇宙星河里的每一颗流星；荒野山涧的每一缕清泉；沙漠绿洲里的每一个新芽；春天的每一缕风……

　　即使没人关注，这些生命也都有自己存在的意义，生生不息。

　　唐晚晚躺在地上，抱着变形金刚号啕大哭。

　　第二天，她又成为原来的那个钢铁唐晚晚。

后来，唐晚晚偶然在王小波的《寻找无双》上看到这样一段话——"他们俩都是盯着一个不大的问题死想，有时一想几个小时，有时一想好几天，有时经年累月。这就像是把自己的思维能力看作一只骆驼，在它屁股上猛打，强迫它钻过一个针眼。"

唐晚晚突然释然。她就此把这件事丢弃掩埋，再也不去挖掘。

王小波通过文字教会她有时候人就要做个筛子，把对自己不利的事情全部漏过去。

张其正被她这样"漏"了过去。

此时此刻，唐晚晚站在张宗正面前，耳朵里全是公司同事们的吃瓜起哄声。

毫无预兆，唐晚晚就这样想起了张其正，想起了平安夜那晚，张其正在众人吃瓜起哄声中拿锅喊楼的情景。

她的脸色一定难看到了极点，看张宗正的眼睛也一定充满了惊骇。因为张宗正说："你想起来了？"

张宗正看着她笑，强硬地把一束玫瑰塞到她手里。唐晚晚双脚像是钉在原地，躲不开，走不掉。她机械地拿着这束玫瑰，上面的刺扎进手掌里，血流出来也没感觉到痛，全然没了知觉。

"唐晚晚居然接了 3z 的玫瑰！"

"坐拥整座山庄的未婚夫出局？"

"晚晚姐，你再想想。"小菜灵魂呼喊，"虽然 3z 也很好，但是你未婚夫看起来好惨，呜呜呜。"

沈恪站在山坡上，正好看见唐晚晚接过张宗正的玫瑰，"痴痴"地望着张宗正，俨然一副痴女的模样。

沈恪气成河豚，他拒绝相信这是真的。

唐晚晚下午还和他一起泡汤卿卿我我，他这辆摩托车几乎被她玩了个遍。这才过去多久，她就要在另一个男人面前犯痴，果然到手后就不再珍惜，渣女。

沈恪太激动，他左手一用力，套在三娃脖子上的绳索勒紧。三娃差点被勒死，用了吃奶的力闷头拱他。

沈恪被拱倒时，猝不及防睡着。保温杯从手里脱落，冒着热气的驴肉汤不偏不倚浇了他一脑袋。三娃闻到肉香味，吭哧地伸出猪舌头去舔。一连串的事情只发生在一瞬间。

沈恪身后就是助理和山庄的工作人员，他们一拥而上，但已经迟了一步。

这戏剧性的一幕成功吸引了全草坪的注意力，顿时哗然一片，已经有手快的人拿着手机录像拍照。

"他是被猪拱倒了吗？"有人道，"虽然好惨，但是我好想笑，猪真是神助攻。"

"你少在这里幸灾乐祸，他是山庄的主人，小心待会儿把你赶出去。"

"完了，他该不会封锁山庄，把所有目击人都杀了吧。"

山庄的主人？坐拥整座山庄的男人？

张宗正眉头一紧，山庄是沈氏集团的产业，莫非他……

唐晚晚像是在地狱里滚爬了一圈，山坡上的混乱把她拉回现实。她认出沈恪，拔腿跑过去，没注意到玫瑰还紧紧握在手里。

沈恪已经被叫醒坐了起来。助理拿着毛巾给他清理身上的驴肉汤，三娃摇着尾巴啃着草坪上面的驴肉汤，吃得非常香。

"沈恪。"唐晚晚冲过来，"你被猪拱了？"

沈恪瞥了眼她手里的玫瑰，眼角扫到山坡下的张宗正和满草坪看热闹的人，他所有的情绪一瞬间爆发。

"我有病！"沈恪大吼，"嗜睡症听说过吗？总是会无缘无故突然睡着的一种病。我高二的时就得了这个病，一辈子都好不了。你满意了吗？我不仅被猪拱过，我还吃过猪屎！"

沈恪的眼眶泛红，眼皮被驴肉汤烫出一个水泡，吼着说话的时候，脖颈上的青筋一跳一跳的，显然是动了极大的气。

唐晚晚听懂了他的每一个字，但所有字连在一起，她没听懂是什么意思。

沈恪站起来转身就走。唐晚晚追过去扯他，被他甩开。她再去扯，沈恪一巴掌呼在玫瑰花上，唐晚晚这才想起手里还拿着一束玫瑰。

她随即把玫瑰丢开，掌心上都是被刺扎出来的血洞。

沈恪一把拽住她的手："唐晚晚，你是傻子吗？"

唐晚晚："我没觉得疼。"

"你——"沈恪丢开她的手，双手抱住她的脑袋。

就在唐晚晚以为他吵着吵着就要吻上时，沈恪使劲晃了晃她的脑袋："唐晚晚，你赔我一个亿。"

唐晚晚蒙蒙地看着他。

沈恪眼眶红红的，眼球上也有两条红血丝："今天下午在汤池里，你骗走了我一个亿。"

旁边的助理和工作人员自动关上耳朵。

唐晚晚举起布满血洞的右手："所以，这只手遭报应了。"

沈恪忍无可忍："滚。"

一辆车开过来，有人给他拉开车门，沈恪抬腿坐进去，砰的一声重重摔上车门。两秒后，他又打开车门，对车门前的助理道："带她去医务室。"

助理连忙应道："是。"

沈恪哪儿也没去，直接回了山庄套房。冲澡洗头发上的驴肉汤的时候，他已经冷静了下来。后悔，非常后悔。

预想中的今晚：等唐晚晚吃过驴肉汤泡饼丝，他们一起牵着三娃散步，从三娃聊起，会聊到红星养猪场，聊到他高中时装穷骗她，她给红星养猪场捐猪，再聊到他这次装破产骗她，他故伎重演，前几天去了红星养猪场，结果在猪圈里睡着了等等。

沈恪骂了句脏话宣泄情绪，光是想一想自己刚刚在张宗正和唐晚晚同事们面前被猪拱倒的画面，他就窒息到自闭。

试想想，一个坐拥整座山庄的男人，准备去女朋友同事们面前装样子，结果非但没装成，还在情敌和女朋友同事面前被猪拱，还被驴肉汤浇一身，出尽了洋相。

他今天拿的绝对是炮灰反派的剧本。

他恨驴肉汤。每次给唐晚晚送驴肉汤他都会被浇一脑袋，怀疑上辈子他是头驴。

初三那年，沈恪还和唐晚晚在同一个学校，万圣节那天，唐晚晚说想吃驴肉汤泡饼丝。不是周末，学校照常上课。

沈恪逃课翻墙出去排队买驴肉汤，排队的时候，收到唐晚晚的一条短信，让他回来时把家里的万圣节面具带到学校。

天气冷，驴肉汤凉得快，他先回了趟家偷偷拿了面具，再回到饭店继续排队。他买好后给唐晚晚发短信，让她去操场边上的第三棵杨树下等他。

沈恪戴着万圣节面具，拎着一碗驴肉汤翻墙过去，还没站稳，就被等在树下的唐晚晚一拳击倒，驴肉汤浇了他一脑袋。

唐晚晚在医务室包扎好了手掌，慢慢往山庄套房方向走。

关于沈恪说的病，她刚问了沈恪的助理。助理嘴巴很紧，只说了句："沈总吃了不少苦。"其他不再多说。

唐晚晚用手机搜索了这个病，再结合沈恪这段时间的"表现"，她懊恼地捶自己脑袋："唐晚晚，你就是个傻子。"

量尺寸时他突然栽到她怀里睡着；在赵猛面前突然"晕倒碰瓷"；一头栽进垃圾桶里；突然扎进汤池里溺水……

这么多次"意外"，她居然一次都没有发觉出不对劲。

记得七夕那天一起吃晚饭，结账时沈恪突然一头趴在了饭桌上，赵猛嘲笑他装醉逃账单，他当时说："我睡着了。"

唐晚晚走到沈恪的那套庭院前，门卡丢了，她进不去。她在门口坐下，给沈恪发消息：【我好饿，想吃驴肉汤泡饼丝。】

她最终没把这条消息发出去，因为她突然想起一件事。

初三那年的万圣节，沈恪逃课出去给他买驴肉汤，回来的时候反被她揍了一顿，驴肉汤全浇在了他身上，非常狼狈，和今天的情况非常相似。

"我是个大傻子。"唐晚晚捂脸，"我就是个铁憨憨。"

她身心俱疲，又累又饿，脑袋搁在膝盖上，不知不觉睡着了。

沈恪睡不着，瞪着手机等唐晚晚的消息，什么也没等来。他要了份山庄住宿宾客名单，找了根套三娃的绳子，决定潜进唐晚晚房间把她绑回来。他推开院门，一眼就看见蜷缩在院门口睡着的唐晚晚。

这一刻，弯月高升，星云密布，万籁俱寂。

沈恪抿着唇，轻手轻脚走过去，站着看了她一会儿。沐浴在月光下的她，真的很好看。

沈恪挨着她坐下，望着幽静的星空发呆。

良久，唐晚晚醒来，睡眼蒙眬中，她看见了她的摩托车。摩托车扭头看她。

"摩托车变身。"她说。

"铁憨憨。"沈恪向她伸手。

"你真的会变身？"唐晚晚摸着他的手来回揉，眼睛里装满了星星，"你是变形金刚吗？"

沈恪扯扯嘴角："我是。"

唐晚晚一把抱住他，想哭，可是没哭出来。

沈恪声线冷淡："唐狗屁。"

"沈恪。"唐晚晚轻拍他的背，闷声道，"你不要怕，我保护你。"

嗜睡症是恶魔，它虽然很恐怖，但你不要害怕。变形金刚以前保护我，我现在保护你，你是我的变形金刚。

沈恪嘴巴抿成一条直线，胸腔被填满，坠坠的，重重的。但现在这个拥抱姿势，让他不合时宜地想起母亲拥抱儿子。

星垂平野阔，月涌大江流。

电话铃声突然冲破这份安宁。

助理打来的电话："沈总，三娃找到了。它刚把一个游客拱进了粪田里，这个游客叫张宗正。"

你比花好看。

——《挖掘机性能记录本》

关于张宗正，唐晚晚什么都没有说，但是情绪这种东西，在懂你的人面前，它就像是感冒咳嗽，你越想掩饰它就越明显。

唐晚晚已经睡着，睡梦中小心翼翼地探出手，在床上奋力挖坑，像是挖掘机刨坑掩埋自己，姿势很滑稽，但是沈恪笑不出来。

曾经相当长的一段时间里，他也想刨个坑把自己埋起来。每天都不想活，但真要放弃生命的那刻，又不想去死。那时他想，埋进土里冬眠，春天到了，能长出一个全新的他该多好。

"唐狗屁，我现在跟你一起埋进土里。等春天来了，肯定会长出一个全新的小小人。"

沈恪上床，披上被子。黑暗铺天盖地，他抱住唐晚晚。

被子下的两个人相拥而眠，像是埋在深土里的两粒种子。

第二天清早，种子破土而出。

唐晚晚踢开被子，看了眼身边的人。她连滚带爬逃出去，趁着天色蒙蒙亮，偷偷溜回公司宿舍。

太可怕了，我居然睡了沈恪。

唐晚晚给朱珠发微信：【我好像睡了沈恪。】

朱珠可能还在睡觉，没有回复。

唐晚晚随手往上翻聊天记录，看到朱珠昨天发给她的两条微信：【你居然知道羞耻！这是大喜事啊，撒花撒花。】

【羞耻是恋爱的前奏，唐晚晚你终于开窍了！】

唐晚晚趴在床上，把脸埋进被子里，好烫。完了，她有点想和沈恪谈恋爱。

种子破土而出，一夜生根发芽，开出一树鲜花。

这种心情妙不可言，想要把花藏起来生怕别人看见，又怕别人看不到她也能长出这么美丽的花。

窗外有棵合欢树，开了满树的花。

唐晚晚对着这棵树拍照发朋友圈：【你比花好看。】

她没有屏蔽任何人，暗戳戳向全世界炫耀。

唐妈妈一个电话打过来："你手机丢了？"

唐晚晚："没。"

"谁拿你的手机发的朋友圈？"

"我。"

唐妈妈反应了半天，惊喜道："唐晚晚，你不愧是我的女儿，有文艺细胞。说，你看上谁了？妈妈帮你解决。"

唐晚晚握着手机，犹豫了一会儿："我想和沈恪谈恋爱。"

唐妈妈："那你接着想。"

"啪——"挂断了电话。

小菜发来一条微信：【晚晚姐，你在宿舍吗？】

唐晚晚：【在。】

小菜：【我现在可以过去找你吗？】

唐晚晚：【过来吧。】

有些事情她正想要问小菜，结果小菜来了后，没等她开口，小菜主动说了出来。

"昨晚的事情你不要担心，领导已经让拍照片录像的人删了，看着他们删的。我刚也看了，公司论坛也没有人八卦这件事。"

"我没关系。沈恪，哦，就是昨天和我在一起的那个男的。"唐晚晚坦率地说，"他的照片有没有在公司传出去？还有他的一些私人问题有没有人私下议论？"

"领导让删的就是你男朋友的照片啊。"小菜有点不好意思，"因为听工作人员说这个山庄是你男朋友的，有同事上网查，查出来你男朋友姓沈。"

听到小菜说沈恪是她男朋友，说不清是什么心理，唐晚晚没有否认。

不过从小菜话里得知，她们并不知道沈恪有嗜睡症。昨天同事们都在草坪，沈恪则在半山坡。除了身边的助理和工作人员，沈恪和她的说话内容没有被别人听到。

小菜又和她说了些别的八卦，最后说道："晚晚姐，其实我们都觉得你男朋友很可爱，非常接地气。"

唐晚晚挠了挠头。

小菜："我和你一样，都不喜欢 3z。"

提起张宗正，唐晚晚的神色肉眼可见地黯淡了下来。

小菜觉察到自己说错话，连忙岔开话题："晚晚姐，去吃早餐吗？"

"你先去吧。"唐晚晚道，"我还没洗漱。"

"好的，待会儿见。"

小菜走后，唐晚晚又躺回床上。

沈恪要面子，昨天在那么多人面前被猪拱，把自己的伤口撕裂给众人看，肯定想死的心都有了。

唐晚晚猛地从床上弹起来，有种预感，他会逃得远远的。她要去找他。

可能是心有灵犀，她还没走到门口，就收到沈恪的一条微信：【我有事先回市区，你今天和同事一起回去。】

文字看不出来他敲这些字时是什么表情和心情。唐晚晚看着这行字，觉得它们冷冰冰的，毫无人性。有什么东西在紧紧抓着她下坠，空落难受。

朋友圈好多红点消息，她戳进去，在评论区一眼就看见沈恪的留言。

土皇帝：【你也好看。】

土皇帝：【我今晚还要看你开花。】

唐晚晚趴在窗台，看着院子里那棵开满花的合欢树，心口咕咚咕咚不断往外冒泡。这就是恋爱吗？上一秒在地狱，下一秒飞到天堂，心情不再受自己控制，心甘情愿交由他主宰。

朱珠发过来一条 60 秒的语音，其中 50 秒都在尖叫。

【啊——你们睡了啊！啊——】

唐晚晚：【字面意思的睡。】

朱珠：【不要告诉我是盖着棉被纯聊天。】

唐晚晚：【盖棉被，没聊天，单纯睡觉。】

朱珠：【沈恪可真行。】

出了山庄，沈恪直接去了科大——唐晚晚的母校。

他手里有厚厚一沓张宗正的资料，排除公司，先从家庭情况查起，很快就查出来他弟弟张其正。

回国后，沈恪从没用过沈家的名头压过谁，今天是第一次。

沈氏集团大少爷的身份很好用，校领导亲自接待的他。沈恪极其讨厌打官腔说废话，带着目的来，讲话单刀直入。不到一个小时，他就离开了学校。

"沈总，我们接下来去哪里？"助理问道。

"去见张宗正父母。"沈恪握着档案的手指泛白。

张母和张其正在家。

张母警惕心很强，一副拒人于千里之外的仇视态度。沈恪只用一句话就成功撬开了她的嘴巴："你想知道是谁把你儿子害成这样的吗？"

"还能有谁？不就是姓唐的那个贱人！"

沈恪微抬下巴。

"我是唐小姐的律师。"沈恪带过来的律师递给张母一张名片，严肃道，"请您讲话前务必想好，您讲的每一句话我都会记录在案。"

点到即止。

随着张宗正公司的兴起，张母也是见过世面的人，察觉出他们可能来头不小，顾忌到两个儿子的名声，她终究把戾气压了下去。

沈恪："跟我说说当时告诉你这些消息的人是谁。"

张母有些茫然。

沈恪从档案里拿出一组照片："给你这组照片的人是谁？"

张母翻着照片，伤痛的回忆再次袭来。张其正敲锅喊楼；张其正端着铁锅把唐晚晚堵在教室走廊；唐晚晚把泡面和死猫"泼"他脸上；张其正头顶铁锅尖叫……

张母抹了把眼泪，哽咽道："我没见过，不知道是谁。这些照片是我在其正邮箱里看到的，不知道是谁发给他的。"

"邮件还在吗？"沈恪问道，"不在也没关系，哪个邮箱？我会数据追踪恢复。"

"在，在的，没删。"张母这时才意识到沈恪不是来砸场子的，"都在U盘里，我去给你找。"

十分钟后，沈恪一行从张家离开。

临走时，沈恪看了眼最里面的一间卧室。

卧室门紧闭，门上挖了个巴掌大的小窗口，一个年轻男人的脸一闪而过，眼睛里都是恐慌。

沈恪在心底叹了口气。

还未走出小区，随行律师就接到了张宗正的电话。

"沈总，是张宗正。"律师捂着话筒，小声说道，"他想和你说话，要推掉吗？"

沈恪微蹙了下眉："给我。"

他接过手机，不紧不慢地"喂"了声。

张宗正质问："你去我家里想干什么？"

"干人事。"沈恪语气冷淡。

"你想仗着沈氏集团威胁我？"

沈恪笑了声："我本来不想威胁你，既然你主动提出来，我就勉为其难答应你好了。宗正房产第三轮融资进行得怎么样了？"

"你什么意思？"张宗正瞬间有点慌。

"你敢再去招惹唐晚晚，我第二天就让宗正房产改姓。听说宗正房产是你白手起家一砖一瓦亲手建起来的，我没别的癖好，就是喜欢夺人所爱，再毁个稀巴烂。"

张宗正咬肌鼓起，到底没说话。

"张其正，我刚看见他了。"沈恪收起漫不经心的语气，"以你现在的地位和财力，不会找不到合适的医院和医生。你们一直把他关在家里，究竟是为了他好，还是为了别的什么，想必张先生心里非常清楚。"

言尽至此，沈恪挂断电话。他把手机撂给律师，接过助理递过来的电脑，抬腿坐进车里。没费什么工夫，他很快追踪到当年给张其正发邮件的 IP 地址。

预料之中，地址在科大校园。

沈恪一个电话打给学校负责人，开门见山："××年××月××日南苑学生公寓 4 号楼 404 宿舍的学生名单，三分钟内发给我。如果你们找不到，我就要自己动手了，提前给你说一声。"

想睡沈恪。

睡一个男人，非要按步骤来吗？

——《挖掘机性能记录本》

揪出这件事情背后的推手是谁，其实很简单，取决于你想不想做和你选择相信谁。

沈恪当然相信唐晚晚。他心疼她的同时，还特别想把她的铁疙瘩脑袋拆零散，如果她当年把这件事告诉父母朋友，结局也不会是这样。她就是头倔驴，没人拉她，她就闭着眼睛低着脑袋一直原地转圈拉磨。但更多的，沈恪在自责。如果他一直在她身边，如果他出国后一直和她保持联系，结局又会不一样。

他好想抱抱她，现在就抱。

"沈总，校方把名单发过来了。"助理把电脑里的名单放大。

张丽、王小音、李丹、赵绵绵。

校方负责人很"尽职"，文档里写了她们各自的毕业动向、联系方式和户籍住址。

只有四个人，查起来虽然麻烦，但是不难，只要找出她们中的谁和唐晚晚或者张其正有关系就行，但是沈恪对她们每个人都很陌生。他暂时不想让唐晚晚知道他在查这件事，也不想浪费太多时间。

沈恪给朱珠打了一个语音电话，说明来意后，他把名单发给她。

"我就知道王小音这事过不去。"提起王小音，朱珠火冒三丈，同时又相当不耻沈恪，"亏我一直撺掇唐晚晚和你好，没想到你也是这种人，算我看走眼。"

沈恪圈住王小音的名字，声音淡淡的："我怎么？"

朱珠："我以为你和唐晚晚青梅竹马，了解她的性格和为人。退一万步讲，就算晚晚曾经恋爱时无知被渣男骗到打胎，你接受不了大可拒绝她，不让她进你们沈家高贵的豪门，但也不必用这种方式羞辱她。"

朱珠义愤填膺，气到脑袋大。她脑内的小剧场光速运转：唐晚晚为了睡到沈恪，把他绑起来，然后她把自个儿脱光扑倒他。沈恪被这波操作震惊到，着人调查唐晚晚的"开房和打胎"记录，结果不得了，真查了出来。

这种事情又不是没有过先例，先前在酒吧那次，唐晚晚就告诉过朱珠，她那天的相亲对象是个医生，医生所在的医院恰好是王小音偷用她身份证打胎的那家医院，还被那个相亲医生查到。

只是想一想唐晚晚这会儿正光溜溜地坐在沈恪脚边掩面哭泣，向沈恪极力证明自己清白的画面，朱珠就血往上涌。首富家门槛高，不进也罢。

"你敢动唐晚晚一根手指头，我让我老公扛着意大利炮把你家炸了。"朱珠一副老母鸡护崽的气势，打算拉黑沈恪以前先把他骂死。

沈恪蹙眉，静静听着朱珠骂完，问道："你知道张其正吗？"

如果仔细听，能听出来他声线发抖。

"不知道，知道也不跟你说。"朱珠怼完后停顿了下，"他又是谁？"

"科大××级机械设计制造及自动化专业三班的张其正。"沈恪提醒道，"曾经在平安夜敲锅喊楼向唐晚晚表白过。"

根据档案资料，当初这件事几乎尽人皆知，朱珠当时和唐晚晚一个宿舍，肯定也知道。

"哦，和其正啊。"朱珠冷笑道，"你该不会觉得他是让唐晚晚打胎的人吧？"

沈恪没有解释，只是继续问："你知道张其正为什么退学吗？"

"不知道。"朱珠没好气道，"我和他又不是同一个专业。"

其实她连张其正退学这件事都不知道。

"张其正疯了。"沈恪平静道，"张宗正是他哥哥。"

朱珠长时间没说话。她本就思维敏捷，高鹏飞是刑警，她跟着耳濡目染，当即意识到这件事没那么简单。

沈恪说："你把王小音的事情原原本本告诉我。"

"哦。"朱珠把这件事的前因后果详尽地告诉了沈恪，"王小音和张其正有什么关系？"

张其正"疯了"的事情被学校压了下来，朱珠并不清楚到底发生了什么。

"我在查。"沈恪郑重道，"拜托这件事不要告诉唐晚晚。事情查清楚后，我自己会跟她说。"

朱珠："好。"

"你有王小音当时那个男朋友的信息吗？"

"我找找。"朱珠道，"是不是很严重的事情？我老公是刑警，要不要他帮忙？"

"不用，谢谢。"沈恪挂断电话。

一分钟后，朱珠收到一个转账红包，备注留言：【新婚快乐。】

她数了数上面的数字，当场昏厥过去。

网络信息时代，只要你上过网留下过足迹，懂行的人在技术支持下，都能把你扒掉一层皮，更何况王小音现在一点也不低调。

王小音在家乡 A 市的一家电视台工作，风光无限。她经常在个人社交平台上晒工作晒私人照片，最新一条信息表示，她下周举行婚礼。

去 A 市的路上，沈恪收到朱珠发来的信息：【王小音当时的富二代渣男男朋友叫张耀辉。】

找到王小音很顺利，她不像张母那么容易套路对付。沈恪费了些手段，一直到深夜，他才拿到了证据。

没有耽搁，沈恪连夜乘私人飞机返回桐市。头回晕机，他几乎吐了一路。

万万没想到，他会是这一切的罪恶之源。

窗外漆黑一片，夜静到令人窒息。

沈恪扯了扯领口，干咬着根烟望着窗外发呆。

沈恪因患有嗜睡症，在医生和家人的监督下，他几乎没有不良嗜好，早睡早起，定时身体锻炼，饮少量酒，从不抽烟，甚至睡前还会泡脚。真要到发泄情绪的时候，譬如现在，他能想到的，也就是叼根烟静静坐着发呆。

紧绷着的一根弦拉伸再拉伸，一触即断。

沈恪在英国读大学时，他研发了一款自娱自乐的小程序，取名"唐狗屁"。

那时他几乎每天都要和 AI 唐狗屁聊天，为了使 AI 唐狗屁更贴近唐晚晚本人，他托人"采样"。所谓采样，就是要从唐晚晚身上找真实素材。

沈恪有个高中同学在桐市一所大学就读，离科大不远，都在大学城。

有天沈恪"无意"间向他透露采样的事情，并且指定了唐晚晚。这个同学很热情，主动揽了下来。

大学城有个富二代圈，圈里的人都是周围几个大学的人，平时没事聚在一起玩玩车。

沈恪的这位高中同学叫薛睿，就在这个圈子里混。同在这个圈子里的人还有王小音当时的男朋友张耀辉。

薛睿答应沈恪声音采样之后，自己去科大"跟踪"过唐晚晚，偷偷录音。后来他嫌麻烦，把这件事丢给了张耀辉。

张耀辉当时的女朋友是王小音，而唐晚晚和王小音碰巧都在校围棋社，是一对好朋友。采样对他来说方便多了，可以说是举手之劳。

唐晚晚下棋；唐晚晚吃饭；唐晚晚上课……这些都是张耀辉在陪女朋友王小音时顺手采集的。一个星期的量，他打包发给了薛睿。

沈恪当时只是想要拜托薛睿采集唐晚晚的一段自然声音，比如薛睿拦住唐晚晚问路或者请教问题。唐晚晚给薛睿解答时，薛睿用录音笔录下来即可。

沈恪的初衷是用这段录音调试 AI 唐狗屁的音色，但是明显薛睿做的超过太多——薛睿给沈恪发过来的压缩包里，除了录音，还有好多唐晚晚各种场合的照片。

沈恪虽然很想知道唐晚晚的近况，也想探知她更多的私人生活，可是看到这些生活照片，虽然地点都是公共场合，他还是有种深深的犯罪感。仅是想一想有个男生跟踪唐晚晚偷偷拍录，他就受不了。

沈恪当即叫停了采样，并警告薛睿把文件删除。

薛睿答应删除，并告知了张耀辉。张耀辉口头答应下来，但是对这件事没上心，过后就忘，后来一天被女朋友王小音发现。

王小音意外怀孕，告诉了张耀辉。过了热恋期，张耀辉早就反感王小音的查岗黏人，遂甩给她几千块钱打胎费后让她滚蛋。

王小音歇斯底里却无能为力，偶然在张耀辉手机里发现唐晚晚的照片，她拿着这些"证据"质问张耀辉。张耀辉顺水推舟，把这口锅推给了唐晚晚。

"是，我就是看上她了。"张耀辉顺嘴说道，"她比你单纯多了。"

王小音对张耀辉无计可施，她把所有的恨意转移到了唐晚晚身上。她认定是唐晚晚勾引的张耀辉。

这个想法在她脑子里生根发芽，她越来越想报复唐晚晚。她偷拿唐晚晚的身份证，借用唐晚晚的身份去医院做了流产手术，并在事后把那张流产手术单放在网上，在当时掀起了一阵波澜，但还是不够。她想不明白，唐晚晚受了这种舆论攻击，怎么还能如此生龙活虎。

恰在这个时候，张其正敲锅喊楼表白。

王小音全程观望跟进这件事，对张其正做了大量的分析，最后，她想出了一个可以让唐晚晚身败名裂的办法。

于是便有了后面那件事。当时王小音躲在暗处，一切都很隐秘，所以她就这样从整件事中逃脱出去。但是令她没想到的是，张其正疯了，唐晚晚没事。

王小音等了两天，唐晚晚依旧无事发生，看学校意思是想竭力把这件事压下去。她怎么可能允许？！

王小音用匿名的方式，打着为张其正伸张正义的旗号，把所有"证据"发到了张其正邮箱里，坐等张其正家人找上门。然后，她截图网上的"唐晚晚流产手术单"爆料帖，匿名举报唐晚晚私生活混乱。

最后的结果，唐晚晚被取消了保研名额和优秀毕业生评选。

王小音对这个结果始终不满意，但那时已经毕业，她校招进了家乡 A 市的一家电视台工作。机会难得，为了工作，毕业离校她就回了 A 市。

沈恪告诉她，张其正至今为止没出过家门，精神一直不稳定。

王小音毫无悔过之心地说："那是他心理素质差，基因里带有精神病。"

到达桐市时已经是清晨五点。

沈恪在晨风里站了一会儿，直接去了张家。一刻也等不及洗净唐晚晚身上的"污泥"，他要唐晚晚从此以后再不会沾染任何尘世的肮脏与人心的不堪。

张宗正也在家。沈恪把一沓资料和证据放在张家人面前，说道："这是你们要找的人，她下周举行婚礼。"

他无权替任何人去原谅或者体谅王小音。

临走时，沈恪说："如果你们是怕有人利用张其正的病情做文章，影响公司上市。我认识英国的一位医生，他在神经学领域颇有建树，我还可以介绍一位非常厉害的心理医师，保密方面不用担心。"

张宗正心里五味杂陈，在沈恪面前，他无所遁形。

最后，他说道："对不起，谢谢。"

看着沈恪远去的背影，张宗正有种感觉，沈氏集团只会越做越大。他虽年长沈恪几岁，不谈实际办事能力，单说思想眼界，他差沈恪太多。

刚开始知道弟弟的病情后，张宗正难过痛苦，但那时公司发展刚有了好转苗头，可以说是一天都离不开他。他想等公司稳定下来后，再带弟弟治病。

终于等到了现在，他又却步。

公司即将上市，他不能有任何闪失。他每天谨小慎微，不敢有丝毫懈怠，万一被对家知道他有个精神病的亲弟弟，不知道对家会用什么下三烂的手段来利用这个事情做文章。公司是他一砖一瓦建起来的，紧要关头，一步错步步错，他绝不允许公司有任何闪失。

公司融资相当顺利，上市指日可待，但是张宗正却焦躁不安，心里负疚越来越重，甚至不敢回家，不敢看弟弟的眼睛。后来，一次项目工程接触中，他遇到了唐晚晚。

说是报复也好，调查也罢，他打听到唐晚晚单身被家人催婚，于是，他以相亲对象的身份出现。夜深人静时，他幼稚地想要把唐晚晚弄进他家。

唐晚晚做了个噩梦。

梦里，张其正说请她吃饭，他揭开锅盖，里面是只死猫。张其正眼睛亮晶晶的，一脸天真无邪地看着她，然后拿筷子去锅里夹肉。

"不要！不要吃！"唐晚晚想要去拦他。

好像是梦魇，无论她怎么喊都喊不出来，像是得了哑症。她喊不出，也动不了，只能眼睁睁地看着张其正吃肉。他吃得很香，边吃边问她吃不吃。

"你为什么不吃？"张其正突然发狂大吼。下一瞬，他变成了一只猫，向她扑过来。

唐晚晚惊叫着醒来，全身都是汗，凉涔涔的。她再也睡不着，睁着眼睛发愣。

她始终忘不了张其正的那双眼睛，无论是梦里还是记忆里，他的眼睛始终清澈干净。

张其正是个很优秀的人，如果没有遇见她，他现在一定生活得很好。

唐晚晚躺在床上，感觉不到时间的流逝，当年在她脑子里一直吵着让她去死的恶魔再次出现。

她脑袋里的声音叠加，刚开始像电视雪花声，后来又像蝉鸣，越来越密集，越来越尖锐。好吵，好痛。

唐晚晚盖住被子躲起来，却躲不开声音，她用手在床上挖坑，想把自己埋进去。

她机械地挖了十几下，突然觉得这一幕好熟悉，好像在什么时候经历过。当时有个人握住她的手，和她一起这样挖坑："唐狗屁，我们挖个坑把自己埋进去。春天来了，就会长出一个全新的小小人。"

"沈恪？沈恪。"

是她的变形金刚沈恪。

她想着沈恪，脑袋里的声音神奇般地渐渐退去，恢复安静。

她的身体也跟着一点点复苏。

不知道为什么，唐晚晚的身体永远先于大脑行动。从无欲无求行尸走肉生无可恋到渐渐有所图，图沈恪的身体，图沈恪曾带给她的愉快。

朱珠说要她试试沈恪，看他能不能带给她动物般的快乐。

她想要快乐。

曾经那段灰暗的日子里，赵猛见她每天死气沉沉，搞不懂她的想法，他不知在哪里搜来一些劝导人的话语，天天给她发心灵鸡汤，其中最常用的就是：【你还年轻，还有很多美丽的风景没看过，还有好多好吃的美食没吃过，还有好多好看的衣服没穿过……想想这些美好的东西，你不期待吗？】

抱歉，她真不期待，丝毫不期待，这些东西再美好也和她无关。生活越美好，只越会衬托得她糟糕。

那个时候，看着这些鸡汤，只会让她更加暴躁。

但是现在她还没有睡到沈恪，还没有吃够沈恪的嘴巴，还没有拆解摩托车，还想每天都骑摩托车……这些种种她非常期待。

不管不顾，唐晚晚揭被而起，赤脚跑到门口，要想立马见到沈恪，一刻都等不了。

拉开门，她看见了沈恪。

沈恪像是知道她要找他，主动送上门来，站在她面前。

唐晚晚冲上去抱住他："沈恪。"

"对不起。"沈恪回抱她，"我来晚了。"

"我想要你给我带来动物般的快乐。"唐晚晚没羞没臊地说着虎狼之词，"我想睡你，我们虽然没谈恋爱，但你能不能学学其他男人，省去谈恋爱的那些烦琐步骤，先兵后礼，睡了再说。"

誓要睡到沈恪。

唐晚晚加油！你可以的！

——《挖掘机性能记录本》

想见一个人的时候，拉开门他就等在外面，这种感觉是温暖和安全的。

唐晚晚抱着沈恪，继续说着虎狼之词："要不我包养你吧。包夜附赠早餐午餐，还有晚餐。如果你半夜饿了，我还可以给你做夜宵，绝对累不坏你。"

沈恪没回应。

唐晚晚："沉默就是默许，去你家还是我家？"

沈恪还是没回应，但是唐晚晚感觉肩上越来越沉："沈恪？"

沈恪睡着了。这不得不使唐晚晚想到一个问题：骑摩托车途中，摩托车突然哑火了怎么办？

当然是修理摩托车，哪里哑火修哪里。

唐晚晚嘀咕："这就是传说中的自己动手丰衣足食？"

没有叫醒他，唐晚晚力大无穷，硬是把沈恪背到了她床上。

本意真的只是想让他好好睡一觉，之前他在她面前犯病好几回，都被她招呼醒。这回，她也想让他睡个好觉。

在唐晚晚看来，嗜睡症也没什么大不了，不就是突然睡着嘛。睡着就睡呗，又不是睡不起。但是现在看着他睡在她床上，唐晚晚陡然心生歹念，谁说睡不起，嘿嘿嘿。

此时此刻，她觉得她就是守株待兔里的主人公，沈恪就是那只撞到树桩昏睡过去的兔子。小兔子，你要怪也只能怪自己眼瞎撞到我这根树桩。

兔子是动物，这不就是动物的快乐？

唐晚晚三下五除二把沈恪的外套和鞋子扒下来，解皮带的时候，沈恪醒了。

但他没动，非常配合地继续装死尸。

唐晚晚骑上摩托车，然后发呆，虽然钟爱摩托车，但是不知道如何安全正确地驾驶，尤其是在摩托车哑火的时候如何发动，她还真不知道从哪里下手。

她找到手机，打开搜索引擎，输入"如何正确驾驶摩托车"。

出来一堆摩托车的广告。她从头看到尾，垃圾广告，不说外观，单从性能来看，这些摩托车全都比不上她自己改装的那辆摩托车。

唐晚晚进入一个摩托车论坛，从手机里导出一张摩托车照片发了上去，发言叫嚣：【这才是摩托车。】

眯着眼睛观看全程的沈恪呆滞，谁能体会一下摩托车的感受？横杠上压着一个挖掘机，挖掘机却在想着别的摩托车。

这个论坛非常冷清，唐晚晚等了五分钟也没有人过来和她抬杠。她退出论坛，瞟到安安静静躺着的沈恪，这才猛然惊醒。摩托车误我。她赶紧输入"如何正确地吃兔子"，出来一堆烧烤美食图片，成功把她看饿。

"我就是个智障。"唐晚晚自言自语地再次清除搜索记录，重新输入，这次念了出来，"如何睡沈恪。"

沈恪本尊把脸埋进枕头里，努力憋笑。

唐晚晚居然真的搜了出来。

#亿万少女的男神沈恪，这个男人我一定要睡到，呜呜呜#

#今天睡到沈大神了吗#

#沈恪在我床上#

图文并茂，越搜越多，有沈恪在科技馆讲座那次的现场照，还有他在某个科幻主题研讨会上的照片。万万没想到搞AI智能学术的女博士们背后居然是这个样子，污言秽语堪比十个朱珠。

唐晚晚被气到：沈恪明明就在我床上，你们尽管想，今晚我睡不成你们的男神算我输。

她气鼓鼓地扔掉手机，挖掘机冲俯，堵住他的嘴巴。

沈恪全身僵硬，手指紧紧抓住被单。

唐晚晚虽然没有搜索到指导手册，但她也曾被朱珠带歪过，更何况前天在温泉山庄和沈恪一起泡私汤时，四舍五入玩遍了摩托车，算不上轻车熟路，但也不手生，三下五除二开始拆解摩托。

有种亲戚，每个月都要去你家待几天，来的时候烦死你，不来又愁死你。没错，这个亲戚就是大姨妈。唐晚晚坐在马桶上，开启贤者模式。

她从卫生间出来，咬牙切齿地爬回床上，气愤地翻身，给了沈恪一个背影。

卧室里的夜灯散发着柔黄的光晕，仿若笼了一层纱，轻飘飘的，撩得人心痒。

沈恪状似无意地翻了个身，胳膊搭过去。唐晚晚很没出息，立马投怀送抱，脸搁在他颈窝疯狂吸气。在她看不到的地方，沈恪眼睛弯起，低头轻轻吻了吻她的头发。

想把挖掘机拆破产，更想把挖掘机拆零散。

现在这个挖掘机零部件生锈太过严重，拆解时怕她会疼会后悔，他想用润滑剂打磨好这些生锈的零部件，再去暴力美学拆解。

不过他没想到的是，挖掘机憋起来，什么都能拿来当润滑剂，压根不用他动手，他坐等就行。

因为第二天晚上，唐晚晚抱着枕头和毛毯敲开了602的门。

沈恪明知故问："干什么？"

唐晚晚说："我家有鬼。"

她不由分说挤进门内，往美人榻里一躺，放枕头盖毛毯，流程非常娴熟："我睡了。"

沈恪："哦。"

唐晚晚："我可能会弄脏你的美人榻。"

沈恪："那你换身干净的睡衣？"

唐晚晚："你的床单是深色的，耐脏。"

沈恪转过头憋笑。

我要追沈恪。

——《挖掘机性能记录本》

唐晚晚理直气壮地走向沈恪的床，命令道："夜灯调暗点，我要睡觉。"

"哦。"沈恪乖乖把夜灯调暗，忍不住问，"你不是不怕鬼了吗？"

唐晚晚脸不红心不跳："现在又怕了。"

沈恪说："我也怕。"

唐晚晚一拉被子蒙住脸，闷声闷气道："一起睡就不怕了。"

沈恪转身，笑了出来。他快速冲了个澡，心神不宁地回到卧室时，唐晚晚已经睡着。

沈恪失笑：唐晚晚真的就是来睡觉的，和去吃相亲饭一样，纯粹就是吃饭。

沈恪咬咬牙，关灯上床睡觉，却睡不着。天神交战，PK失败。他凑过去偷偷亲了唐晚晚一下，更加睡不着。他几乎一夜没合眼，煎熬到天明。

第二天晚上，唐晚晚抱着枕头又来了，和昨晚一样，躺床上脑袋挨枕头就睡着。

沈恪内心崩溃：你到底是来睡我的，还是来睡觉的？

他再次睁眼到天亮。

第三天晚上，唐晚晚抱着枕头又来了。

半夜，沈恪憋到内伤，他揭被而起，真想抱着唐晚晚的脑袋把她摇醒。

大姨妈走了吗？你就来睡我。这个觉没法睡了。沈恪抱着枕头和毛毯，走出卧室，在美人榻上凑合过了一夜。

唐晚晚清早醒来，看见客厅美人榻里的沈恪，她满头问号，百思不得其解，给朱珠发消息：【我爬上了沈恪的床，但是他却偷偷睡在客厅。】

朱珠：【他可真行。】

唐晚晚：【不给睡，我该怎么办？】

朱珠：【你们现在什么关系？】

朱珠：【1. 邻居。2. 同学。3. 青梅竹马。4. 男女朋友。】

唐晚晚：【11111。】

【22222。】

【33333。】

朱珠：【4？】

唐晚晚：【现在还不是男女朋友。】

朱珠：【所以你们在一起接过吻，泡过温泉，睡过觉，但还不是男女朋友？唐晚晚，你是个渣男。】

唐晚晚：【所以，我要去追沈恪吗？】

朱珠：【追！大胆追！】

唐晚晚：【如果他拒绝呢？】

朱珠：【如果他拒绝你，我倒立拉稀。】

唐晚晚：【可以，但没必要。】

朱珠：【微笑 .jpg】

为了对得起沈恪给的结婚大红包，我容易吗？果然是拿人手短。

唐晚晚今天要去下面车间查验机床，正好是在赵猛所在的车间。验收结束，到了午饭时间。

赵猛抱着饭盒追出来："老大，今天中午三食堂有红烧狮子头。我认识窗口打饭的阿姨，她每回都把最大的狮子头留给我。"

唐晚晚听了有点流口水，她在车间实习时，最喜欢吃三食堂的红烧狮子头。

她摘下头盔挂在摩托车上，决定吃过午饭再走，跟着赵猛去了三食堂，红烧狮子头窗口排了长长一队人。

"师父，轮到咱们还会有吗？"唐晚晚有点担心。

"肯定有。"赵猛大大咧咧地笑，"打饭的阿姨人很热心，不管我什么时候来，她都会给我留一份。"

"阿姨是你家亲戚？"

"不是亲戚，我去她家帮过几次忙，一来二去就熟了。"

他们终于排到窗口。

"好险，还有十来个。"唐晚晚看着菜盆，兴奋道。

赵猛笑道："你先打菜。"

唐晚晚把托盘放在窗台上，指着菜盆说道："阿姨，给我来一份红烧狮子头。"

掌勺阿姨瞥她一眼，拎起一个锅盖，"哐当"盖在菜盆上："卖完了。"

唐晚晚一愣："我刚看见还有十来个。"

掌勺阿姨："你看错了。"

唐晚晚默默挪到旁边，给赵猛腾出空位，满头问号地看着他。

赵猛一脸蒙，他手拿托盘："阿姨，还有红烧狮子头吗？"

掌勺阿姨："没有。"

赵猛："你刚盖着的菜盆里是什么？"

如果不是有玻璃挡着，他恨不得伸胳膊过去揭开锅盖。

掌勺阿姨拉着一张脸："狼心狗肺。"

赵猛："你怎么还骂起人了？"

掌勺阿姨："我没骂人，我是说菜盆里是狼心狗肺。"

赵猛看了她一会儿，满脸不可思议，声如洪钟："给我来份狼心狗肺。"

掌勺阿姨冷笑一声，给他盛了两个最小的。

唐晚晚无语，赵猛说他曾去阿姨家帮过几回忙，她怀疑他是去拆阿姨家的。

唐晚晚举起托盘，跟着说："也给我来份狼心狗肺。"

掌勺阿姨再冷笑一声，给她盛了两个形状最丑的。

他们离开窗口，打了些别的菜后，找了张餐桌坐下吃饭。

唐晚晚疑惑地问："师父，今天打饭的阿姨换人了吗？"

赵猛黑着脸："没有。"

唐晚晚纳闷："你不是说她每天都会给你留份最大的狮子头吗？"

赵猛郁闷道："以前确实是，可能她今天心情不好吧。"

"哦。"唐晚晚相当理解，女人每个月总有那么几天心情不好，"我心情也不好。"

赵猛："怎么了？"

唐晚晚："我打算追沈恪，但是没想好用什么办法追。"

赵猛眼珠子快瞪出来："你要追谁？你对门那个邻居？"

唐晚晚点头："师父，你们男人喜欢女孩怎么追？"

"不追。"赵猛低着头一口气吃了半碗米饭，说道，"男人不喜欢被女孩追。女孩主动追男人不会有好结果。"

旁边一个收碗筷的阿姨麻溜推着手推车离开，来到后厨，找到掌勺阿姨，问道："我刚听猛子说他不喜欢被女孩追，他还说女孩主动追男人不会有好下场，所以你们家小凤是不是追猛子追太紧了？"

掌勺阿姨摘下袖套，啪啪甩着围裙："紧个屁，我们家小凤害羞得厉害，和他单独说句话都会脸红。"

小凤是掌勺阿姨的女儿，也在这个厂工作，和赵猛一个车间。

推车阿姨："可是我没有听错话啊。"

掌勺阿姨："你还看不出来？他就是喜欢被女孩追。狼心狗肺，亏我每天给他留最大的红烧狮子头，就当喂狗了。"

"看身上的工装，和他吃饭的那个女孩不是普工，是技术人员的工装，好像还是个官。"

"官有什么好？她有我家小凤好？"

"这倒是。要不你改天去猛子他家，找他妈说说看。"

赵猛闷闷不乐，一顿饭的时间，唐晚晚居然想出了十多条追沈恪的方法，她自己想也就罢了，还非要问他的意见。

"非追他不可？"走出食堂，赵猛问道。

"追定了。"唐晚晚握拳，"现在就去追。"

赵猛瞪眼："现在追？怎么追？"

"我上网搜来的，刚跟你说过。"唐晚晚道，"提前在他家冰箱里塞满玫瑰，给他制造小惊喜。"

赵猛："你有他家钥匙？"

"没有。"唐晚晚郁闷了一会儿，"等我再想想。"

轰隆隆，一架直升机从头顶飞过。

赵猛仰头，随口感慨："地上跑的所有车我都开过，如果有天我能在天上开车就好了。"

唐晚晚跟着仰头，若有所思："我又想到一个办法。"

赵猛："什么？"

唐晚晚："直升机表白。

"直升机租不起，关键是我不会开，无人机可以完美解决问题。"

赵猛问："怎么用无人机追？追着他满地跑吗？"

"无人机拉横幅吊气球吊玫瑰。"唐晚晚越想越开心，"高端大气上档次有内涵，我先问问他在哪儿。"

唐晚晚说干就干，给沈恪发微信：【你今天下午在家吗？】

沈恪：【不在家，下午要去公司开个会。】

唐晚晚：【OK。】

赵猛看着她弯弯的眼睛和甜甜的梨窝，心里一阵泛酸："老大，你用无人机追他时，我也想过去看看。"

唐晚晚："你下午不上班？"

赵猛："调班。"

"也行。"无人机横幅玫瑰气球什么的，时间太紧迫，她一个人忙有点够呛，"我先找人问问无人机租赁。"

唐晚晚有个硬核机械发烧友群，她在群里问有没有人知道无人机租赁业务，立即有群友帮她联系到人，很快就搞定。考虑到拉横幅吊玫瑰吊气球，她觉得一架无人机有点不够用，况且租赁两架无人机还给打九折。唐晚晚爽快地租了两架："九折好，长长久久。"

赵猛真是想不通唐晚晚看上沈恪哪里了，沈恪有什么好？他就是个碰瓷白莲不要脸神经病无业游民。赵猛气到爆筋。

唐晚晚行动力十足，没费多久就搞定了无人机横幅玫瑰和气球，顺便还教会了赵猛怎么操作无人机。

为了制造小惊喜，唐晚晚特意没有让沈恪给她发定位，更没有告诉他她要去公司追他。

沈氏集团总部的地址网上就有，她没费什么力气就弄到了手。来到沈氏集团公司后，她偷偷塞给一个保洁阿姨两百块钱，问道："沈总在几楼开会？"

保洁阿姨接过钱，笑眯眯道："22楼。"

反正告诉她，她也上不去。且不说公司要刷卡进电梯，董事会高层在22楼开会，别说是外来人员，就是公司本部的员工，不够级别都上不到20楼往上。

唐晚晚打听到消息就乐颠颠出来，有无人机还上什么楼。22层挺好，无人机可以更加炫酷。她和赵猛挑好位置，站在草坪上，一人操纵一架无人机。无人机慢慢飞起，稳稳停靠在沈氏集团大楼22层落地窗外面。

正在会议室开会的众位高层纷纷扭头看过去。

两架无人机并驾齐驱，一个吊着一大束红玫瑰，一个吊着红粉气球。

"唰——"两条大红色横幅同时垂下。

【沈恪嫁给我。】

【做我男朋友。】

坐在上位，正在主持董事会的沈总沈爸爸缓缓睁大眼睛。

糗大了。

——《挖掘机性能记录本》

自从回国后，沈恪一直未曾在沈氏集团露过面，更没有在公司总部任职。

他想搞 AI 人工智能，沈爸爸由着他来，家里也是放任态度，没有强硬要求他去公司上班。

沈恪告诉唐晚晚他下午去公司开个会，他没有说谎，他确实是在开会，但不是在沈氏集团的公司。他今天去某个实验室谈项目合作，实验室不在桐市，而是在隔壁市。

此时此刻，正在沈氏集团总部 22 层开会的沈总，是沈恪他亲爹。

会议室里交头接耳，窃窃私语。众位在座的高层中，只有极个别人知道"沈恪"这个名字，其他人都是一脸茫然，甚至有人以为这是他们沈总的别名。

天啊，这是什么惊天消息？沈总养的情人这么猛，趁沈夫人今天不在公司，故意在董事会上当众表白，真不知道是心太大，还是心眼小。闹这么一出，明天公司股票会下跌吗？

无人机依旧盘旋在落地窗外，两条大红横幅在风中飞扬，像两面迎风招展的胜利旗帜。隔着玻璃，仿佛能嗅到外面的玫瑰香味。

沈爸爸从震惊中缓过神来："外面是谁？"

秘书效率奇高，很快呈上来一个平板电脑。

平板里是刚录的小视频，很清晰。一男一女站在公司楼下的草坪上操纵着两架无人机。

沈爸爸工作忙，以前沈爷爷在幸福里小区住着时，他去的次数就不是很多，虽然见过唐晚晚，但对她的印象一直停留在小时候。唐晚晚高中以后的样子，他没见过，所以他对视频里的唐晚晚，可以说没有任何印象，更加联想不到唐家女儿身上。而且，他有点不相信这样一个小姑娘会做出这种事情来。

沈爸爸的视线焦点全在赵猛身上——个高体壮，肌肉发达，不拘小节，是个标准的猛男。

他看看视频里的赵猛，再抬头看看窗外的条幅，不由得倒吸一口凉气，血往上涌。

我的儿子要在董事会上当众出柜

楼下猛男是我未来儿媳妇

我儿子被楼下的猛男拱了

不能怪沈爸爸想歪，只是因为他见多识广，紧跟时代发展，知道得太多。

沈爸爸发出霸道总裁的名言："一分钟，我要知道这个人所有的资料。"

秘书："是。"

一分钟过去，秘书不知从哪里搜出一堆赵猛的照片——穿着跨栏背心开挖掘机、脚踩地摊塑料拖鞋开铲车、头戴草帽开叉车、脖子搭条白毛巾蹬三轮……

沈爸爸皱紧眉头看完这些照片。

我儿子的审美真朴实

猛男要靠我儿子共享富贵

未来儿媳妇逼宫董事会

沈爸爸脸色铁青，哆嗦着手摁了下开关，会议室的窗帘合上，无人机被隔绝在窗外，会议室内落针可闻。

"把他请到我办公室。"沈爸爸把平板递给秘书。

秘书："是。"

沈爸爸沉声道："继续开会。"

草坪上。

赵猛操纵着无人机，开始不耐烦："老大，你确定他在这楼里上班？"

唐晚晚点头："我问过了，没错。"

赵猛更加鄙视沈恪，无业游民终于在写字楼里找到一份工作，穿上西装以为自己可以平步青云迎娶白富美。哼，不知道用了什么下三烂的手段勾引唐晚晚去追他。

赵猛问道："这么长时间过去，他看见后怎么什么表示都没有？"

唐晚晚："毕竟从 22 层下来要一定的时间。"

赵猛从鼻子里哼了声，如果是他被这样表白，他敢当场飞到窗外扑到无人机上。沈恪就不是个男人。

唐晚晚小声嘟囔："沈恪该不会是突然睡着了吧？"

赵猛心想：你可真会给他找理由。

大厦里突然走出来一队大块头黑西装黑墨镜，气势上特别像是美国大片里的总统保镖。

赵猛："老大，他们好像是朝着咱俩来的，难道是不能践踏草坪？"

唐晚晚也看到了他们，惊喜道："沈恪派人来接我了。师父，快把无人机降下来，小心玫瑰花。"

盘旋在 22 层窗户外的两架无人机终于开始往下降落。黑衣人走到他们面前，把他们围住，双手交握放在腹部，双腿距离和肩同宽，气场十足。

"你们沈总在哪里？"唐晚晚边操纵无人机边问道，"他是在睡觉吗？"

黑衣人鸦雀无声，面无表情。

唐晚晚："难道是也要给我送惊喜？"

黑衣人继续沉默。

无人机缓缓降落，黑衣人一拥而上，分工明确，分别架起赵猛和唐晚晚往大厦里跑。剩下的两个黑衣人则捡起地上的无人机横幅玫瑰气球，装进袋子里，一并带回大厦。

他们身手敏捷，赵猛没嗷嗷几声就被塞进了董事长专用电梯，直达 22 楼董事长办公室，非常专业敬业，全程半个字都不说。

唐晚晚则被他们带到了隔壁的董事长总助理办公室，按董事长的意思，唐晚晚只是捎带手的，赵猛才是重点关注对象。

赵猛被关在董事长办公室，叫天天不应叫地地不灵，急得想要打 110 报警。报警之前，他先打电话给唐晚晚，想确保她的安全，结果唐晚晚告诉他，这是沈恪送的惊喜，让他安心等着。

赵猛："行吧。"

唐晚晚的脑袋瓜里全是粉红泡泡，她送沈恪一个惊喜，沈恪不知道会送她什么惊喜。

"你们沈总在干什么？"她向董事长总助打听。

总助面带微笑地说："开会。"

唐晚晚："我懂我懂。"惊喜的第一守则是保密。

总助始终礼貌微笑，给她端了茶点小零食后，带上门退出办公室。唐晚晚非常配合，吃着零食安静坐等沈恪的惊喜。

沈爸爸终于开完会，阴沉着脸走出会议室，给沈妈妈发信息：【你觉得沈恪一个人能挥霍完咱们沈家的家业吗？】

沈妈妈：【不能。】

沈爸爸：【咱家真的是有矿要继承啊。啥也别说了，你准备准备，咱俩再生个二胎。】

沈妈妈：【？】

沈爸爸甩手把赵猛蹬三轮的照片发过去。

沈妈妈：【这是谁？】

沈爸爸：【你儿媳妇，你觉得他能生孩子吗？】

沈妈妈：【！】

沈爸爸：【咱儿子刚刚当着董事会的面出柜了。他喜欢男人，蹬三轮的大汉是他男朋友。】

沈妈妈当场昏厥过去，沈宅一片混乱。

沈爸爸心口一阵绞痛，痛定思痛，推开办公室的门。

可以说沈恪是被宠到大的，他就是喜欢一头猪，也不是不可以，但是眼前这个猛男，面相凶神恶煞，今天在董事会前这样，呵呵呵，怕不是来讹钱的。好，很好，非常好。能用钱解决的问题，都不是问题。

沈爸爸关上办公室的门，娴熟地掏出支票本，古早霸总式发言："多少钱，离开我儿子？"

赵猛四仰八叉仰躺在老板椅上，昏昏欲睡，听到动静，他霍地睁开眼睛，一双铜铃般的眼睛圆睁："你说什么玩意儿？"

赵猛的样子和语气特别像一个恶霸。

沈爸爸不为所动，冷笑道："五百万，够吗？"

赵猛："什么够？够什么？"

他觉得自己睡迷糊了，不然怎么听不明白，难道这就是沈恪送的惊喜？

沈爸爸看他这副样子，了然，自动加价道："六百万？"

赵猛："冥币？"

沈爸爸："呵呵。"

冷笑声似乎是从地狱发出来的：儿子啊，看看你男朋友贪得无厌的嘴脸。

"支票你自己填。"沈爸爸扔过来一张空白支票，然后甩过去一沓协议，"但是你要把这些协议签了，放心，我不会把今天的事情告诉沈恪。"

赵猛："你把沈恪叫过来。"

沈爸爸："你今天这样胡闹居然还敢让沈恪知道？你知不知道你今天干出来的事如果传出去，明天公司的股价就会下跌？公司董事们……沈恪即使跟你谈恋爱，他也保不了你……公司决策……"

赵猛一个脑袋两个大，公司集团股票决策等等他什么都听不明白，但是他听明白了一句话："我跟沈恪谈恋爱？"

沈爸爸："不然？"

赵猛一跃而起，怒吼道："你才跟他谈恋爱！你全家都跟他谈恋爱！"

他冲过去揪住沈爸爸就要揍，保安听到动静冲进去，会议室乱成一团。

总助办公室就在董事长办公室隔壁，闹出这么大动静，惊动了唐晚晚。

"师父的声音。"她丢下茶点冲过去拉架。

远在隔壁市实验室开会的沈恪，接到沈爷爷的电话。他接起来听了两句，"啪"的一声，打翻了手边的一个水杯，水杯浸湿了桌上的资料。

"抱歉。"他捂着话筒走出会议室。

沈宅、沈氏集团和隔壁市实验室，三地同时陷入混乱。

唐晚晚终于挤出重围，冲到沈爸爸面前："沈叔叔，我是唐晚晚。"

保安们刚把赵猛控制住，沈爸爸这才得空，听到有个小姑娘叫他沈叔叔，他没过脑子，但还是保持面容镇定，还抽空冲唐晚晚点了点头。

唐晚晚尴尬到用脚趾抠地："沈叔叔，你误会了。无人机是我租来的，是我跟沈恪表白。赵猛是我师父，他是我叫来帮忙的。"

整个 22 楼寂静无声，所有人的目光全都投射在唐晚晚身上。唐晚晚头皮发麻，脚趾抠地刨坑，大写的尴尬。

沈爸爸："你是？"

唐晚晚垂着脑袋："我是唐晚晚，在幸福里小区和沈奶奶住对门。"

沈爸爸震惊："你是 601 唐家的女儿？"

"嗯。"唐晚晚尴尬到快哭了，"沈恪不在吗？"

沈爸爸长舒一口气："他不在这里上班。"

"我和我师父可以走了吗？"

"都是误会，哈哈哈，误会。不急不急，小唐啊，来跟叔叔坐会儿，咱们边聊边等沈恪。"沈爸爸今天的心情像是在坐过山车，跌宕起伏，五味杂陈。

"不不不了，我们走了。"

"无人机不要了？"

"要的要的。"

唐晚晚双腿打飘，抱着无人机从大厦里走出来，完全不知道刚才经历的一切是什么，简直是人间炼狱。

赵猛也没好到哪里去，他在重建自己的三观，时不时挠头皮感慨："男人可以和男人谈恋爱？怎么谈？用什么谈？姓沈的一家神经病。"

和赵猛分别，唐晚晚接到老妈的电话，接通后被劈头盖脸骂了一通："唐晚晚，我的脸都没地方放了。"

前几天，唐晚晚装睡让沈恪背回家，然后大言不惭地说想要和沈恪谈恋爱。唐妈妈虽然嘴里说着让她白日做梦，但其实还是把这件事放在心上的。

今天唐妈妈终于联系到沈奶奶。沈奶奶很热情，邀请她去沈宅喝下午茶，碰巧的是，沈妈妈也在沈宅。

沈爷爷、沈奶奶、沈妈妈，还有唐妈妈，四个人一起愉快地聊天喝茶，刚聊到沈恪和唐晚晚，沈妈妈就接到了沈爸爸的电话，不知说了些什么，沈妈妈激动得昏厥了过去。混乱过去，又陷入了新的一场混乱，因为沈妈妈看到了视频里的唐晚晚和无人机，唐妈妈差点昏厥过去。

被老妈结结实实骂了一通，唐晚晚心如死灰往幸福里小区走。这真的是史上最糗表白。

沈恪肯定恨死她了。

回桐市的路上，沈爷爷打电话让沈恪务必回沈宅一趟。沈恪答应下来，但是进了桐市，他却让司机把车开回了幸福里小区。

唐晚晚这个铁憨憨。沈恪拳头抵在唇边，压住嘴角的笑意。

电梯到 6 楼，沈恪走出电梯，一眼就看见唐晚晚背着一捆荆条站在 602 门口。见他回来，她撇撇嘴："我负荆请罪。"

"负荆请罪？"沈恪眯起眼，从口袋里掏出手机，随手一划拉，搜出一张图片，屏幕面向唐晚晚，"欺负我没学过历史？"

图片里，光着上身的廉颇背着一捆荆条，向蔺相如请罪。

唐晚晚垂着脑袋，像是在做垂死挣扎。

"也不是不可以。"唐晚晚忽然抬头，"可以打个商量吗？跟图片一样没问题，但是可以先让我把荆条上的刺去掉吗？"

内衣要穿成套的。

——《挖掘机性能记录本》

沈恪想象了一下唐晚晚的负荆请罪图，有点上头。他咳嗽了声，强行转移话题："无人机还在吗？我想看看。"

"在，在的。"唐晚晚转身往家里走。

"啊——"背上的荆条太长，走廊太窄，她的动作太急，荆条刮着墙壁把唐晚晚绊倒，倒下去的时候，她又在地板上滚了一圈。

沈恪正要开 602 的门，听到动静赶紧跑过来把她从地上扶起来。

唐晚晚疼得龇牙咧嘴："野生荆条太野了。"

"不要动。"沈恪给她卸荆条，"你在哪儿弄的荆条？"

"西山的一个工地，我上周去的时候看见有一大片野生荆条木。"唐晚晚又疼又气，"都怪你，不让我拔刺。"

沈恪忍笑："我检查一下你的背？"

唐晚晚推开家门，"唰——"拉开拉链："当然要你来检查，我后背又没长眼睛，扎到刺拔不出来。"

她穿的是类工装的连体裤，今天的这款连体裤从设计上解决了如厕问题——拉链。

工装从上衣领口到臀部，一拉到底。蹲厕所时只需从臀部处拉开拉链即可，不用再脱上衣。虽然如厕还是没有穿寻常衣服方便，但是穿脱起来比寻常衣服方便许多。

沈恪无比震惊地看着唐晚晚一拉到腰部。他赶紧关上门，咽了咽干涩的喉咙，心想：终于要来了吗？

"我先去洗……"沈恪用余光瞄了眼沙发上的唐晚晚，把"澡"字咽回去，憋出一个字，"手。"

唐晚晚趴在沙发上，姿态特别像在中医馆等待拔火罐的客人。连体裤的拉链只被她拉到了腰部以上，虽然背部是露在外面的，但是里面的内衣没有脱。如果说在山庄泡温泉时她穿的是马赛克，那么她现在穿的就是兵马俑。

沈恪再次了然，唐晚晚没别的意思，就是单纯让他拔刺。

沈恪洗了手出来，找来家用医药箱，规规矩矩地检查她的背："还好，没有刺，但是有几个小血洞，我用棉签擦擦看。"

他打开医药箱，拆开棉签开始处理。

唐晚晚举起右手，手掌向后展示给沈恪看："跟这上面的血洞一样吗？"

前几天在山庄，她这只手被张宗正送的玫瑰扎了一手小血洞。

"没你手掌上的严重。"沈恪记得她手掌当时可怕的样子。

经过上药处理，她手掌现在已经完好，基本看不出来疤痕。怕她想起张宗正这一家的事，沈恪没有再继续她手掌的话题。

唐晚晚趴在沙发上，摩挲着掌心淡淡的痕迹，自言自语道："毕竟是拆解摩托车的手。"

手拿棉签的沈恪全身僵硬，仿佛回到了山庄的汤池里卿卿我我的时候。沈恪心神不宁，手里的棉签一抖，戳到了她背上的一个血刺："对不起对不起，疼吗？"

唐晚晚瓮声瓮气："有点疼，你轻点。"

沈恪："好。"

不过这句话怎么听起来怪怪的，确定他没想多？

下一瞬，只见唐晚晚死死拽着裤子捆住细腰，一副害怕的样子。

沈恪抿唇，确定不是他一个人想太多。

唐晚晚把脸埋进沙发里，双手牢牢抓着裤子，内衣不是成套的，呜呜呜。朱珠说过，勾引沈恪时必须要穿成套内衣。

唐晚晚有个习惯，生理期时必穿大妈内裤，大妈内裤超级舒服超级好穿。今天是生理期第四天，大姨妈还在拖沓，所以她现在身上穿的是土丑土丑的大妈内裤，怎么可以让沈恪看见！

今天好丢脸，表白表到了沈叔叔面前，还被他误会赵猛在表白。她在全公司面前丢脸也就罢了，巧的是唐妈妈今天去了沈恪家。

唐晚晚背上凉凉的，沈恪涂药的手指暖暖的，好舒服。

消除羞耻窘境的最佳办法是睡觉，唐晚晚趴在沙发上渐渐睡着了。

沈恪犹如在炼狱，受尽了煎熬。他强自镇定地扯过一条毛毯，盖在西服裤上，继续小心翼翼地给她擦背。

"唐狗屁。"沈恪叫了声，唐晚晚没有反应。确定她睡着，沈恪把毛毯盖在她身上。

无人机和红玫瑰堆在客厅一角，隐隐约约能看见上面的条幅。沈恪走过去，把条幅、玫瑰和气球解下来，笑了一阵，然后回到沙发前，弯腰在唐晚晚嘴角亲了亲："我答应你。"

唐晚晚翻身，嘴角挂了一长串口水。

沈恪毫不嫌弃地拽了张纸巾，给她擦脸擦口水，掖了掖毛毯："我走了，爷爷奶奶还在家等我。唐狗屁，下回再带你回家。"

他揉了揉她的脑袋，抱起地上的红玫瑰、粉气球和两条横幅，先放回602，然后下楼。司机在楼下等着，直接载他去了沈宅。

爷爷奶奶平时睡得早，今晚特意等他，一直没睡。

沈恪踏进屋里，看到四位长辈全在客厅："你们四个要打麻将？"

"打什么麻将。"沈爷爷举起拐杖，"打你。"

沈恪躲过去，往餐桌前走："还有饭吗？我没吃晚饭。"

"有有有。"沈奶奶起身，"厨房里煲着养胃汤，我让王姨给你盛一碗。"

沈爸爸和沈妈妈互看了一眼，相互使眼色，谁也不先开口。

"沈恪。"沈爷爷觉得儿子儿媳弱爆了，这个口还得他先开，"你和唐晚晚是怎么回事？"

沈恪喝了一口热汤，不紧不慢道："我想和她结婚。"

他们想到会很劲爆，没想到会这么劲爆。客厅里四双眼睛齐刷刷看向他，像极了娱记在现场守着明星蹲八卦，结果却蹲来了外星人袭击地球。可以，但你让我先找个能对接外星人的设备。

沈恪看着他们："怎么？不可以？"

"可以可以，非常可以。"沈爸爸最先反应过来，"只要不是宣布和开挖掘机的猛男结婚，我都可以。"

沈妈妈："蹬三轮那张照片看起来更猛。"

第八章
我也太好追了吧

再接再厉，永不言败。

今天是个值得纪念的日子。

沈恪终于接受了我的表白。

——《挖掘机性能记录本》

沈恪暗恋唐晚晚的事情，沈家人全都知道，此事归功于沈奶奶。

沈奶奶上次去了趟幸福里小区，无意中翻出沈恪的《工科钢铁直女恋爱指南》日记，她背下来后当即回了沈宅，把这件事告诉了沈爷爷。沈奶奶怕自己记性差忘事，把日记内容誊抄在了一个记事本上，没事就拿出来看一遍。

沈爸爸和沈妈妈几乎每天都很晚才到家，沈奶奶一直没机会告诉他们。今天唐晚晚去公司无人机表白这事后，沈奶奶拿出记事本，把沈恪的日记内容念了一遍。

沈家有的是钱，根基扎得很稳，压根不需要靠联姻来稳固资产。再者，沈恪是全家的宝贝疙瘩，就算是需要他联姻，只要他不高兴，家人也不会勉强他。而且，听沈爷爷意思，唐家为人不错，沈唐两家算是知根知底的老邻居，结成亲家没有坏处。

今晚，在沈恪到家之前，他们坐在客厅准备一起"讨伐"沈恪。

"冷不丁的，他突然牵回家一头猪，我以为他要和那头猪结婚。"沈爷爷埋汰道，"也不是没有过先例，我记得国外有个新闻，有个男人和他的牛结婚。"

沈爸爸跟着道："跟猪结婚还好。今天在公司，我以为他要和开挖掘机的大汉结婚。"

沈妈妈内心吐槽：人兽恋和男男恋，你们父子俩的脑回路可真行。

不好当面吐槽沈爷爷，沈妈妈转头问沈奶奶："妈，唐晚晚是个怎样的女孩？"

她和沈爸爸对唐家都不太熟悉。

"好姑娘。"沈奶奶掰着手指夸道，"唐晚晚吃饭香、力气大、实诚、单纯没心机、笑得甜、热心肠。"

沈爷爷跟着夸："最关键是她能降服住沈恪这个浑球。"

"对对对，记得他们小时候吵架，每回都是沈恪主动认错。"沈奶奶附和道，"能让沈恪拉下脸认错的人，这世上都没有几个。"

"你咋不说每回都是他犯错，简直罪不可恕。"沈爷爷开始数落沈恪。

"骗人家小姑娘墓地里埋的是太阳，种一个太阳第二年就会长出两个新太阳，所以后羿才会射日。小姑娘怕长出来太多的太阳把地球人热死，一个人跑到乱坟岗去了。

"我揍了他一顿，他自己找个绷带绑腿上，骗小姑娘说我把他的腿打断了。小姑娘心地善良，每天背着他上下学。

"不知道从哪里捡回来风干的羊粪，说是巧克力豆，骗小姑娘去吃。

"骗小姑娘说他耳朵里能长出薯片，他挖出一勺耳屎，说是薯片碎末，哄小姑娘吃。

"说少林寺弟子会轻功会飞檐走壁是因为从小在腿上绑沙袋走路，哄小姑娘每天双腿绑沙袋背石头爬楼梯。"

沈妈妈："小姑娘居然这么好骗？快点结婚住进来，我也想骗她玩玩。"

沈爸爸沉思道："我怀疑小姑娘今天在董事会面前表白，也是被沈恪设计骗的。"

他到现在都不相信，会有女孩子做出这种铁憨憨的事情来。

"沈恪面子薄，咱们不要拆穿他。"沈奶奶最护短，"他写日记的事，还有他暗恋唐晚晚的事情，咱们都装作不知道。"

"对对对，我们就静静看他表演。"沈妈妈喜盈盈道，"这样才好玩。"

于是，等沈恪回到家，全家人看戏。

沈妈妈带头说："沈恪，唐晚晚是不是从小暗恋你？"

沈恪喝着汤，不知想起了什么，嘴角含笑"嗯"了声。

四人互相使眼色。

沈爸爸："她怎么想出来的用无人机在董事会面前表白？"

沈恪："总好过开挖掘机把大厦推平。"

沈奶奶："什么挖掘机？你不是想送唐晚晚一台兰博基尼拖拉机吗？"

沈恪拿汤匙的手一抖，眼神锋利地看向她。

沈奶奶顿时有些慌，一不小心把他的日记抖落了出来。

【我想给唐晚晚买兰博基尼拖拉机。】

这句话出自《工科钢铁直女恋爱指南》。

沈奶奶千叮咛万嘱咐别人不要说漏嘴，结果她先自爆了。

好在沈妈妈反应快，她笑着找补道："今天下午你奶奶请唐妈妈来家里喝下午茶，聊天的时候唐妈妈说唐晚晚平时没别的爱好，就喜欢捣鼓拖拉机摩托车。刚才我们边等你边聊天，聊起这个，你爸爸说兰博基尼不光生产跑车，还制造拖拉机，价格比跑车还要贵。所以我们就想，如果你俩真成了，彩礼要不就送台兰博尼基的拖拉机。"

沈奶奶："对对对，就是这个。"

"哦。"沈恪又喝了口热汤，"你们不要操心，我自己看着办吧。"

沈奶奶说："好好好，我们不掺和。"

沈爷爷"哼"了声。

沈恪觉得哪里怪怪的，但他没多想，一直沉浸在被唐晚晚表白的喜悦中，浑然不觉在全家人眼里，他现在的每个动作都是在疯狂裸奔。

用过饭后，他上楼，走到半截又突然拐回来。

正在低声互换信息的沈妈妈最先发现他，镇定地问："还有事？"

沈恪的目光从他们脸上一一扫过："你们是不是有事瞒着我？"

"能有什么事？今天除了唐晚晚跟你表白，还有其他事吗？"

沈恪"哦"了声，上楼，突然又折返回来："你们是不是把我的三娃宰了吃了？"

客厅四个人："什么三娃？"

"三娃，就是我带回来的那头猪。"沈恪一字一顿道，"你们把它杀了？"

"没没没，猪肉再贵咱家又不是吃不起。三娃白天还拱了你妈妈的玫瑰园，这会儿正在睡觉吧，要不你去看看？"

"它没事就好。"沈恪再次上楼，"我明天还要用它。"

次日。

唐晚晚归还无人机的时候，负责登记的小伙多嘴问了句："表白顺利吗？"

唐晚晚沮丧摇头。

"这么高大上都看不上？"小伙有点震惊，"这男人段位真高。"

唐晚晚默默付尾款，不想说话。

"小姐姐你长这么好看，没道理表白不成功啊。"小伙好奇地问道，"是中间出了岔子吗？"

唐晚晚叹了一口气："别说了。"

小伙继续猜测："是不是无人机太不接地气，脱离了你的人设？"

唐晚晚的双眸一亮。

小伙见她有了兴致，帮忙分析："你平时最常用的道具是不是摩托车？"

无人机是唐晚晚在摩托车发烧群里通过关系租来的，小伙也是群友之一。

"你自己好好想想，你哪个样子最吸引他。比如你骑摩托的样子，或者你修摩托车的样子。如果他喜欢你骑摩托车时候的样子，你就骑摩托车载着他去兜风；如果他喜欢你修摩托车时的样子，你就穿个热裤小吊带，拿着扳手修摩托，露出一截小蛮腰，然后让他帮你拿毛巾擦汗。"

虽然小伙理解错了无人机出岔子的原因，但是他却点醒了唐晚晚——她做什么事时最吸引沈恪？

唐晚晚辞别小伙，骑摩托车去工地检录挖掘机，望着轰隆隆运作的挖掘机，她突然福至心灵。

想当初，她和沈恪第一次交集就是因为挖掘机。

那天她在工地被挖掘机挖起来，被工友拍照，她把照片发在了朋友圈，沈恪评论了她。先不计较他评论的是什么，在此之前，她隔三岔五发朋友圈，沈恪一次都没有评论过，甚至没有点赞过，但是她坐在挖掘机里那次，他第一时间留言评论。说明了什么？说明图片里的挖掘机引起了他的注意。

重点来了——挖掘机。

唐晚晚行动力一直很强，得出这个结论后，她当即从工地借了台挖掘机，正在规划道路准备开着挖掘机去找沈恪，就收到了他发来的信息。

沈恪：【你在哪儿？定位给我。】

唐晚晚当即把定位发了过去。她开挖掘机不太熟练，真要离开工地上路，她心底有点担心，现在沈恪亲自过来，倒也省了不少麻烦。

想起待会儿要在众工友面前向沈恪表白，唐晚晚心中小鹿乱撞。

美中不足的是，昨天无人机上挂的条幅和玫瑰没了踪影，她记得昨晚带到了家里，但是今早醒来，客厅只剩下两架无人机，条幅、玫瑰和气球都不见了。

昨天在沈叔叔面前出糗，唐晚晚脑子里一堆糨糊。她想：可能是自己记错了，玫瑰什么的也许是落在沈叔叔公司了。

沈恪在赶来的路上，她现在去制作条幅买玫瑰有点来不及，望着半山坡的野花，唐晚晚计上心头。

沈恪牵着三娃，从沈宅出发。

豁出去了，他要向唐晚晚表白。

唐晚晚昨天向他表白出那么大糗，她心里肯定难受极了。他想让她开心，他想告诉她，其实他在很久以前就喜欢她。

上次在温泉山庄牵着三娃表白，半道杀出个张宗正，就不信这次半道还能杀出个啥。

一辆保姆车驶入工地。沈恪牵着三娃走下车，远远看见了一辆挖掘机。

挖掘机摇臂上缠满了野花和野草，这些野花野草拼成了一行英文字母：Marry Me。

沈恪定睛一看，挖掘机上坐着的赫然是唐晚晚。

三娃驮着一背红玫瑰，吭哧吭哧往前蹿，沈恪跟着三娃走过去。轰隆轰隆，挖掘机朝他们驶过来。

唐晚晚边摆手边喊："沈恪！能看清摇臂上的字吗？"

怕他看不清，唐晚晚边开挖掘机边操纵摇臂向他展示。

沈恪内心非常复杂，说不上是惊喜感动还是别的什么。三娃到处乱拱乱蹿，沈恪怕它出事，不敢松手，结果被它带得四处跑。

"哐当——"沈恪栽进了挖掘机的挖斗里。

唐晚晚开心到飞起，她的驾驶操作技术真的是日益娴熟，感觉比赵猛还要厉害还要稳当。起码挖起沈恪的时候，她相当镇定，丝毫没有惊慌。然而下一秒，沈恪蹲在挖斗里疯狂摆双臂，连喊三遍："我答应我答应我答应，我答应做你男朋友。"

唐晚晚觉得自己有点像是逼良为娼的恶霸，但沈恪这么快就接受了她的表白，无论怎样，她都是高兴的。

挖掘机停下来。沈恪扒着挖斗往下看，声带颤抖："三娃是不是被你碾死了？"

我喜欢玩沈恪（划掉）。

我喜欢玩泥巴。

——《挖掘机性能记录本》

动物医院。

朱珠给三娃做了诊治："猪后腿脱臼，猪脚扭伤。先在医院观察两天，如果没有其他并发症，回家静养就可以。"

"哦。"唐晚晚讪讪的。

三娃上了药，现在正在睡觉。沈恪机械地撸着它的脑袋，一副无欲无求的样子。

朱珠忍笑忍得相当痛苦。

一个小时前，唐晚晚哭着给她打电话，她还以为唐晚晚开挖掘机不小心碾死了一个小孩。

毕竟唐晚晚口口声声地说："我把三娃撞死了。"

"三娃没事的，别担心。"朱珠安慰道，"看你们这么紧张，我以为是头宠物小香猪，真没想到三娃就是头最普通的猪。"

沈恪阴沉着脸："三娃是十一代单传。"

唐晚晚发问："既然是单传，为什么叫三娃？难道不应该是大娃吗？"

沈恪被问倒。这个问题他从来没想过，养猪场的负责人告诉他这是三娃，他自然就接受了这个名字。

朱珠看着沈恪一脸呆滞的样子，说道："你们随意，我还有其他动物要看顾。"

她丢下这句话，夺门而出，一顿爆笑。天啊，这是什么惊世傻子。开挖掘机表白，结果把对方牵来的猪撞伤了。这头猪是十一代单传，名字却叫三娃。

朱珠给高鹏飞发过去一串"哈哈哈哈哈哈哈哈"。

高鹏飞问她笑什么，她按着语音框，想诉说这件事，但是话到嘴边禁不住又开始哈哈狂笑，60 秒的语音被她笑了 58 秒。

高鹏飞发过来一条 10 秒的语音，播放，全是他的笑声。

朱珠：【我还没开始说是什么事，你笑什么？】

高鹏飞：【虽然不知道是什么事，但是听到你笑，我就禁不住想笑。】

朱珠捂住胸口，今天也是被老公酥到的一天。

诊室里，两人一猪大眼瞪小眼。

唐晚晚小声问道："我重要还是猪重要？"

沈恪一言难尽地看着她。

唐晚晚说："你答应做我男朋友，但是你却一直在摸猪脑袋。"

"它不是普通的猪，它是三娃。"沈恪试图向她解释，"你仔细看看，不觉得你和三娃的气息很像吗？"

"你骂我是猪？"

"没有，不是骂你。我的意思是，你说不定认识三娃。"三娃可是你捐的那批生猪的后代啊。

"你才认识，你身上才有它的气息。"为了力证这一点，唐晚晚凑过去嗅三娃，结果起来得太急，腿肚碰到病床支架。她一个趔趄，亲到了三娃脸上。

被迫和一头猪接吻，唐晚晚气昏了头，跳起来扑到沈恪身上，捧住他的脸一顿猛亲。她的本意是要把三娃脸上的污渍蹭到他脸上，没想到亲着亲着变了味。

虽然是在一头猪面前法式热吻，唐晚晚却像是踩在浮云上，双腿有点站不住。

唐晚晚问道："你是不是背着我偷偷和猪练过接吻？"

她的睫毛微微颤动，眼珠水润黑亮，嘴唇殷红可爱。

沈恪扣住她的后脑勺，再度噙住唇瓣。

唐晚晚被吻服，像只温顺的小绵羊，被沈恪牵着走出动物医院。

动物医院附近有条仿古街。

每个城市的仿古街都长一个样，小商铺鳞次栉比，售卖各种小玩意儿和当地特产小吃。目标群是外地游客，但因仿古建筑好看，加上网红效应，这里也是本地小情侣的流连之地。

唐晚晚对仿古街小店里的小玩意儿一向不感兴趣，以前和朱珠来过一次。朱珠抱着一筐小饰品能挑一个小时，唐晚晚看得眼晕，两分钟后就会犯困，坐在石墩上打哈欠，宛如陪女朋友逛街的直男。但是现在和沈恪路过这里，她却主动往里走。

唐晚晚记得这里有家陶泥手工店，上次陪朱珠逛街时，朱珠曾说如果她谈恋爱，一定要带男朋友去做陶泥。

唐晚晚当时问她："为什么要带他玩泥巴？"

"他玩泥巴，我玩他。"朱珠神秘地笑，"飞速的转盘前，我坐在他怀里，两只小手被他粗糙的大手握住，放进转盘上的稀泥里。稀泥从我们指间流过，浇灌到模子里，一点点塑成我们想要的样子。我不经意间仰脸，额头被他下巴上的胡楂扎到。我被胡楂扎疼，当然要惩罚他，我故意把转盘上的模子掰坏。为了防止我再掰模子，他按住我的手，低头亲我的脖子。"

当时的唐晚晚一脸无语，感觉朱珠在她面前念了一堆垃圾文字。但是此时此刻，她和沈恪手牵手走在仿古街，满脑子都是这篇垃圾文字，恨不得就地把沈恪按进泥巴里。

他们很快找到陶泥手工店。

唐晚晚问道："沈恪，你玩过陶泥吗？"

"没有。"沈恪眼里蓄着笑，拉着她走进店里，"但是我现在突然想做个唐大碗。"

"唐大碗"是沈恪小学时给她取的外号，以前他每次叫她唐大碗时，唐晚晚都会反击，但是现在她抿抿唇没说话。

万一和沈恪吵起架，他气恼起来不做陶泥碗，她就玩不成他了。

店员详细介绍了陶泥碗的制作过程，然后把他们带到一个转盘前。

"你们有包厢吗？"唐晚晚说，"我做事情的时候不喜欢被人打扰。"

沈恪挑了她一眼，别过头笑出来：唐狗屁的心思全在眼睛里。

陶艺店的前厅已经有好几桌客人，有情侣有小朋友，非常热闹。

"有的有的，我们这里还有隔间，清静。"店员非常有眼力，把他们带到后厅的一个隔间里，交代过注意事项后离开。

唐晚晚琢磨怎样才能理所当然地坐在沈恪怀里。

佯装绊倒摔到他大腿上？

沈恪坐在转盘前，两条大长腿岔开，胳膊肘支在膝盖上，装模作样感慨道："如果三娃在就好了，它可以窝在我腿边看我做唐大碗，不然我一个人好无聊。"

唐晚晚很生气："沈恪你眼瞎，我不是人？"

沈恪耷拉着眼皮："我的重点是窝在我腿边。"

唐晚晚大喜，真的是瞌睡送枕头啊。她正在发愁怎样才能坐进他怀里，他居然自己送上了大腿？那我就恭敬不如从命了。

唐晚晚走过去，拍开他的大腿，毫不客气地坐过去。

沈恪嘴角噙笑，伸手把她拢进怀里："不要三娃了，它没你听话。"

唐晚晚靠在他怀里，心里美滋滋的，嘴上道："没想到你的癖好是养猪。"

"我养猪，你养我吧。"沈恪握住她的手一把放进转盘上的稀泥里，滑软的稀泥从他们指间溢出，"你养我，我教你做唐大碗。"

恋爱的味道是甜的。

我被自己甜晕了。

——《挖掘机性能记录本》

转盘转啊转，稀泥甩到他们脸上胳膊上和身上，没人在乎。他们所有的注意力都在手里的唐大碗上，碗逐渐成形。唐晚晚觉得自己和转盘上的一摊稀泥没有差别，揉搓捏扁，全在沈恪的股掌之间。

"我不信你以前没做过陶泥。"唐晚晚哼唧，他的手指也太灵活了。

"小学的陶泥课算吗？"沈恪问道。

"小学有陶泥课？我怎么不记得？"

"美术课，你出水痘请了一周假。"

"你在那节课做了什么？也是碗吗？"

"嗯。"

"那个碗在哪里？我想看看。"

"被你扔进了垃圾桶。"

"我居然这么霸道？"

"嗯，非常霸道。"沈恪的下巴搁在她颈窝，握住她的手，"你不准我和其他女生玩。"

唐晚晚小学时是个小胖妞，一顿饭吃得比沈恪多，所以沈恪叫她唐大碗。那天的陶艺课他确实做了个碗，超级大，与其说是碗，不如说是个盆。他拿回家借此嘲笑唐晚晚，唐晚晚被气哭，夺过碗扔进了垃圾桶。但是现在既然唐晚晚已经不记得这件事，沈恪就趁机给她扣帽子，"栽赃"她不准他和别的女孩玩。

"你是不是从小就喜欢我？"沈恪从身后抱住唐晚晚，拢她在怀里，大手包住小手，一根手指一根手指地将她指缝间的稀泥，捋过之后还要捏一捏，"嗯？"

唐晚晚觉得她的骨头都要被沈恪捏酥了，想时间凝固，想做一辈子的陶泥碗，想这只碗永远也做不好。

她自然而然想起沈恪小学时在陶泥课上做的那个碗，他是不是也这样捏其他小女生的手，虽然那时他还是个小学生，但她还是好气，巨生气。

唐晚晚甩开他的手："你和几个女生在一起做过陶泥碗？"

沈恪："就你一个。"

唐晚晚："小学的时候也算。"

"也是就你一个，小学那回是我自己做的。"沈恪抓住她的手，四只手交握，重新缠在一起。

沈恪在她耳边低笑，轻声唤道："晚晚。"

唐晚晚起了一层鸡皮疙瘩。不是没被叫过晚晚，但是沈恪叫得太过暧昧。

"晚晚。"沈恪的嘴唇擦过她的后脖颈，"专心做，不然我会惩罚你。"

唐晚晚故意掰掉一块碗沿："罚吧。"

沈恪在她脖子上亲了下，轻笑着说："罚你被我亲。"

唐晚晚脖子都红了，磕磕巴巴地说道："碗、碗豁了一个口，要不要重新做一个。"

"不用，就要这个碗。"沈恪捏住她的一根手指，放在陶泥碗的豁口处，"这是你想要我亲你的证据。"

他们从店里出来时，天已经黑了。

夜晚的仿古街非常漂亮，夜灯璀璨，色彩流畅，空气中都是食物的香气，令人垂涎不已。

"我饿了。"唐晚晚随手一指，"想吃关东煮。"

沈恪："能吃饱吗？"

"又不是只吃这一家。"唐晚晚跑过去向老板要了两个碗,招呼沈恪,"从这里吃起,我可以吃到仿古街口。"

"吃遍这条街吗?"沈恪接过碗,"我可不付钱。"

"抠门。"唐晚晚抓了两个肉串放进碗里,"想不通你为什么这么抠门。"

沈恪笑:"唐狗屁,你今天刚追到我,难道不应该请我吃饭?"

唐晚晚:"我有点后悔追你了。"

沈恪:"后悔?"

唐晚晚说:"感觉从此以后,我就要开始养家糊口,一份工资两个人花。我的命好苦啊。"

沈恪从善如流,说得没有丝毫心理负担:"你负责赚钱养家,我负责貌美如花。"

唐晚晚翻白眼:"归根结底你就是抠门。"

沈恪:"你才抠门,今天这么重要的日子,你居然请我吃路边摊。"

唐晚晚:"今天什么日子?"

"你追到我的日子。"沈恪拧她的脸,"唐狗屁,回去把今天的日子记在你的挖掘机性能记录本上。我会时不时抽查,如果你答不上来,你就去吃屎吧。"

唐晚晚:"吃你。"

沈恪:"今晚回去就给你吃。"

唐晚晚被羞到,低头默默吃牛肉丸。她有种预感,她可能这辈子都要栽在沈恪手里了。

离开关东煮摊位,他们又来到臭豆腐摊位前,沈恪嫌弃味道,死活不吃。

唐晚晚乐颠颠的:"不吃拉倒,省钱。"

沈恪:"唐狗屁,你如果吃的话我今晚不亲你。"

唐晚晚吧唧吃了一块臭豆腐,故意气他:"我以后每天都要吃,从早吃到晚。"

沈恪皱眉。

唐晚晚:"没见过你这号人,自己不吃也不让人吃。"

沈恪："让你开开眼。"

唐晚晚突然踮起脚，堵住他的嘴巴撬开他的牙关。

来来往往的大街，周围是熙攘的人群。虽有夜色掩饰，路边也不乏姿态亲昵的情侣，但是沈恪长得太过好看，本就吸引众人的眼球，现在被当街强吻，更是瞩目。

臭豆腐的味道弥漫整个口腔。唐晚晚放开他的嘴巴，不羞不臊旁若无人地说："你吃到臭豆腐了。"

沈恪抿了抿唇，牵住她的手往前走，甩开刚才围观的吃瓜群众。

唐晚晚浑然不觉："怎么了？你要把我拉到没人的地方杀了抛尸？"

沈恪却突然低头，咬掉她手里竹签上的臭豆腐，笑道："有点好吃。"

唐晚晚哈哈笑："真香。"

沈恪凝视着她，突然道："和你谈恋爱真好。"

仔细想想，从动物医院出来到现在，她的眼里只有他。无论他在干什么，她的眼睛都只跟着他转。

我是她的全世界。只是想一想就很开心。

偷偷喜欢一个人的滋味，是她无意间给他一张糖纸，他就像是吃到了世界上最甜的那颗糖。

十多年来，不知从哪刻起，他开始收集她给的糖纸——她说我是篮球场上最帅的男生；她用针线给我缝球衣；她让我背她；她陪我一起罚站；她发短信让我去厕所给她送卫生巾；她今天喝奶茶和我共用一根吸管；她今天在公交车上睡着，靠在我肩膀睡了一路……

一直以为，再没有比这些糖纸更甜的东西，然而今天，她突然给了他一座糖果屋。沈恪甜到昏厥，甜到不知所措，甜到不知道从何处吃起。

"当然，我最好了。"唐晚晚拖住他的手，"走，全世界最好的女朋友带你去吃烤鱿鱼。"

"女朋友。"沈恪眼睛有点涩，"我要把你吃破产。"

"破产后我就去吃三娃。"唐晚晚歪头，"沈恪，我觉得咱俩像一对渣父母，把三娃丢在医院，咱们却出来好吃好喝。"

"三娃真懂事，知道今天是个好日子，所以选择去医院做一头安静的好猪。"沈恪突然发问，"唐晚晚，今天是什么日子？"

突如其来的随堂小考。唐晚晚举手，乖乖学生模样："我追到你的日子。"

沈恪被击中，他眼角带笑，一把把唐晚晚捂进怀里："回答正确，奖品随便挑。"

唐晚晚："我要三娃。"

沈恪："好。"

"我嘴巴上的鱿鱼油弄到你衣服上了。"唐晚晚在他怀里挣扎。

沈恪揉她的脑袋："没关系。"

"你休想碰瓷让我赔你衣服。"

"好，不赔。"

"这么好说话？那你快点再问我一遍。"

"问什么？"

"问我今天是什么日子？"

"唐狗屁，今天是什么日子？"

"是我追到你的日子。沈恪，这次的奖品我想要……还没想好，你让我再想想。"

"好。"

夜色撩人醉。街上无数成双成对的情侣，他们只是其中最普通的一对，但他们此刻的笑容最美最甜。

他们牵手回到幸福里小区，9号楼电梯维修停运。

"爬楼梯。"唐晚晚精神很好，"我肚子好撑，正好可以消食。"

四楼的感应灯坏了，楼道里黑黝黝静悄悄的。

"晚晚。"沈恪拉着唐晚晚的手，突然向前一歪，倒在了她身上。

唐晚晚反应迅速地接住他："沈恪？"

没有回应，肩膀上传来绵长的呼吸声。

"睡着了吗？"唐晚晚调整姿势，准备背他上楼，"还好只剩两层。"

沈恪就着这个姿势，突然把她按在了墙上。

唐晚晚："你醒了？"

"刚吓着你了吗？"黑暗里，沈恪看不见她的眼睛。

"没有。"唐晚晚说，"我知道你是睡着了。"

"你真打算背我上去？"沈恪轻声问道，"傻子，以后我如果再在你面前突然睡着，你叫醒我就好了。"

"哦。"唐晚晚小声，"可是我想让你多睡会儿。"

"刚才我没有睡着。"

"不是睡过去那你为什么突然倒在我身上？"

"我只是突然想亲你。"沈恪俯身，吻住她的唇，"唐晚晚，我喜欢你，很喜欢。"

黑咕隆咚的楼道里，身体感官被无限放大。

十年前的那个暑假，唐晚晚趴在他背上睡着，也是这样的夜，同样黑咕隆咚的楼梯间，他回头，偷偷亲了下她的嘴唇。

淡淡的烧烤孜然味，和今天何其相似。只是现在，他得到了回应。

唐晚晚胳膊搭在他脖子上，回应这个吻。

这个吻，他等了十年。

爱生活。

爱沈恪。

我也爱我自己。

——《挖掘机性能记录本》

三娃出院，唐晚晚把它牵回家。

第一天，三娃拱翻了餐桌；第二天，三娃啃坏了沙发；第三天，三娃跑到她床上拉了一坨便便。

唐晚晚被气疯，拿了把菜刀把三娃撵进了对门602。沈恪快笑岔气。

唐晚晚："我觉我不适合养孩子。"

沈恪："为什么？"

"你看看三娃，就知道吃喝拉撒破坏东西，和我同事家的熊孩子一个德行。"唐晚晚哭丧着脸，"我刚差点宰了三娃。如果以后我的孩子也是这样，我怕会忍不住拿起刀。"

沈恪在美人榻里坐直："你为什么拿我们的孩子和一头猪比？"

"可是他们确实很像啊。"唐晚晚显然没察觉到沈恪偷换了概念，把"我的孩子"偷换成了"我们的孩子"。

她继续道："而且朱珠说猪什么都吃，最好养了。孩子可不是什么都吃，弄不好我能把孩子毒死。"

"没关系，毒死一个，我们再生第二个。"沈恪伸手，笑着把她捞进美人榻里，"傻子，我超级会养孩子，以后孩子交给我带。"

唐晚晚："你以前养过孩子？"

"没有，但是我想过和你一起养孩子的日子。"沈恪把她抱在怀里，脑袋耷在她颈窝，"孩子不吃饭，我们就把他拴在摩托车上飙车，把他吓到哭喊着要吃饭。"

唐晚晚心梗："这就是你说的超级会养孩子？"

沈恪闷笑，呼出的气息温热，喷得她脖子痒痒的，唐晚晚有点心猿意马。回过神来时，她已经被沈恪亲吻了一遍。

自从追到他后，这种情况每天都会发生。她自己也不知道为什么，总是莫名其妙亲与被亲，根本不需要理由，两个人只要眼睛对视，就会有一方控制不住凑过来亲一下。

仅仅只是亲吻，她就很舒服很享受。朱珠果然没欺骗她，沈恪真的会给她带来动物般的快乐。

"沈恪，你觉得你和三娃比，现在谁更快乐？"

"我……"沈恪翻身，含情脉脉地说，"我爱你……"

气氛刚刚好，一头猪突然蹿过来，拱翻了美人榻。

沈恪躺在地毯上咬牙切齿："把你的菜刀拿过来，我要杀了三娃。"

到底没杀成三娃，沈恪把它送回了沈宅。沈宅院子大，够它祸祸。

沈恪气呼呼地说："先暂时留你一条猪命，等唐狗屁知道你为什么是十一代单传后，我再把你宰了。"

三娃拱着白菜："哼哧哼哧。"

公司派遣唐晚晚去 C 市某工厂考察三天。

当天，她收到沈恪的一条微信：【请关爱独守空巢的孤寡老人。】

附一个小视频。视频里，沈恪瘫在一张躺椅里，手里拿着一根竹竿，时不时打三娃一下。三娃圈在猪圈里，跳不出来，干着急。

唐晚晚快笑疯：【你不是孤寡老人，你这是恶毒老头。】

沈恪：【你不回来，我就打三娃。】

唐晚晚：【你让我想起了新闻里的那些渣男，毒打自己孩子录视频，借此威胁离家出走的老婆。】

沈恪：【实不相瞒，我是在给三娃挠痒痒。】

唐晚晚：【渣男打孩子时也是这么说的，渣男。】

沈恪：【所以，老婆你什么时候回家？】

唐晚晚：【谁是你老婆？】

沈恪：【你刚自己说的。】

他把刚才唐晚晚说毒打孩子威胁老婆这句话截图发给她。

唐晚晚：【你把三娃打死吧。】

"晚晚姐，你在和男朋友聊天吧？"小菜羡慕道，"我也好想谈恋爱啊。"

小菜作为跟班助理，被唐晚晚带着一起出差。

唐晚晚从屏幕上抬起头："你偷看我聊天？"

"没啊。"小菜无辜道。

"那你怎么知道我是在和沈恪聊天？"

"因为你一直在笑，眼睛笑嘴巴笑，身上每个细胞都在笑。"小菜判断道，"一看就是恋爱中的小女人。"

头一回被说是小女人，唐晚晚有点不好意思："是吗？"

"必须是。"小菜八卦道，"你男朋友怎么追到你的啊？"

"我追的他。"唐晚晚大大方方，毫不扭捏，"他挺好追的。"

沈恪又发过来一条信息：【明天回来吗？】

唐晚晚甩手把行程表发给他：【后天回，我明天要下乡。】

小菜似有所悟道："怪不得 3z 追不到你。"

她没有察觉到，身旁的唐晚晚笑容瞬间凝固，攥着手机的指节泛白。温泉山庄一别，她再没有见过张宗正，也没有听到过他的任何消息。她把张其正和张宗正一起埋进了坑里。

她再次选择了逃避，一头扎进了沈恪怀里，把所有注意力全部转移到沈恪身上，强迫自己忘掉张其正。

有些东西埋进坑里会腐烂，有些东西会生根发芽，而有些东西，一边腐烂一边生根发芽。

就像电视剧里的一个情节：变态杀手把人埋进土里，一段时间后，尸体上长满了蘑菇。

尸体是可以当培养皿的。唐晚晚有时候觉得，她就是个变态杀人凶手，她把张其正活埋在土里。一年复一年，土里的张其正身上长满了蘑菇。

可能是报应，第二天去乡下的路上，唐晚晚突遇地震，被埋进了土里。

去乡下有十几里崎岖不平的山路，前来接应唐晚晚和小菜的老乡骑了辆摩托车。和她们碰头后，老乡骑摩托车在前面给她们带路。唐晚晚看上了这辆摩托车。

这辆车老旧破烂烧柴油，车身上都是黑泥，破破烂烂。无论从哪方面来看，都和她自己组装的那辆摩托车没法比。唐晚晚没骑过这种摩托车，手痒痒。

老乡自夸道："这是专门跑山路的摩托，带劲得很。"

"可以让我骑会儿吗？"唐晚晚眼睛冒光。

"你会骑？"老乡惊讶。

唐晚晚道："我平时都是骑摩托车上下班。"

"晚晚姐比一般男人都厉害。"小菜吹了一波彩虹屁，把唐晚晚骑摩托车的技能吹到天上地上仅此一人。

"那你骑一段试试。"老乡道，"路倒是不难走，都是土路，坑坑洼洼。沿着这条路往前走个十几里，出了山坡就是咱们厂。招牌大得很，一眼就能瞅见。"

"谢谢。"唐晚晚喜滋滋地骑上摩托车，启动前让小菜给她拍了张照，她随手发给了沈恪。

小菜和老乡坐在轿车里，唐晚晚骑摩托。刚开始几乎并驾齐驱，后来她嫌轿车太慢，一骑绝尘往前驶去。

十分钟后，在车里颠来颠去的小菜最先感觉到有些不对劲："师傅，那是什么？"说完，她眼睁睁看着一座小山坡下移。

"不好，塌陷了。"司机大喊一声迅速掉头。

就在他们前面十几米的地方，地面出现一个巨坑，越裂越大。司机疯狂踩油门，终于甩开不断迅速扩张的天坑。他们脱离险境后才知道刚刚是突发地震。

"晚晚姐！晚晚姐还在里面！"小菜疯狂给唐晚晚拨打电话，手机始终无法接通。

桐市。

沈恪的手机掉在地上，大脑一瞬间空白。只愣了两秒，他就立刻镇定下来，紧急审批桐市到C市的航线，调配沈氏集团最精英的一队消防人员，获取唐晚晚的地理位置。

大概位置不难确定，唐晚晚骑上摩托车出发前给她发了张照片。根据这张照片就可以查出拍照所在位置，但是不太确定她朝哪个方向走。

沈恪用最快的速度联系唐晚晚公司，找到小菜的电话号码。电话里，他问到了具体路段和老乡推测出来的摩托车速度。

私人飞机上，沈恪找来该路段的地形图，用程序推演计算唐晚晚最精准的坐标。到达C市石子乡时，正好是午饭时间。

沈恪带来的一队消防员已经在飞机上用过餐，训练有素地立即投入到寻找唐晚晚的工作中。

每个大型企业都有自己的消防队伍，沈氏集团亦是。沈氏集团体系早已成熟，因为有矿产，所以格外注重安全生产。当初为了吸纳精英，仅工资一项来说，沈氏集团开出的工资是普通公司的百倍。

十多年来，集团培养的消防队伍业务素质首屈一指，八成以上都是部队退役的官兵。成员业务能力强，个人素质高，公司设备先进齐全。以往的营救案例都很成功，他们也曾参加过地震救援。这次地震 5.6 级，震源深度 8 千米，破坏力度不是太强，但也没有人敢保证这次救援一定会成功。

沈恪没吃饭，他踏入石子乡后，手拿探测仪，亲自带队去寻找唐晚晚。

"沈总，你留在外面吧。"消防队队长道，"我带队就可以，一有消息我们就联系你。"

"不要废话。"沈恪面无表情，"你们用不惯这个探测仪。"

飞过来的路上，沈恪调整参数推演算法，对一台生命探测仪升级了程序。他以前从没用过，不敢保证这个算法是否更加精准。

消防员依旧用公司配备的生命探测仪，沈恪则用他刚调配过参数的这台探测仪。

消防队长看了看沈恪的脸色，没有说话。他朝队员打了个手势，一队人一起进入塌陷的山路。路上遇到前往灾区营救的消防官兵车队，互换消息后得知，他们已经搜寻过整个路段，营救出来数十人，都是当地村民。没有唐晚晚，也没有看到摩托车。

"这段是山路，随时都有可能塌方，非常危险不宜久留。"消防官兵说，"我们接到任务，要立刻赶往下一个救援地点。"

沈恪抿紧唇，没有回头，义无反顾地继续前行，一寸一寸地探测。受他情绪感染，沈氏集团的这队消防员跟着他，丝毫没有放弃的念头。

当地消防官兵嘱咐了他们几句后，叹气离开，赶往下一个救援地点。

沈恪不敢停下脚步，不敢停止思考，他怕一停下，就会控制不住心底深深的恐惧。此时此刻，他的大脑里只有繁乱复杂的算法，眼睛里只有传感器上的信号。

唐晚晚从眩晕中醒来。

庞大的摩托车恰好为她支出一片空间，她试着慢慢活动四肢。不幸中的万幸,她没有断胳膊断腿,身上都是皮外伤,伤势不重,就是活动范围非常窄。摩托车上方压了块石头,她只能趴着不动,稍有不慎碰到摩托车,石头就有可能坠落。

十分钟,二十分钟,三十分钟,一个小时,两个小时……

唐晚晚趴在土坑里,想了很多事情。她想爸妈想沈恪,想起她还没有立遗嘱,不知道她的那辆摩托车会留给谁。

"我想留给沈恪。"唐晚晚自言自语,"爸妈平时最不喜欢我骑摩托车。我死了后,他们应该会把摩托车烧了给我陪葬,不知道沈恪会不会跟他们打架争摩托车。"

想象着这个画面,唐晚晚趴在土坑里笑了出来,笑出了泪。头顶的土不断往下掉,头发里脖颈里衣服里都是土,宛如正被活埋的废人。

"唐晚晚,你也有今天。"她想起了被她"埋进土里"的张其正和张宗正,又想起借给她摩托车的老乡好像就是姓张,"报应。"

唐晚晚开始迷信,觉得这一切都是报应。

不知道她死后,身上会不会长满蘑菇。如果真能长出蘑菇,希望是会说话的蘑菇,拜托它们告诉沈恪,她很想他,很喜欢他。

她的喜欢,不是单纯馋他身子的喜欢,而是从心底喜欢他,比喜欢摩托车还要喜欢他,比喜欢变形金刚还要喜欢他,喜欢到想和他共度余生,喜欢到她不想死了。

曾有段时间,唐晚晚没有胆量主动放弃生命,但又没有活下去的力量。于是,她时时刻刻盼着自己能死于一场意外。她潜水、骑摩托车、坐大摆锤过山车、在楼下站一整天等待高空抛物……没等来意外,却等来了沈恪。

在外人眼里,唐晚晚每天都是元气满满,身上是永远也使不完的鲜活生命力。只有她自己知道,她会在某个夜深人静的夜里,刨坑挖土把自己埋进去,身体发霉腐烂到可以滋养蘑菇。

她做事积极向上充满活力,但在对待自己生命的时候,却无法对外发出任何求救信号。不想求救,不想要帮助,不配有帮助,只剩下等待,所以她选择等待。

然后有一天，她等来了沈恪。

沈恪握住她的手，和她一起刨坑，陪她一起躺进坑里。他告诉她，他们埋在土里，春天到了，会长出一个全新的他们。

她相信他，春天来了，她会长出一个全新的她。

是报应吧，在她不需要意外的时候，意外突然来临。不过也正是这场意外，她才发现，她是如此地渴望活着。

她想拥抱沈恪，拥抱生活，拥抱此生仅有一次的生命。

唐晚晚感觉到身上的土越来越多，眼皮越来越重，意识越来越模糊。沈恪、张其正、铁锅、死猫、张宗正、摩托车……不断交替，不断离她越来越远。

不知过了多久，突然，她听到有人说话，有人在叫她的名字，分辨不出是现实还是做梦。唐晚晚趴在土坑里，摸索到一个小石块，一下一下敲击摩托车。

她用尽力气向外求救，没有任何时候比此时更加渴望活着。我想活下去，我要活下去。

声音越来越大，越来越近。她听到了沈恪的声音。

后来无数次，唐晚晚回想石头从她身上掀开的那刻——

阳光漫山，霞光万丈，沈恪站在山野里，向她展开怀抱。

"沈恪，问我。"唐晚晚扑到他怀里，"2019 年 9 月 19 号是什么日子。"

沈恪紧张到几近失声，紧紧抱着她，似是要揉进她骨头里。

他喉结慢慢滚了一遭，机械地重复道："2019 年 9 月 19 号是什么日子？"

"我追到你的日子。"唐晚晚咬他的肩膀，"我回答正确，你要给我奖励。"

"想要什么？"

"我想和你结婚。"

第九章

共度余生

沈恪什么都会。

——《挖掘机性能记录本》

桐市。深夜。医院病房。

唐晚晚蜷缩在沈恪怀里，跟他讲她被"活埋"时的情形："我看过一个罪案电视剧，里面有个案子，变态凶手杀人培育人体蘑菇。我被埋在土里的时候就在想，如果我死了，不知道身上会不会长蘑菇。"

"你想长吗？"沈恪问道。

"觉得长蘑菇的画面很恶心，我本来是很抗拒的，但是后来我想，如果蘑菇会说话，我还是愿意长满蘑菇的。"

"你是不是想让蘑菇陪我说话？"

"嗯，我想拜托蘑菇告诉你，唐晚晚超级喜欢沈恪。"

沈恪喉咙又干又涩，他在唐晚晚额头亲了亲，艰难地笑道："唐狗屁你就是头呆驴。"

唐晚晚捏他的耳朵："那要和你结婚的是谁？"

沈恪乖乖地说："狗屁呆驴。"

"呆驴是谁的老婆？"

"是我的老婆。"

唐晚晚被哄笑："沈恪，你那么厉害最后不还是照样娶头呆驴？"

"唐晚晚。"沈恪捏她的脸，"我也太好追了吧。"

"我也觉得你很好追，幸亏没人和我抢。我趴在土坑里的时候还在想，如果有人敢和我抢你，我就开挖掘机把她碾平。"

沈恪笑了："嗯，你开挖掘机碾三娃的气势我见识到了。"

唐晚晚："借用朱珠的话，百因必有果，你的报应就是我。"

百因必有果，他当年给 AI 唐狗屁采样是这一切的因。

"是，你说得对。"沈恪敛了敛神情，拿起手机打开 AI 唐狗屁的程序，"唐狗屁，一看你就喜欢我。"

AI 唐狗屁："那你再看看？"

"有人模仿我的脸，有人模仿我的面。"唐晚晚震惊地翻被子到处找声音来源，"还有人模仿我的声音？"

沈恪笑道："唐狗屁，你最喜欢吃什么？"

AI 唐狗屁："驴肉汤泡饼丝。"

唐晚晚拍床："放屁，我现在最喜欢吃沈恪的嘴巴。"

沈恪快把床笑塌。

程序里有个音源库，里面全是唐晚晚的声音，高兴、愤怒、难过、兴奋等等各种情绪时的声音都有。沈恪几经调试和修饰，AI 唐狗屁的音色已经极其贴近唐晚晚本人的声音，尤其是在说短句时，可以以假乱真。

唐晚晚没找到声音来源，于是戳沈恪："沈恪，我不会精神分裂了吧？分裂出两个人格什么的。"

沈恪扶额："我突然想和 AI 唐狗屁结婚。"

唐晚晚："你敢！"

过了会儿，唐晚晚说："也不是不行，如果她真是我的第二人格，反正她住在我身体里，如果你和她结婚，跟你睡觉的依旧是我的身体。"

她就这么顺理成章地接受了自己精神分裂的设定。

沈恪觉得再这样下去，他自己可能会精神分裂。

"唐狗屁是我的手机小助手。"沈恪把手机给她，教她使用这个功能，"你也可以跟她玩。"

唐晚晚恍然大悟："哦，原来我没有精神分裂啊。"

沈恪居然从她脸上看出了点点失落，反应难道不应该是"啊，你居然这么变态把我变成充气娃娃塞进了手机里陪你玩啊"吗？

好吧，也没好到哪里去。

"唐狗屁。"唐晚晚对着手机说话，"你是谁？"

AI唐狗屁："我是全世界最好的女朋友。"

"沈恪，她抢我的台词！"唐晚晚气呼呼地指着手机。

"好啦好啦，傻子，她就是你。"沈恪无奈又宠溺地揉她的脑袋。

"是哦，我忘记了，我又傻了。"唐晚晚叹气，"唐狗屁，2019 年 9 月 19 号是什么日子？"

AI唐狗屁："我追到沈恪的日子。"

唐晚晚弯起眼睛笑，继续问："沈恪最喜欢谁？"

AI唐狗屁："唐晚晚。"

唐晚晚："沈恪为什么这么好追？"

AI唐狗屁："因为唐狗屁总是勾引他。"

唐晚晚和AI唐狗屁聊了十多分钟后，趴在沈恪怀里："我太喜欢这个手机小助手了，我手机里的呆驴没有这个好玩。"

"我再给你升级下程序。"

"你什么时候设计的这个AI？"

"读大学时。"

由研发AI唐狗屁开始，沈恪跟她说了"拜托同学采样""王小音男朋友""王小音"以及"张其正"和"张宗正"。

房间没有开灯，黑黢黢一片。怀里的唐晚晚没有动静，辨不清她的脸色。

沈恪身体肌肉逐渐僵硬，嗓子像被砂纸打磨过："对不起。"

许久，唐晚晚问道："你为什么道歉？又不是你的错。"

"如果我当初没有拜托同学去找你采样，后面的事可能就不会发生。"

"如果要这样论，掰扯到最后，就要怪伏特发明了电。"唐晚晚声音渐大，

"就好比是拉不出屎就要怪牛顿，因为他发现了地心引力。"

"晚晚。"沈恪紧紧搂着她，"可是你……"

"我已经想好了。"唐晚晚闷声，"埋在土里的时候，我就已经想好了，如果我能活着出去，我要去见张其正一面，跟他道歉，陪他聊天，希望他也能像我一样，放开自己拥抱生活。"

"会的。"沈恪道，"他现在正在国外接受治疗，医生反馈说恢复得很好，过段时间我们一起去看他。"

"沈恪，你真好。"唐晚晚抱住他，"你居然背着我做了这么多好事。"

沈恪吻了吻她的额头。

"我想尿尿，但是我不想动。"

"不要告诉我你尿床了。"

"没有。"唐晚晚在他身上拱了拱，"你那么好，能不能再做一件好事？"

沈恪猜测："尿我身上？"

沈恪又猜："给你拿便盆？？"

沈恪再猜："抱你去撒尿？？？"

"算了。"唐晚晚掀被而起，低头找拖鞋，"不用你了。"

沈恪伸手开灯。灯光之下，唐晚晚脸色潮红，睫毛扑下一片阴影，睫毛闪一下，阴影跟着动一下，有点可爱。

唐晚晚伸腿勾到拖鞋，趿拉着拖鞋飞快跑到卫生间。

沈恪跟过去，敲门："你刚想让我帮什么忙？"

"没什么。"

"大姨妈又来了？"

"不是。"

"到底是什么？"

唐晚晚被问烦，没皮没脸道："我想让你研发一根男人的东西，可以安在我身上，这样我尿尿就方便了。"说完，她坐在马桶上捂脸。

沈恪有些蒙："可是，就算是男人，尿尿的时候也是要去卫生间找马桶。"

"所以你要研发一根特别特别长的，长度长到足够伸到卫生间马桶里，这样我躺在床上不用动就可以上厕所。"

卫生间门反锁着，明明知道沈恪不会进来，他也没长透视眼，可是唐晚晚坐在马桶上，双手捂着脸，从手指缝里盯着门偷看。说出来好羞耻好傻啊。

特别有研究精神的沈恪问道："你是说，它还要会自动拐弯？从床上到马桶，不是一条直线。"

唐晚晚："等等，所以说你真会研究这玩意儿？"

沈恪挠了下门："我觉得，这种东西可能是导尿管。"

教你正确驾驶摩托车。

——《挖掘机性能记录本》

唐晚晚的伤势不重，没伤到骨头，身上都是皮外伤。做了全身检查后，医生建议在医院静养三天观察，如果没有不良反应，可以直接出院。

沈恪闹这么大动静，沈家人不可能不知道。他带队去 C 市石子乡时，沈爸爸就已经接到汇报，得知是唐晚晚失联，沈爸爸没有阻拦沈恪。怕沈爷爷和沈奶奶担心，一直等沈恪带着唐晚晚平安回来，沈爸爸才告诉他们。沈奶奶当然是劈头盖脸骂了沈爸爸一通。

"没想到沈恪居然是个情种。"沈爷爷难得没嫌弃沈恪。

"就你一个人想不到，沈恪的日记还不明显吗？"沈奶奶点了下沈爷爷的额头，突然生气，"都是姓沈的，为什么差别那么大？我为什么没看到你对我痴情？"

沈爷爷拿着锄头给菜园松土，头也没抬，答道："那是你眼瞎。"

沈奶奶正在绑丝瓜架，听他这样说，气得丢下麻绳走出菜园："和你这个糟老头子在一起能少活三年，我去找唐晚晚玩。"

沈妈妈刚从公司回来，听到后眼睛立马一亮："我也去找唐晚晚玩。"

于是，一个小时后，沈家四口人一起来到医院。他们进门的时候，唐晚晚正压着沈恪亲。

沈爸爸的意思是先去逛逛，不要打扰小年轻的情趣，他们过会儿再来。

但是沈妈妈却以迅雷不及掩耳之势推开了门。

病房里，唐晚晚缠着沈恪给她更改手机小助手的名字，不想要"呆驴"这个名字，但是沈恪说他手机里是"唐狗屁"，她手机里是"呆驴"，正好是一对情侣名，所以他坚持不更名。

唐晚晚用美人计，按着他一顿亲，但是沈恪丝毫不为所动。她气急，骑在他身上把他当呆驴，嘴里配合着喊道："驾！"

病房门就是在这时被推开的。

历史总是惊人的相似，又是一出史诗级般的尴尬。

在自己亲爸亲妈面前把沈恪当摩托车骑被当场逮着也就罢了，她居然被未来公婆和祖父母当场捉住把他们的儿子孙子当驴骑。唐晚晚整个人都不好了，她尴尬得头皮发麻，脚趾抠地。

上次在公司，唐晚晚用无人机表白的场面沈妈妈没看到，遗憾至今。此时此刻，她被满足到，这真是人民群众喜闻乐见的尴尬场面，嘻嘻。

她偷偷向沈爸爸使眼色："诚不欺我，唐晚晚果然好玩。"

沈爸爸咳嗽了声。

唐晚晚从沈恪身上爬下来，满脸通红，小声说道："爷爷奶奶好，叔叔阿姨好。"

"看到你们这样我就放心了。"沈妈妈语出惊人，笑道，"能动能折腾，说明没伤到重要的地方。"

沈恪有点恼："你们来怎么不事先打声招呼？"

沈妈妈："打算给你们个惊喜。"

"呵呵呵。"沈恪面皮不动，假笑了几声，"真——惊喜。"

"C市地震，对我来说是个天大的惊吓。"沈奶奶化解尴尬，找到话题，聊了起来。

他们待的时间不长，看到唐晚晚和沈恪都没事后，一起离开。沈恪送他们出去，回来的时候，看见唐晚晚正坐在床上数钱。

"我刚想躺下睡觉，枕头硬邦邦的，硌我的脑袋，我拿开枕头，发现下面是四块红砖。"唐晚晚向他扬手里的大红包，"太厚了，拿起来像板砖。"

沈恪笑着走过来："多少钱？"

"没数过来。"唐晚晚把钱装回红包里，"你拿回去吧，太多了我要不起。"

"给你就拿着。"沈恪说，"等你正式跟我回家，他们给的更多。"

唐晚晚拍拍发烫的脸颊，说道："等我出院，你跟我回家，我爸妈也会给你发红包，我妈可能会把家底掏空封成红包给你。"

沈恪不解："为什么？"

"你不需要知道原因。"唐晚晚摆手，"总之，我妈打赌说我不可能追到你。"

沈恪笑道："他们今天过来吗？"

"不不不，我没跟他们说。"唐晚晚道，"如果他们知道我是逞能骑摩托车被埋，肯定把我的摩托车烧了，等出院再跟他们说。"

她其实还有个小心思，想给爸妈一个大大的惊喜。等她出院就和沈恪登记领证，然后拿着红本本带着沈恪回家，爸妈的脸一定超级精彩。

下午公司派代表过来探望她。公司代表走后，赵猛拎着果篮和一箱奶过来，因沈恪在一旁死死盯着，赵猛坐了不到十分钟就走了。

一天下来，唐晚晚累如老狗，接朱珠的电话时说："医生说要静养，我这一天病房像菜市场。求求你不要来了，请给我和沈恪一点个人空间，呜呜呜。"

好说歹说，朱珠才妥协，答应出院时再接她。挂断电话，唐晚晚瘫在床上感叹："我觉得接待比生病还要累。"

"今晚早点睡。"沈恪拿起一个苹果一把水果刀，"我给你削个苹果。"

"别别别，你快把刀放下。"唐晚晚惊坐起，"我右眼皮一直跳。"

沈恪："放心，我不杀你。"

"不是，我是怕你受伤。"唐晚晚道，"我怕你削苹果时突然睡着。"

沈恪抿抿唇，没说话。

"我吃苹果不削皮，红皮有营养，真的。"唐晚晚说，"而且我牙口好，可以用牙齿削皮。"

沈恪默默放下水果刀，拿着红苹果走过来递给她。

唐晚晚接过苹果，朝他甜笑："你看好了，我来给你表演个牙齿削皮。"

她捧着苹果啃了一圈，样子非常滑稽。

沈恪被逗笑，伸手揉了揉她的脑袋："好啦好啦。"

唐晚晚弯起眼睛，把一圈苹果皮吐出来："沈恪，这两天你跟我在一起，好像没有突然睡着过。"

沈恪点点头："从知道C市地震的消息后，我就一直没有犯病。"

当时他曾一再叮嘱随行助理，如果他的嗜睡症发作，一定要在第一时间把他叫醒。可能是神经一直紧绷，也可能是他在告诫自己千万不要睡着，也有可能是幸运眷顾，这一路走来，他就真的没有睡过去。

唐晚晚眼睛一亮："是好转的迹象吗？"

"不知道。"沈恪神情淡淡的，"不定时发作，有时一天好几次，有时好多天一次。"

"没关系。"唐晚晚挠他的手心，"我以后看着你。"

沈恪笑了下，用很随意的口吻问道："如果在关键时刻突然睡着呢？"

唐晚晚拍胸口，保证道："放心，有我在。"

两天后出院。

幸福里小区602，美人榻。

沈恪问了同样的问题："我如果突然睡过去，你怎么办？"

唐晚晚同样回答他："没关系，有我在。"

沈恪没有睡着，唐晚晚很快乐。

事后，唐晚晚给朱珠发消息：【我是全宇宙最快乐的动物，不接受反驳。】

朱珠：【我懂的。】

唐晚晚：【我不想上班，我想一直睡沈恪。】

朱珠：【如果你是古代皇帝，一定是个昏君。嘿嘿，巧了，我也是。】

唐晚晚发过去一张唐僧吐烟圈的表情包，然后放下手机，起床准备做饭。

"沈恪，你想吃什么？"唐晚晚隔着被子拍了拍正在睡觉的沈恪，"起来洗澡，准备吃饭。"

沈恪裹起被子打滚翻身："我困，我累，我要睡觉。"

"好吧，你接着睡。那你想吃什么？我去做饭。"唐晚晚被他的样子萌翻，毫无原则地给他掖被角放枕头，然后她从枕头下翻出一个拖拉机说明书。

今晚吃饭时，唐晚晚偷看了我五回。

我觉得她是在勾引我。

——《工科钢铁直女恋爱指南》

已阅。

收缴老公（沈恪）保管。

——《挖掘机性能记录本》

已阅。

收缴老婆（唐晚晚）保管。

——《工科钢铁直女恋爱指南》

唐晚晚看着拖拉机说明书上的这几行字，久久不能平静。她深吸一口气，拿着说明书趴到沈恪身上，问道："沈恪，这是什么？"

沈恪裹紧被子，眼睛没有睁开，迷糊地说："什么什么？"

唐晚晚继续翻枕头。我嘞个乖乖，不得了，全是各种电器说明书，密密麻麻都是手写字。

唐晚晚可能慕穷。

——《工科钢铁直女恋爱指南》

今天亲到唐晚晚。

开心。

——《工科钢铁直女恋爱指南》

我完了。

今天背唐晚晚回家，放她到沙发的时候，她可能是在梦里吃东西，我"不小心"被她吃到嘴巴。

结果被唐叔叔看到。

我真的完了。

——《工科钢铁直女恋爱指南》

强调多少遍，三娃是十一代单传。

但是唐晚晚从来不问为什么是十一代单传。

生气。

——《工科钢铁直女恋爱指南》

表白和求婚都被唐晚晚抢先。

生气。（划掉）

其实挺暗爽。

——《工科钢铁直女恋爱指南》

沈恪像是突然有了心灵感应，掀开眼皮，看清枕头上铺着的是什么时，他一秒清醒，一跃而起，飞扑到枕头上，伸手去抢唐晚晚手里的说明书。

唐晚晚和他抢："我还没有看完，给我。"

沈恪死死护住枕头："你从我的尸体上踏过去吧。"

"你继续。"唐晚晚抱臂，"我有的是时间和耐心，我等你嗜睡症发作，就不信你睡着后还能护得住。"

"我去锁到保险柜里。"沈恪光说不动。

他见识过挖掘机的爆发力，十有七八，在他去保险柜的途中，唐晚晚这个挖掘机就能把这些说明书拆零散。

敌不动我不动，干耗。十分钟过去。

"这样等着你犯病好像很不厚道，像是在等老公死掉继承遗产的恶毒女配。"唐晚晚说，"我们来吵架吧。"

沈恪："吵架？"

唐晚晚："不行不行，每次都是和你吵着吵着就亲上了。"

沈恪憋笑。

"我们来打架吧。"唐晚晚突然飞扑过去，"开战。"

结果打着打着就变了味，两个人的衣衫除尽，滚起了床单。战斗结束，两人都气喘吁吁。唐晚晚惦记着搜刮战利品，悄悄动了下手指，指尖刚刚够到说明书，就被沈恪全部搜刮走。

"这样吧，我先告诉你一个秘密。"唐晚晚说，"你背我回家那次，其实我没睡着。"

沈恪果然被镇住。

唐晚晚说："你背我的时候我就醒了，但是我想骑摩托，一直在装睡，而且你放我到沙发上的时候，我是故意吃你的嘴巴。"

"唐晚晚，你居然对我耍流氓。"沈恪嘴上这样说着，心里又开始暗爽，爽了不到半分钟，他突然惊恐，"你爸爸他……"

"他知道啊，所以揍了我一顿。"唐晚晚歪头，笑嘻嘻道，"你走之后，我就告诉我爸妈，我要追你。"

"女流氓。"沈恪心里美滋滋的，"为了追到我真是不择手段。"

"交换秘密。"唐晚晚伸手心，"三娃为什么是十一代单传？"

沈恪抿了抿唇，提示道："高一到现在过去多少年？"

唐晚晚掰手指开始数："今年是 2019 年，2008 奥运年升高中，刚好十一年，所以？"

"所以你想想那一年，你有没有做过跟猪有关的事。"

"升学宴上，我吃了四个猪蹄。"

沈恪被哽住。

唐晚晚又猜："难道我吃的是三娃的前辈？三娃是来报仇的？"

"不是？"唐晚晚看着他一言难尽的脸，"我再想想。"

"想起来了，我给一个贫困村捐过一车猪。"唐晚晚激动到语无伦次，"三娃是那批猪的后代，我猜对了是不是？"

沈恪点头："那你再想想，你为什么要捐猪。"

唐晚晚："因为我人美心善。"

沈恪拉平嘴角。

"我开玩笑的，我当然记得。"唐晚晚笑出一对小梨窝，"你装穷说伙食费用完了，贴着我蹭吃蹭喝了一个月，后来被揭穿，咱俩吵架，你赔给我一年的伙食费。我当时超级生气，我让你蹭饭又不是贪图你的生活费，吼你说我就当是喂猪，所以我甩手在网上买了一车猪捐了出去。"

感觉秘密心事就要被揭开，沈恪紧张到呼吸困难，指甲几近掐进枕头里。

唐晚晚的大脑飞速运转："你这次装破产骗吃骗喝，被奶奶揭穿后，你去当年的养猪场领养了三娃？这么多年过去，养猪场居然还在？"

"嗯。"沈恪吞了口口水，润了润干涩的喉咙，"村长说，他们就是靠着你捐的那车猪才发展起来的，如果没有你的捐赠，养猪场肯定办不下去。"

唐晚晚："如果我当年进军农业，说不定现在就是乡长了。"

"好像哪里不太对。"唐晚晚歪头，"沈恪，你是不是从小就喜欢我啊？"

"放屁。"沈恪张口就来，却掩不住心跳如雷，"唐晚晚，你别忘了，是你追到我的。"

唐晚晚："可是我记性很好怎么办？"

"呸，你的记性烂死。"

"但是我记得某人的日记呢。"唐晚晚眨眼睛，一字不差背出来，"表白和求婚都被唐晚晚抢先，生气，划掉，其实挺暗爽，工科钢铁直女恋爱指南。"

沈恪："我瞎写的。艺术加工，懂吗？"

唐晚晚："不懂。"

沈恪："我就是太好追了。"

"不对，你说的是被我抢先。"唐晚晚抠字眼，"意思就是你原本打算向我表白和求婚。"

"你嫁给我吧，反正我也不想活了。"沈恪抱着枕头往床上一瘫，"我早在酒吧时就跟你说过，这样的求婚你想要？"

唐晚晚若有所思："对喔，我想起来了，那天我和朱珠她老公相亲。"

"你是在和我相亲。"沈恪纠正道，"那晚的相亲酒是我买的。"

"那晚没人花钱，因为有个财神爷给全场买单。"唐晚晚说到这里，愣了半天，"啊，财神爷该不会就是你吧？"

沈恪得意地嗯哼。

"你傻吗？全场消费那么多钱！败家！"唐晚晚扑过去咬他，"从今以后我要管家里的财政大权，每月给你发工资。"

沈恪可怜巴巴地问："发多少工资？"

唐晚晚："够你买一卡车猪。"

见沈恪抱着枕头不说话，唐晚晚哄道："现在生猪超贵，超值钱的。"

沈恪蔫蔫的："在你眼里，我就是一车猪。"

"我不是这个意思。"唐晚晚从背后抱住他，学着猪的样子拱了拱他，"我是猪。你是全世界最帅的男人。我上辈子拯救了银河系，这辈子才追到了你，你最乖了。"

沈恪背对着她，低笑出声。

唐晚晚："最乖的老公能不能给我看看《工科钢铁直女恋爱指南》？"

沈恪抱紧小枕头："老公今天不想乖。"

啊！唐晚晚突然被萌翻，暗骂自己太没出息。

最后，她终于想出一个折中办法："你等着。"

她翻身下床，跑到对门601，找出《挖掘机性能记录本》，匆忙跑回来。

"沈恪，当当当当。"唐晚晚站在床头，扬了扬手里的记录本，"看看这是什么？"

沈恪瞟了一眼："没兴趣。"

"不完全是工作日志，算是我的日记本，上面记录了好多关于你的心事。"唐晚晚豁出去了，"可以说是我的暗恋日记，你要不要看？"

沈恪半信半疑地坐起来。

"咱俩互换？"唐晚晚指他手里的枕头，"你看我的《挖掘机性能记录本》，我看你的《工科钢铁直女恋爱指南》。"

沈恪抱紧小枕头又躺回床上："我才不上你的当。"

"真没骗你。"唐晚晚随便翻开一页，清了清嗓子开始读，"我唐晚晚，就是老死病死孤独死，不结婚就要被判死刑坐牢死，也不会嫁给沈恪。"

沈恪笑了声："真香。"

"爱生活，爱沈恪，我也爱我自己。"唐晚晚声情并茂，"这是地震那天我写的。"

沈恪凝视着她，缓缓坐起来。唐晚晚回看他。

沈恪抿了抿唇，松开枕头，向她伸出手心："好啦，给你看。"

唐晚晚冲到床上，抱着沈恪一顿亲："老公真好。"

"我也要看你的。"沈恪指指《挖掘机性能记录本》。

"给你，随便看。"唐晚晚丢给他，抱着枕头开始拆。

一个小时后，沈恪合上记录本。

唐晚晚从一堆说明书里抬起头，静静看了他一会儿，突然尖叫，疯狂捶床蹬腿尖叫。

沈恪静静看着她发疯，嘴角止不住地上扬。

十多分钟后，唐晚晚终于冷静下来："沈恪，怪不得你这么好追，原来你一直都在暗恋我！"

沈恪耳尖红红的："开不开心？"

唐晚晚点头如捣蒜："嗯嗯嗯，开心。"

沈恪眼睛亮亮："喜不喜欢？"

"喜欢，疯狂喜欢。"唐晚晚忍不住在他泪痣上吻了吻，"喜欢到不行，喜欢到生活不能自理。"

沈恪："幸不幸福？"

唐晚晚："超级幸福。"

"没有我幸福。"沈恪握住她的手，给她戴上一枚钻戒，"世界上最幸福的事，是被暗恋的人追求。"

（正文完）

番外一
沈恪的日记摘录

1.

约好和唐晚晚一起看动画片，她来我家的时候，我正在吃脆柿子。换牙期，柿子又硬又脆，一口下去，门牙崩掉，满嘴血。

唐晚晚瞪大双眼，扭头就跑，边跑边叫："沈奶奶，奶奶。"

我想，她肯定是吓坏了。我满嘴血地跟过去，想要跟她解释这是正常现象，其实一点也不疼。

然后，我听到她说："奶奶，脆柿子是在哪里买的？我妈妈买的柿子软趴趴的，一点也不硬，不好玩。"

我活活被唐晚晚气死。

2.

今天小升初考试。

唐晚晚忘记带橡皮，问我借橡皮。

我记得书包里还有块新橡皮，低头翻书包给她找。很快找出来，我拿着新橡皮抬头，唐晚晚已经把我文具袋里的太空橡皮掰成了两半。

这块太空橡皮是我比赛赢来的，怕被损坏，我自己平时都不舍得用。我超级生气。

唐晚晚跟我道歉，她道歉的方式居然是表演空手倒立。

谁想看她空手倒立啊，况且她今天还穿着小裙子，她是傻的吗？

我拦住她，说道："你就算是给我买块一模一样的橡皮，我还是会生气。"

我其实是想让她赔我一块一模一样的橡皮，暗示已经足够明显了吧。

结果她说："好啦好啦，别生气了，不给你买了。"

我活活被唐晚晚气死。

3.

初中二年级。

小区搞居民春节联欢会，举办舞蹈比赛，奖品是辆自行车。报名者不限年龄性别，不限舞种，但是要求必须两人以上组队报名。

唐晚晚想要自行车，偷偷给我报了名，回来逼着我和她练舞。她带过来的音乐磁带居然是《吉祥三宝》。

傻死了，我才不和她跳。

她说，如果赢了自行车，她每天骑车载我上下学。

最后，我还是答应她了。不是为了让她载我上下学，单纯是因为我不想待在家里写寒假作业。

我们最终选择跳广场舞。

比赛要自备音乐磁带，轮到我们上场时，唐晚晚突然找不到磁带。我暗自高兴，不能参加比赛正好，反正跳得难看，不用登台丢人现眼。

万万没想到，什么都难不倒唐晚晚。她硬拉着我进场，报过姓名，评委点头示意我们可以开始跳。

"都说俺老猪长得胖，肚皮大呀……"

忘了说我们的广场舞曲是《猪八戒背媳妇》。

唐晚晚居然自唱自跳起来。

我全程没去看评委席的反应。

结果当然是没赢得比赛，唐晚晚非说是因为我不配合她跳的原因。

我们吵了起来，穿外套的时候，磁带从衣服里掉了出来。

唐晚晚号啕大哭。

我头疼，只好背她回家。她趴在我背上，抽抽搭搭哼了一路的猪八戒背媳妇。

我又气又想笑。

4.

初三篮球赛。

比赛结束，我书包里塞满了情书。这些情书什么形状都有，纸鹤、月亮、心形等等。我故意让唐晚晚看见。

唐晚晚把这些情书拆开，沿着折痕学了一下午的叠法，压根没看上面的字。

我活活被唐晚晚气死。

后来她居然报名参加了一个酒店举办的"叠毛巾"大赛，还获得了一个优秀奖。

我又被唐晚晚气活。

番外二
男朋友太黏人

唐晚晚生沈恪的气，跑去和朱珠玩。

朱珠问道："你和沈恪吵架了？"

"没有。"唐晚晚嗑瓜子，"我和沈恪不能吵架。"

朱珠："为什么？"

"每次我和他吵着吵着就亲上了。"唐晚晚说，"我也不知道为什么，可能是属于我俩的墨菲定律。"

朱珠摸着唐晚晚手指上的大钻戒："不想听你秀恩爱。我的眼睛已被闪瞎，不想耳朵再被秀聋。"

唐晚晚放下瓜子，趴在桌上有气无力道："我不想要恩爱，和沈恪谈恋爱耽误我发展事业。男儿志在四方，趁着年轻多为国家做贡献有什么不好？为什么非要老婆孩子热炕头？"

朱珠学着长辈的语气说："你趁着年轻，每天在炕头造孩子，最好是三年生俩，就是为国家做贡献。"

唐晚晚捂耳朵："不想听。"

朱珠把她耳朵上的手拿下来，继续摸戒指上的大钻石："唐晚晚，我想偷走你的钻戒，呜呜。"

唐晚晚："随便摸随便看，但是不能摘下来。"

"为什么？是太紧了吗？我去拿香皂。"朱珠起身。

"不是。"唐晚晚道，"我前两天做了个梦，梦见和沈恪吵架，我摘下戒指丢给他，结果戒指不偏不倚进了沈恪嘴巴里，然后沈恪就死了。"

"又不是金戒指，他怎么会死？"

"钻大，不是普通的戒指，不会跟大便一起拉出来。"唐晚晚认真分析道，"而且钻石有棱角，进入肠道后会划破大肠和胃。"

朱珠没好气道："唐晚晚，你就是来秀钻石的对不对？"

唐晚晚一脸蒙："不是你问沈恪为什么会死的吗？"

"谁在乎你做的梦合不合逻辑啊？"朱珠瘫倒，做吸氧状，"我就是想玩玩你的钻戒。"

唐晚晚坚持道："可以玩，但不能摘。"

"为什么？就因为你做的那个梦？"

"嗯。"唐晚晚点头，"我觉得这个梦可能是在告诫我，摘掉戒指沈恪就会死。"

朱珠叹了口气："行吧。"

"虽然我在生沈恪的气，但也不想他死。"

"你为什么生他气？"朱珠终于问到问题的关键。

唐晚晚数落沈恪的罪状："他不仅太黏人，而且还很作、小心眼、记仇、抠门。"

"其他暂且不提，只说抠门这一项，他不抠门啊。上回他给我发了个超级大的红包，比高鹏飞他爸妈给我的都多。"

"反正他对我抠门。小升初考试那天，我借他半块橡皮，他居然写进日记里，一直记到现在。"

朱珠恢复吸氧状："我有种预感，你又要开始秀恩爱了。"

恰在这时，沈恪打来一通电话。唐晚晚接起来，直接道："爱过，保你，先救你。"

说完七字箴言，她果断关机，叹了口气："谈恋爱好烦啊。"

朱珠："那你别谈了，把沈恪让给其他女孩吧。"

"你怎么也这么说？"唐晚晚生气拍桌，"我今天被网友攻击，她们喊着嚷着让我把沈恪让给她们，气死我了。"

朱珠："网友？"

唐晚晚："都怪我手贱去投稿。"

昨晚睡觉前，唐晚晚和沈恪聊天，不知怎的聊到了小学时候的事情，沈恪说她从小把他气到大。

"我气你？整栋楼都知道你欺负我。"唐晚晚争辩道，"连爷爷奶奶也说你小时候就知道天天欺负我。"

"我有证据。"于是，沈恪从 AI 唐狗屁的数据库里调取出来几篇日记，篇篇都在控诉她的"恶行"。

经反复提醒，唐晚晚终于想起来其中几件事。

"是有这么回事，但是我全按照你说的做了啊。"唐晚晚无解，"我不是太懂你的脑回路。"

"就拿借橡皮这件事来说，你想让我赔你一块一模一样的橡皮，你就直接说啊。"唐晚晚不能理解，"阴阳怪气拐弯抹角心口不一，谁知道你心里到底在想什么。"

沈恪被气笑："唐晚晚，是不是到现在你还是觉得不买橡皮就对了？"

"买买买，不就是一块橡皮吗？我明天给你买一卡车橡皮。"

"是橡皮的问题吗？"

"难道不是？抠门死了。借你半块橡皮，你居然还记账。记就记吧，账本还保存到现在。"唐晚晚越说越气，"我怀疑你和我谈恋爱，就是为了让我还你这块橡皮。"

沈恪说："唐晚晚，是不是我哪天被摩托车撞死，你最想知道那是辆什么性能的摩托车？"

唐晚晚趴在被窝里，居然认真思考这个问题："你是在车里坐着被撞死的吗？你的车都是豪车，和摩托车相撞也不应该是你死啊。如果万一出现这种情况，那辆摩托车真牛。"

沈恪被活活气死。

唐晚晚："我说错什么了吗？"

沈恪："你盼我死。"

唐晚晚莫名其妙："我什么时候盼你死了？"

沈恪："刚刚，不对，一直。唐晚晚，你每天都想把我活活气死。"

唐晚晚更加莫名其妙，于是一摊手，一副渣男模样："你要这么想，我也没办法。"

沈恪一头栽在床上。

唐晚晚却像没事人一样，盯着沈恪的脸看了会儿，伸手去捏他的小泪痣："沈恪，我发现你的泪痣没有阴影。"

沈恪有气无力地说："什么阴影？"

唐晚晚："床头灯这样照下来，你睫毛的阴影好大一片，想亲。"

她说着，凑过去亲了下沈恪眼睑上的睫毛阴影。

"可是，我想亲泪痣的阴影。"唐晚晚揪泪痣，拿起床头灯找角度打光制造光影，"怎么还是没有阴影。"

沈恪有些无语："在你眼里，泪痣是不是就是个瘊子？"

"是吗？我没想过。"唐晚晚说，"可是我觉得就算是个瘊子，也是世界上最漂亮的瘊子，我喜欢。"

"傻子，放开泪痣。"沈恪翻身压过去，"你来研究研究我身上其他地方。"

先前被唐晚晚气出的郁结之气，都在这场研究里烟消云散。

夜已深。沈恪呼吸绵长，已经睡着。

唐晚晚贤者模式，突然觉得哪里不太对劲。他俩不是吵架来着？怎么又吵着吵着亲上了？

她越想越气，越气就越睡不着，于是干脆摸出手机登录微博玩，首页刷到一个情感大V的微博。类似投稿bot，网友把自己的心事私信投稿，博主把投稿人名字和头像马赛克后，把投稿人倾诉求助的内容截图发出来，然后征询网友粉丝的意见。

唐晚晚看了一会儿，抱着试试的态度，私戳了这位博主。

唐晚晚：【男朋友小心眼爱记仇，又作又黏人，怎么办？】

没想到博主在线回复了她：【能举个例子吗？】

唐晚晚把借沈恪半块橡皮反被他写进日记里的事情说了一遍。

博主：【还有吗？】

唐晚晚拿起沈恪的手机，唤出 AI 唐狗屁，调取了他的四篇日记。（自从知道了 AI 唐狗屁的存在，沈恪就把唐晚晚也设为了 AI 唐狗屁的主人，她随时都可以使唤支配它。）

她把这四篇日记截图，发给了博主。

博主：【收到，明天发。】

博主说话算话，唐晚晚今早起床登录微博，就看到了她的投稿，抱着求答案的心理打开评论区，没想到全是"哈哈哈"。

短短几分钟，她刷新一下，评论区已经有了热评。

热评第一：【喊话投稿人！快把你男朋友打包送给我，呜呜呜。】

热评第二：【赶紧分手。】

热评第三：【请你放过你男朋友。】

唐晚晚不敢相信，她觉得这一切肯定都是沈恪在背后搞鬼，因为见识过他超强的计算机编程能力。这种操控评论区的事情，压根不用买水军，他动动手指就可以做到。

沈恪正坐在餐桌对面吃早餐，吃相极其斯文。流心煎蛋，他居然能吃得一滴都不漏。反观她自己，餐盘上到处都是洒出来的蛋黄。

唐晚晚顿时有种感觉，她觉得这个世界被沈恪操控了。吃煎蛋、控制评论区等等，越想越可怕，她丢下筷子转身就跑。

沈恪追出去，问她要干什么。

唐晚晚说："去找朱珠。"

沈恪又问："怎么去？"

"骑摩托车。"

沈恪去抱她，撒娇道："我今天一天都没事做，想要你在家陪我。你不想在家待也可以，我可以陪你逛街看电影，还可以陪你修理摩托车。"

唐晚晚一本正经地说："我找朱珠有事。"

沈恪："朱珠会做的事,我都可以做。"

唐晚晚："朱珠会做绝育手术。"

沈恪没了言语。

最后,唐晚晚终于摆脱掉他,骑摩托车找朱珠。高鹏飞出差,朱珠一个人在家待着,接到唐晚晚的电话,正好让唐晚晚带份早餐。等她起床收拾好,唐晚晚刚好拎着早餐敲门。

朱珠听唐晚晚倾诉了一个早上,了解到投稿的事情,然后登录微博,瞪大眼:"晚晚,你上热搜了。"

朱珠激动地点开一条热搜——#男朋友又作又黏人怎么办#

头条微博的博主是沈恪,他居然转发了唐晚晚投稿日记的那条微博:【原来是你们把我女朋友气跑了。】

日记的本尊出来认领,网友们纷纷嗑糖吃,更是有心细的网友扒出沈恪正是沈氏集团的继承人,也是 AI 圈著名的沈大神。全网沸腾,网友们纷纷喊着又相信爱情了。

沈恪又发了条微博:【我又想她了,哭唧唧。】

唐晚晚一直想骑摩托车带沈恪兜风,但是怕他突然睡着从摩托车上掉下去。她想了好久,终于想出一个办法。

白云飘飘,风和日丽。

沈恪手拿一条束带和一根粗绳,呆呆站在摩托车旁。

唐晚晚跨坐上去,回头对沈恪说:"上来。"

沈恪没动,唐晚晚说:"上来再绑。"

沈恪扯扯嘴角:"不了吧。"

"不要啰唆。"唐晚晚拍后车座,"再不上来我就亲手绑你。"

沈恪坚持道:"这段时间我一直没犯病,你骑慢点,没事的。"

唐晚晚朝他吹了声口哨,活像个流氓:"所以你承认了是不是?你这个病就是欠睡,被我睡一顿就好了。"

唐晚晚见他垂着眼皮，一直站着不动，干脆从摩托车上下来，按住他一通捆绑，把他捆在了后座上。

你们有没有见过山里背柴的男人和背小孩的女人？唐晚晚的灵感来源于此，先用粗绳把沈恪固定在摩托车后座上，再和他一起钻进束带里勒紧。

唐晚晚踢开摩托车支架，提醒道："坐稳抱紧，唐姐带你飞。"

沈恪一脸麻木地坐在摩托车后座上。

"轰——"摩托车上道。

唐晚晚问："感觉怎么样？"

沈恪说："我感觉你像是个拐卖巨婴的人贩子。"

郊外空气清新风景优美，是骑摩托车兜风的好地方。

唐晚晚打算带沈恪去郊外浪。在市区这段路，一方面拥挤，另一方面刚开始上路，她怕沈恪不适应，一直骑得很慢。

人行道上，唐妈妈拎着菜篮，狂推身旁的唐爸爸："老公，那个人是唐晚晚吗？"

唐爸爸正在查看微信步数，茫然抬头："哪里？"

"前面的红绿灯，摩托车。"唐妈妈指给他看，"看见了没？唐晚晚骑着摩托车，后座那个男的是……"

"沈恪。"唐爸爸肯定道。

"唐晚晚绑架了沈恪？"唐妈妈整个人都不好了，"你快看！她用绳子和束带把沈恪绑在了后座上！天啊，作孽啊，她想要干什么？"

恋爱后，唐晚晚一直把沈恪捂着藏着，不给爸妈看见，更不让爸妈知道。这个时候，爸妈还不知道她早就睡了沈恪。

绿灯亮，摩托车载着沈恪隐没在人群里。

唐爸爸镇定道："报警吧。"

唐晚晚骑摩托车载着沈恪，刚到郊外就听到了刺耳的警笛声。

摩托车被截停，警察叔叔拿着喇叭喊话："唐晚晚，你已经被包围了。车牌号为桐A639的唐晚晚女士，我们接到群众举报，说你涉嫌劫持绑架一位单身男士，意欲不轨。"

唐晚晚和沈恪一通解释，老老实实接受警察批评教育。

唐晚晚多嘴问了一句："警察叔叔，谁举报的我？"

警察："匿名热心市民。"

唐晚晚："哦。"

沈恪在旁边幽幽地说："这位市民怎么知道你是唐晚晚？"

唐晚晚挠头。

警察叔叔板着脸教训道："怎么？你们还想扒出举报人进行打击报复？"

沈恪："不想。"

唐晚晚："我曾经被评选为桐市年度女劳模，可能有人因此认识我。"

沈恪："哦。"

此时此刻，唐家。

唐妈妈坐立不安："老公，我们要不要去派出所看看晚晚？"

唐爸爸："我觉得还是先去沈家，恳请沈爷爷宽大处理。"

唐妈妈："你说得对，你先去。"

"好。"唐爸爸走到门口，握着门把站了一会儿，又拐回来坐到沙发上，双手抱头直叹气。

实在是没脸见人。见了沈家人要说什么？

我女儿看上了你家大孙子，之前我们曾经看见她趁着沈恪喝醉睡着把他当摩托车骑，后来她又当着我的面装睡偷亲沈恪，再后来她用无人机拉横幅去沈氏集团当众表白。都怪我们教女无方，没用绳子拴住她，才导致她今天用绳子拴住了沈恪。看在多年老邻居的分上，你们能不能高抬贵手，不要起诉我女儿？

唐爸爸正挠头皮，唐妈妈拉了一个行李箱从卧室出来。

唐爸爸震惊："你要出去躲一阵子？"

唐妈妈："我给晚晚收拾了几件衣服和日用品。"

"也是，拘留所的日子不好过。"唐爸爸黯然神伤。

两个人拎着行李箱到达区管辖派出所，结果被告之是误会一场。二人相拥而泣，感谢沈恪再次原谅了他们的不孝女。

他们给唐晚晚打电话，没打通。去幸福里小区找人，没找到。

唐爸爸沉吟道："她应该是脸上挂不住，不敢见我们。"

然而第二天，唐妈妈拿着手机号叫："老公，你快来！"

唐爸爸摘着豆角跑过来："怎么了？"

"唐晚晚结结结——"唐妈妈指着手机屏幕直磕巴。

唐爸爸凑过去，定住。

朋友圈里，唐晚晚晒了两张结婚证，配字：【他把民政局搬来了。】定位是 T 国的某处海滩。

唐爸爸缓缓："'他'是谁？唐晚晚分裂出来的第二人格吗？"

"所以她是跑到国外做变性手术了？"唐妈妈一惊一乍，魂魄原地升天。

"稳住，不慌，我给她打电话。"唐爸爸擦手，拿起手机拨号，接通。两分钟后，电话挂断。从始至终，唐爸爸没说一个字。

"她真的变性了？"唐妈妈说话带颤。

唐爸爸目光呆滞："她说，她和沈恪结婚了。"

微信视频邀请声音响起，是唐晚晚发来的视频邀请。

唐妈妈颤颤巍巍接通。

唐晚晚搂着沈恪的腰，龇牙咧嘴地笑："意不意外？惊不惊喜？来，给你们介绍一下我老公。"

沈恪脖颈微红，拘谨道："叔叔阿姨，你们好。"

唐晚晚："叫爸妈。"

沈恪："爸妈。"

唐妈妈不敢相信："沈恪，如果你被唐晚晚绑架了你就眨眨眼。"

沈恪诚恳地说："对不起，没有事先跟你们说。选择今天和晚晚领证不是一时兴起的冲动，我为了今天筹备了很久。我比晚晚喜欢我还要喜欢她，你们放心，我一定会一辈子对晚晚好。今天不是婚礼，也不对外公开，我们回到桐市后会补办婚礼。"

唐妈妈激动得只会"嗯嗯嗯"。

"爸妈，手机放在这里给你们看直播，我要去开拖拉机，沈恪给我买的兰博基尼拖拉机。"

唐晚晚放下手机，拉着沈恪直奔海滩上停着的拖拉机。

"晚晚说，这条海滩是沈恪的私人海滩。"这两天真是一波三折，唐爸爸有点缓不过来劲。

海滩上。

唐晚晚穿着洁白的婚纱，开着拖拉机嗷嗷叫唤，头纱飘扬，和远处盐白的浪花连接在一起。沈恪一身黑色新郎装，牵着三娃站在海边看着她笑。

拖拉机绕着他和三娃开了两圈。

自被挖掘机碾伤后，三娃患上了大型机械恐惧症，吓得要一个劲儿往海里蹿，沈恪拽着绳追着它跑。

"三娃，放开我老公。"唐晚晚从拖拉机上跳下来，冲过去跳到沈恪身上。

沈恪扔掉手里的猪绳，伸胳膊接住唐晚晚。

三娃一头扎进海里，被一个浪头拍回到岸边，扑棱着两只猪耳朵站起来，抬头看见沈恪抱着唐晚晚亲。

三娃重新趴回软软的海滩上，吭哧吭哧。一头猪被迫按头吃了一盆狗粮，求解心理阴影面积。

入秋后，天气一天比一天干燥。唐晚晚每天坚持八杯水，嘴唇依旧干裂。

有天她和沈恪接吻，亲着亲着，沈恪突然说："我好像把你牙缝里的菜花给嗑出来了。"

这种感觉，就像是吃水蜜桃时猝不及防吃出来一条虫子，而且等你发现的时候，果肉里只剩半截虫子。唐晚晚红着脸推开沈恪，拿了根牙签去照镜子。

"不是菜花。"沈恪从嘴里揪下来一块东西看了看，走过来向她展示，"是块干皮，我把你嘴唇上的干皮咬下来了。"

唐晚晚觉得好丢脸。

偏偏沈恪又说了句："怪不得刚吻你时，我脑子里浮现出爷爷在菜园挥锄头刨地的画面。"

第二天，唐晚晚跟着朱珠逛商场，买了一大堆贵妇护肤品，仅是润唇膏就买了七个口味，只因朱珠说："一周七天，每天一种味道，心情也会跟着不一样。"

唐晚晚才不管什么心情，她只想每天都变换不同口味，快快让沈恪忘掉之前那个菜园锄地的吻。

唐晚晚在家里练习涂抹唇膏，照镜子自言自语："我怎么觉得像是刚刚偷吃了地主家肥肉的长工，油光锃亮。"

沈恪从外面回来，开门进来正好听见她这句话，瞥了眼她的嘴巴，抿唇轻笑。

唐晚晚见他回家，下意识去藏唇膏，随手抓起来塞进美人榻坐垫下。

沈恪晃过去，往美人榻里一瘫，丝毫不给她面子，直接戳穿她涂唇膏："唐狗屁，我也要涂唇膏，你给我涂。"

以他对唐晚晚脑回路的理解，他说要涂唇膏，唐晚晚应该不会像正常人那般将唇膏递给他或者亲自给他涂。她的行事风格向来是直接就上。

果不其然，唐晚晚扑过来，捧着他的脸，四片唇瓣贴在一起，左右来回擦了几下："好了。"

沈恪："哦。"

"完美。"看着沈恪水润润的嘴巴，唐晚晚非常满意，若有所思道，"原来男人的嘴巴也要细心呵护。"

沈恪眯眼："男人不只是嘴巴需要细心呵护，其他地方也……"

他赶紧收住话头，但已经晚了。

唐晚晚一脸兴奋地抱过来一堆化妆品，一边拆盒子，一边盯着他的脸看："先从哪里开始化呢？"

从此以后，沈恪的脸成了唐晚晚练手学化妆的专用调色盘。

一星期过去，他感觉脸被搓掉好几层皮，唐晚晚终于记住了水乳精华隔离粉底散粉腮红的上妆顺序。接下来她学画眼线，看了好多教程和美妆视频，还是画不好，最后甚至连沈恪都学会了，她还是把眼线笔当油漆刷子用。

"给我化个妆。"唐晚晚枕在沈恪腿上，理所当然地把粉底刷递给他。

沈恪老老实实给她刷粉底。

唐晚晚突然捉住他的手腕猛地往下一拉，两张脸错位相贴，吻在了一起。

高鹏飞亲手织了个鸡蛋兜，送给朱珠当生日礼物。

唐晚晚觉得非常可爱，也想要一个。回家的路上，她买了毛线和针带回去，缠着沈恪也给她织个鸡蛋兜。

"鸡蛋兜是什么？"沈恪问道。

"装鸡蛋的毛线兜，我去买鸡蛋时用。"唐晚晚说，"我也想要一个。"

沈恪："那你想吧。"

"沈恪，你还是不是我老公？"唐晚晚拿着手机让沈恪看相册里的图，"朱珠她老公给她织的，可不可爱？"

沈恪不为所动："不可爱。"

"可是我想要。"

"唐狗屁，自从跟了你，我觉得我就是个女人。"沈恪生无可恋，"先是化妆，现在又来织什么兜，下回是不是让我生孩子？"

"你给我织个鸡蛋兜，我给你生孩子。"

沈恪瘫在美人榻里，吊着一口气："孩子以后问他是怎么来的，你跟他说他是用鸡蛋兜换来的。"

"好，我来说，就这么定了。"

沈恪放弃挣扎，唐晚晚晃他的肩膀："你看看别人的老公，我怎么就没那么好的老公。"

沈恪掀她眼皮，懒懒地说："放心，我也没有。"

半夜，唐晚晚上厕所，看见沈恪坐在客厅地毯上，正在跟着编制教程学织鸡蛋兜，织一针停一下，动作非常笨拙。

她心头一暖，走过去从背后抱住他："沈恪，不用织了。"

沈恪："其实还挺好玩。"

"那我和你一起玩。"唐晚晚趴在他背上哼唧唧，"沈恪，你怎么这么好。"

沈恪轻笑："有多好？"

唐晚晚大声说："天下第一好，好到我想和你穿一条裤子。"

沈恪无声地笑了。

唐晚晚紧紧抱着他，仿佛在痴人说梦："沈恪，我想变成你的连体人。成天黏着你，跟着你。"

沈恪嘴角刚刚翘起，就听到她又在哼唧："严丝合缝灵肉合一。"

唐晚晚没想到，她有一天会吃论文的醋。

沈恪今天又看了一天论文，唐晚晚在他身边疯狂耍宝刷存在感，他一个眼皮都没抬。

唐晚晚觉得，她就算是脱光了躺在论文上，沈恪肯定会淡定地把她搬开，继续看论文。

她跟朱珠发信息吐槽：【怎样才能让男人一直迷恋你？】

朱珠：【下药。】

唐晚晚：【你给高鹏飞下药了？】

朱珠：【我就是他的药。羞羞.jpg】

唐晚晚扔下手机，继续去缠沈恪。

"我和论文比谁好看？"她从身后抱住沈恪，脑袋在他背上滚来滚去，哼哼唧唧。

沈恪纹丝不动："都好看。"

唐晚晚继续滚。沈恪提笔圈住论文表格里的一个数据，眼皮都没抬："你不是说摩托车开起来有杂音？修好了？"

"没有。"唐晚晚用牙齿咬他的衣领，"我想修理这辆摩托车。"

沈恪不为所动："你还在生理期。"

唐晚晚："可是我想和你玩。"

沈恪又翻了一页桌上的纸："乖，你先去看会儿电视，我看完这篇就找你玩。"

"你什么时候才能看完？"

"很快。"

"我才不信。"唐晚晚气鼓鼓往床上一躺，"我肚子疼。"

沈恪这才放下论文，扭头看她："我去给你倒杯热水？"

唐晚晚把脑袋蒙被子里："报应啊。"直男式多喝热水，没想到她也有今天。

两分钟后，沈恪端着一杯红糖姜茶过来："唐狗屁，起来喝水。"

"不喝，也不要叫我唐狗屁。"唐晚晚闷声，"我有时候觉得你对 AI 唐狗屁比我亲。"

"晚晚，小宝贝，大可爱，好老婆。"沈恪轮番叫了个遍，把她从被子里拉出来，"老公喂你喝水。"

唐晚晚这才不甘不愿地咕噜完红糖姜茶。

"好了，我喝完了。"她推开水杯，"你是不是又要接着去看论文了？"

"不看了，陪你玩。"沈恪把水杯放好，上床靠在床头，双手伸进被子里取暖，"等我暖好手再给你揉肚子。"

唐晚晚心里乐开了花："论文好看还是我好看？"

"你最好看。"沈恪亲她一下。

"那你还天天看论文？我怀疑你看不懂上面的英文单词，每遇到一个词就要停下来查字典，所以才看这么慢。"

"脑机接口有了新的突破性进展，我有点兴奋。"沈恪解释，"来回看了好几遍。"

"我知道脑机接口，就是在人的身体里挖一个小口，把芯片放进去，然后这个芯片可以读取大脑的意识，是不是这样？"唐晚晚也有点小兴奋。

"嗯，差不多就是这样。"沈恪给她简单科普了一些脑机接口的知识。

唐晚晚靠在他怀里，若有所思道："如果你有天掌握了这个技术，偷偷给我脑子里植入一个芯片，岂不是可以轻而易举获取我的意识？"

沈恪的双手已经暖热，一边给她揉肚子，一边说道："傻子，不用芯片我也知道你每天都在想什么。"

"那可不一定。"唐晚晚的肚子暖烘烘的，"我敢肯定，至少有一点你肯定不知道，因为我也是刚发现。"

"什么？"

"我刚刚发现，我有点渣贱。你黏着我的时候，我烦你，但是你不理我时，我就超级想黏你。"

沈恪笑了，故意说道："那我以后都不黏你好了。"

"不要。"唐晚晚在他怀里翻了个身，正面抱住他，"说好了我要当你的连体人。"

结婚很久以后，唐晚晚才知道沈恪的微信号"tgpnjstdlv"翻译过来就是"唐狗屁你就是头呆驴"。

唐晚晚气哼哼："罚你抄写一百遍。"

沈恪笑吟吟地："好。"

过了一会儿，唐晚晚歪头，缓缓道："哎，岂不是又要让你骂我一百遍呆驴？"

"呆驴。"沈恪笑得前仰后合，"我突然想起初二那年元旦的小区联欢会，猪八戒背媳妇。"

唐晚晚趴在他怀里，问道："沈恪，你是从那个时候就喜欢我的吗？"

"没有，忘了。"沈恪像个偷糖被大人抓住的小孩，第一时间矢口否认，过了会儿又说，"可能吧，反正如果换一个人拉我去跳猪八戒背媳妇，我肯定把对方脑袋打爆。"

"你为什么当时不告诉我？告诉我后，咱俩可以早恋。"

"你会跟我早恋？"

唐晚晚想了想，摇摇头："不会，我那时一心只想学习。如果你敢勾搭我早恋，我把你脑袋打爆。"

沈恪无语凝噎。

唐晚晚寻到他的手，十指交握："你到底瞒了我多少事情？"

沈恪笑着说："多的是你不知道的事。"

唐晚晚以为他是在瞎说，后来她慢慢发现，过去种种，真的全都是她不知道的事，譬如微信号、裁缝、变形金刚……

有次沈恪带唐晚晚去参加一个晚宴，碰见他的一个高中同学。

经过一番介绍后，那个人看着唐晚晚"啊"了声："你就是那个变形金刚女孩！？"

唐晚晚一脸茫然。

"高一暑假,体育场,精品店,变形金刚……"这个男人激动得捋了把头发，"我当时留着莫西干发型,你有印象吗？和你抢变形金刚的那个莫西干就是我。"

经他提醒，唐晚晚隐隐约约有了点印象。

莫西干撞了下沈恪的肩膀："她都已经知道了吧？"

沈恪笑笑没说话。

唐晚晚突然想起来，沈恪当时是为了哄他朋友开心包下那家店的消费。天啊，她居然忘了这么重要的事情！亏他口口声声说暗恋她十多年，屁的深情人设。

莫西干没注意到唐晚晚的脸色早已变了，还在夸大其词地叙说着当年的事情。

唐晚晚心里憋不住事，用脚尖踢沈恪："你那位朋友是谁？"

沈恪眼角带笑："没谁。"

唐晚晚抿一口酒，眉头一皱："关于你的情史，我又想起一件事。"

沈恪："什么？"

"你装破产到我家蹭晚饭的时候，朱珠曾经发给我一张你和一个女人的床照。"当时没觉得有什么，现在回想起来，唐晚晚心里有点涩涩的，"我当时就是因为那张照片才误会你被包养。"

听了这么一个大八卦的莫西干有点同情地拍拍沈恪的肩膀，什么也没说。

沈恪扣住他的手腕："你告诉她，当年我是为了谁包下的那家精品店。"

莫西干非常聪明，双眼一眯，大概了解了情况。

"通货膨胀，价随市涨。现如今你再用精品店里的小玩意儿可打发不了我。"他嘿嘿一笑，"城西的地，让我挑一块？"

沈恪在他膝窝一踹："滚吧。"

莫西干趔趄了下，笑嘻嘻地转到唐晚晚面前，往火上浇了把油："沈恪当年爱惨了那个女孩。"说完就溜。

唐晚晚举杯仰头一饮而尽，葡萄酒喝进嘴里全变成了苦味。

沈恪把她手里的空酒杯放在桌上，顺势把她搂进怀里，哄道："好了好了，是你，那个女孩就是你。"

唐晚晚自然不信。

"一直就只有你一个人。"沈恪揉她的脑袋，口吻无奈又宠溺，"当时我和队友从精品店的橱窗前经过，我一眼看见了你。你抱着变形金刚站在柜台前不撒手，像个傻子。我想买来送你又找不到合适的理由，所以拜托队友去店里扫货。"

唐晚晚皱鼻子："可是他们为什么都说你是为了哄女朋友开心？"

"我跟他们说你是我未来的女朋友，我想哄你开心。"沈恪看着她，"拥有变形金刚你开心吗？"

"开心，超级开心，开心到还想喝酒。"唐晚晚伸手从桌上又拿了杯酒，一歪头，反应了过来，"我发现我也太好哄了。"

"我也很好哄，你来哄哄我。"沈恪略微俯身，指了指自己的脸颊。

唐晚晚踮起脚尖在他脸上啄了下，突然想起床照的事，又有点生气，推了他一把："不要告诉我床照上的那个女人也是我。"

"我以前不是跟你解释过？"沈恪诧异，"我不认识她，她是在我犯病的时候凑上来的，就只是拍了张合影，没做越矩的事情。"

"说过吗？我忘了。"一杯酒尽，唐晚晚已有些醉态，胳膊环在他脖子上，耳语道，"如果你说过，那一定是在床上说的，你在床上说过的话我从来不记。"

沈恪垂下眼，与她的目光对上。她的眼珠水润晶亮，浸染得眼睫毛看起来有些雾蒙蒙的。她就这么明目张胆地盯着他，写满了欲念。

两个人靠得近，近到能闻到她脖颈里透出来的香气，能看清她脸颊上细细的绒毛。因为喝了些酒，她脸颊粉嫩嫩的，衬得嘴巴的颜色格外诱人。

"晚晚。"沈恪俯身，抵住她的额头，喉头慢慢滚动了一遭，"我在床上说过的话，你真的一句都不记得？"

"记得一句。"唐晚晚低声说了一句话。

沈恪身体一僵，嗓音沙哑："现在回家。"

没有回家，他们去了AI小美工厂。因为在回家的路上，唐晚晚问他还有什么事情是她不知道的，沈恪随口提了句AI小美。

唐晚晚吵嚷着要去参观："怪不得里面有那么多机器人，我早该想到的。上次我没打过它们，今天有你保驾护航，我一定要把它们打个落花流水。"

沈恪无奈："你要怎么打？"

唐晚晚："你写程序，不能让它们还手也不能让它们骂。我揍它们的时候，它们不许动。"

沈恪："了解，就是关机状态呗。"

"不行，那多没劲。我揍它们时，它们必须知道。"

沈恪知道唐晚晚喝醉了后会耍酒疯，但是不知道她会疯到什么程度。

机器人大战。唐晚晚刚开始的要求是骂不还嘴打不还手，后来觉得这样没意思，她骂三句，要求机器人回一句；她打五下，机器人只能回一下。

沈恪按照她的要求忙着写程序，刚开始还行，后来唐晚晚疯起来，要求一条条升级，一加再加，最后甚至要求机器人给她抠脚。

沈恪无奈地跟在她后面哄。

唐晚晚披一张床单，手拿一个扫把，骑在一个机器人身上，声情并茂朗诵了一首《满江红》。

沈恪忍着笑把手机调到录像模式。

唐晚晚："沈恪，这个机器人不听话。"

沈恪："你想让它干什么？"

"什么也不要干。"唐晚晚委屈巴巴，"老是顶我。"

沈恪按额头。

"你不信？"唐晚晚一步三摇地晃过来，"走，我带你去看看，它居然当着你的面对我耍流氓。它是你造出来的，四舍五入就是你儿子，你儿子要……"

沈恪捂住她的嘴巴：你可闭嘴吧。

沈恪拖着她到衣柜前，拉开柜门，说道："这里只有我的睡衣。现在已经是半夜了，今晚不回家，就在这里睡。"

唐晚晚点头："嗯嗯。"

沈恪见她乖乖的，这才放开她，弯腰去拿衣柜里的睡衣。

唐晚晚从身后抱住他的腰："沈恪，我要给你演示一遍机器人是怎么顶我的。"

说着，她蛮力朝前一顶。

"哐当——"沈恪一头栽进衣柜里。

唐晚晚歪着脑袋，感慨道："当男人原来是这种滋味。"

番外三
小日常

从 AI 小美工厂出来，唐晚晚有点心不在焉。

沈恪拍拍她的脑袋，轻声问道："你知道我为什么想要做人工智能吗？"

唐晚晚："为什么？"

"因为我想让机器人什么时候睡，它们就什么时候睡。"沈恪声音淡淡的，"在这方面，我可以控制睡眠。"

"沈恪。"唐晚晚抱住他，"我要你当我的机器人。"

"好。"沈恪不动声色地订了两张飞往 S 国的机票。

虽然唐晚晚一直没问，但沈恪知道，身在 AI 小美工厂，她自然会联想起上次和张宗正约在这里试骑摩托车的事情。

唐晚晚心里的土该翻一翻了。

两天后，S 国一家疗养院门口。

唐晚晚握紧沈恪的手，心底隐隐知道接下来她要面对的是什么，嘴上却说道："沈恪，你是不是不想要我，要把我关在里面一辈子不准出来？"

"不会一辈子不出来，最多再过三个月就可以出来了。"沈恪温柔地笑着，给她戴好围巾。

唐晚晚一下听懂了他话里的意思，乌黑的眼珠一亮："你是说张其正快好了？"

她的声音清脆而激动，好像在深厚洁白的雪里滚了一圈，纯净甘甜。

"是的。"沈恪牵住她的手走进院子里，"医生说他恢复得比预料中的要好很多，和人正常交流完全没问题。不仅如此，他最近痴迷半导体研究，我看过他的研究成果，优化一下就可以申请专利投入市场应用。"

唐晚晚说："他一直都很厉害。"

院子里有个凉亭，凉亭上压满了白雪，一尘不染，犹如仙境。

张其正裹着一件棉大衣，坐在凉亭里摆弄一个物件。旁边的矮几上放着一杯热茶，热气袅袅，他一张脸半隐在白雾里，更显专注。

唐晚晚站在远处望着他，想起他那双清澈的眼睛，如同院落里的皑皑白雪，纯净无瑕。她怕打破这份静谧美好，怕他看到自己会再受刺激，唐晚晚扯住沈恪的手，不敢上前打扰。

凉亭里，一段舒缓的音乐响起。

张其正放下手里的物件，关掉手腕上的闹钟，端起矮几上的茶杯喝茶。闹钟是提醒他喝茶时间到了，如果再放，茶水就会变凉。

张其正端起茶杯站起来，踱步到凉亭台阶上，边喝茶边观赏雪景。温热的茶水滚进喉咙，四肢百骸暖和起来，冻雪看起来亦没那么冷。

一杯茶尽，他看到了远处的两个人，然后向他们招手。

沈恪紧紧握住唐晚晚的手，轻声安慰她："来之前医生告诉过我，他见到你的照片时情绪不会出现太大波动。你放心，这次探视是医生获准的。医生还说，你们这次见面，有可能会促进他的病情好转。"

唐晚晚忐忑地跟着沈恪走过去，深呼吸再深呼吸。

"沈恪。"张其正有些腼腆地笑了下。

沈恪笑着回应他："有我们的茶吗？"

张其正挠头："我只有这一杯，刚喝完。"

唐晚晚困惑不已，他们两个什么时候这么熟了？

沈恪牵住她的手，笑着向张其正介绍："我老婆。"

"恭喜，我听我哥说过你们结婚了。"张其正这才看向唐晚晚，愣了好久，伸出右手，"唐晚晚，你好。"

唐晚晚连忙从沈恪手心抽出右手，因为紧张和激动，掌心出了一层汗。她伸手在羽绒服上擦了擦，把汗抹掉，这才握住他伸过来的手，笑着说："张其正，你好。"

白色羽绒服上留下一个清晰的巴掌印。

沈恪无奈地笑了笑，伸手把紧握的两只手劈开："好了好了，见证了你们的历史性会晤。"

张其正腼腆地笑了笑。

唐晚晚嘻嘻笑，朝凉亭中间的桌子上看："张其正，你刚在干什么？"

"我捉了几只蚂蚁在走线路图。"张其正立刻进入工作状态，他捡起一根小树枝，返回到桌子前，给他们讲解线路图。

唐晚晚看着他，仿佛看到大学校园里和别人争论课题的那个张其正，眼睛里只有知识，永远激情澎湃。跟着他的思路走，唐晚晚听懂了他现在的试验，时不时加入讨论几句。说到关键点时，她甚至从张其正手里的小树枝上掰走一个小树杈，想要和他争辩一番。

沈恪在旁边看着他们，感觉自己像是在带两个孩子。

张其正突然把树枝扔在地上。沈恪和唐晚晚俱是一愣。

张其正竖起棉大衣的两个大毛领，遮住整张脸。他伸出手指抠了抠毛领上的两个牛角扣的大洞，正好可以露出两只眼睛。他盯着唐晚晚，说道："好了，你可以讲了。"

唐晚晚紧张地问："你为什么要躲进衣领里？"

张其正："如果你讲的内容不对，我是会和你理论的。我怕你控制不住自己把线路板盖我脸上。"

他的声音纯良无辜，眼睛透明清澈。

"不会的。"沈恪握住唐晚晚的手，看着张其正，温言道，"我帮你看着她。"

张其正："我怕你看不住，她力气非常大，赤手空拳可以打倒两个男人。"

说完，他自己先笑了起来。

牛角扣洞里的两只眼睛弯起来，亮晶晶，像挂在星空中的弯月，美好如昔。

离开疗养院，唐晚晚抬头看着这片瓦蓝的天空，心灵像是被圣雪洗涤过。她深吸一口气，说道："感觉张其正好年轻，依旧像是大学生，我在他面前像个老阿姨。"

沈恪揉了揉她的脑袋，说了句很有禅味的话："每个人都有次获得新生的机会。"

"他怎么和你这么熟？"

"我来过几次。"

"沈恪，我问你，2019 年 9 月 19 号是什么日子？"

"你追到我的日子。"

"回答正确。"唐晚晚跳到他背上，搂着脖子亲他的脸颊，"我真想把舌头甩到你脸上。"

沈恪笑："傻子。"

唐晚晚大声喊："我唐晚晚！这辈子做得最正确也是最骄傲的一件事，就是追到沈恪！"

声音回荡在沉寂的雪原上，嘹亮脆甜。

唐晚晚非常喜欢沈宅。

她最喜欢沈爷爷的菜园子，有事没事就往菜园子里钻，和沈爷爷一起锄地浇水施肥，和沈奶奶一起种菜摘菜拔草，和沈恪一起遛三娃。

沈家四位长辈都很喜欢唐晚晚，喜欢她率真干脆不绕弯子的性格，喜欢她善良爱笑，喜欢她对待生活的态度，喜欢她总给大家带来欢乐。

"晚晚这孩子好得不得了。多亏了她，我们一家人才能每天都生活在一起。"沈奶奶逢人就夸这个孙媳妇，"我跟你们说，我们天天为了晚晚争风吃醋，每个人都想和她在一起玩。

"晚晚这孩子就是我们沈家的福星，自从结婚后，沈恪的病就没犯过，我家老头子种的瓜都比以前的甜。

"不催他们生孩子，他们自己都还是个孩子。顺其自然，他们自个想什么时候要孩子就什么时候要孩子，我们这些老家伙不掺和这些事。"

又一个周末。

唐晚晚撑着遮阳伞坐在小板凳上，静静守着瓜田里的一个甜瓜。

沈恪过来喊她吃饭。唐晚晚嘘声："不要吵醒甜瓜。"

沈恪疑惑地走过去。唐晚晚举高遮阳伞，示意他靠过去。沈恪接过伞，蹲在她旁边："你在干什么？"

"等甜瓜熟。"唐晚晚笑道，"爷爷说，甜瓜熟的那刻会有声音。他今早说，这个甜瓜大概中午会熟。"

"骗你的吧？"

"等等就知道了，我发现爷爷说话都很有哲理。"

"他又说什么了？"

"他告诉我，人这辈子要痴迷点什么东西，这就是活着的意义。我想过，我痴迷摩托车挖掘机拖拉机等等这些机械，所以熬过了那段日子。张其正现在痴迷半导体研究，他靠这个走了出来。爷爷奶奶痴迷种菜，所以他们每天都过得非常充实。"

"有道理。人活着，一定要热爱点儿什么。"沈恪干脆就地坐下，"我陪你一起等甜瓜熟。"

青青的瓜藤里窝着一个绿皮甜瓜，椭圆形，绿条纹，有两个拳头大小，鼻息间隐隐能嗅到瓜香。

他们两个人坐在遮阳伞下，牵着手，盯着这个甜瓜，静静等它成熟。衣衫贴在背上，一阵风吹过，卷起衣角，兜起阵阵幽香。

一分钟两分钟……第九分钟时，"咔啪——"甜瓜熟了。

两人同时抬眼对视，异口同声道："你听到了吗？"

"听到了听到了。"唐晚晚激动地跪在地上，耳朵贴在甜瓜上，"我刚听到咔啪一声，你也听到了是吧？"

"我听到了。"沈恪笑道，"现在还能听到声音吗？"

唐晚晚耳朵贴着甜瓜听了一会儿，爬起来说："没了，很安静。不行了，我鼻子里都是甜瓜的甜味。"

"我们现在吃了吧。"

"好。"

唐晚晚从瓜藤上摘下甜瓜，没有洗，她在裤腿上擦干净，双手一掰，一分为二。两个人坐在地上，分着吃了这个甜瓜。

"我宣布，这是我这辈子吃过最甜的甜瓜。"唐晚晚弯起眼睛笑，"我也宣布，从现在开始，我最痴迷的事情要多加进来一件。"

沈恪："吃甜瓜？"

"不是。"唐晚晚超大声，"我要痴迷沈恪！"

沈恪笑道："我日常痴迷唐晚晚。"

深山老林，仙雾缥缈，溪水潺潺。

沈恪背靠着大石头，懒懒散散地坐在一块毛毯上，耷拉着两只手，张嘴等着唐晚晚投喂。唐晚晚喂他一块小熊饼干，再喂他一口水。

朱珠把高鹏飞的大衣外套铺在草地上坐好，抬头看见这一幕。她扯了扯高鹏飞的衣角，朝他使眼色。高鹏飞瞥他们一眼，从背包里拿出午餐肉，用叉子插了一块肉："啊——张嘴。"

朱珠翻了个白眼："我不是让你喂我。"

高鹏飞蹙眉思考了片刻，把午餐肉递给她："那你来喂我。"

朱珠叹了口气："算了，和你这个直男说不通。"

唐晚晚听到他们说话，解释道："沈恪有个习惯，上过厕所一定要做点别的事情才能吃东西，不然就会觉得是在用上厕所的手抓东西吃。他刚从厕所出来，现在又没事做。"

高鹏飞一愣："没洗手？"

唐晚晚说："洗了，但还是觉得脏。"

高鹏飞"喊"了一声："神经病。"

沈恪叼着一块饼干斜眼看过来。

高鹏飞清咳一声，向沈恪解释道："我不是骂你脑子有病的那个神经病，我是说你脑子里的神经可能和其他人不一样。"

"你甭瞪我，我爷爷也这么说过。"

他们谁都没想到，沈家花重金请来给沈恪看病的"世外神医"居然是高鹏飞的亲爷爷。

高医生多年前搬到这个山林里隐居，早年曾治愈了一个嗜睡症孩童。沈恪是他治愈的第二例病患。虽说已经治愈，但高医生要求沈恪每月来山里泡半天药澡。

得知高医生就是高鹏飞的爷爷后，唐晚晚和朱珠一直想约着上山玩，但高鹏飞总是在忙，休息时间不定，朱珠不想三人行被秀恩爱，所以一起出行的计划始终没有成行。这个周末，高鹏飞终于敲定了休息时间，于是他们四个人结伴一起上山。

沈恪明天泡药澡，今天和他们三个人在山林里"探险"。说是探险，其实就是游山玩水。现在走累了，大家挑了块地方休息。

"那块岩壁适合攀岩。"高鹏飞歇不住，浑身筋骨写满了跃跃欲试。

溪流旁边有个扇形岩洞，岩壁有几十米长，长得奇形怪状。

"我也想去试试。"唐晚晚举手，兴冲冲道，"咱们四个人比赛吧。"

朱珠拿条毯子盖住自己的小腹："我备孕中，不适合做这种惊险运动。"

沈恪拿起一件外套揉成团塞进衣服里伪装出一个孕肚，靠在石头上吐气："你们当我怀孕吧。"

唐晚晚摸他的"小肚子"，嘻嘻笑道："我要当爹了。"

高鹏飞翻了个白眼："果然是神经病。"

沈宅。

唐晚晚睡不着，让沈恪给她读睡前故事。

沈恪从 AI 唐狗屁数据库里调出一篇日记，读道："明天我和爷爷奶奶要从幸福里搬走，今晚我和唐晚晚在一起吃饭。我想这可能是我们最后在一起吃饭，所以我提出给她变个魔术。我跟她说，如果她能猜到我的魔术名字，我就一个人在幸福里小区住到暑假结束。其实这道题没有答案，我早就想好了，不管她猜什么，我都会说她猜得对。万万没想到，她指了指我碗里的猪大肠，又指了指我，哈哈笑着说'我知道是什么，大便活人'。从此以后，我再也没吃过猪大肠。"

听到这里，唐晚晚笑到捶床："沈恪，你现在还是不吃猪大肠吗？"

沈恪摇头："坚决不吃。"

"小可怜。"唐晚晚的脑袋枕着他的大腿，伸手挠他的下巴，"后来呢？"

"后来你不记得？"

"我记得你第二天就跟着爷爷奶奶搬走了，再也没回来。"

沈恪接着念："我怀着复杂的心情说'不是这个，我的魔术还没开始'，唐晚晚举起手，问她可不可以点魔术。我心好累，勉为其难点头。我当时想，万一她点的魔术我不会可怎么办。结果，她笑嘻嘻地说'那你把自己变没吧'，我差点气死。第二天一大早，我跟着爷爷奶奶离开了幸福里。就这样，我从她身边变没了。"

唐晚晚刚开始还在笑，笑着笑着眼圈开始泛红变酸："我不记得我说过这些。"

沈恪揉她的脑袋："傻子。"

唐晚晚爬起来："沈恪，我们现在去幸福里吧。"

"现在？已经半夜了。"

"嗯，我骑摩托车带你过去。"

"好。"

两个人走得太匆忙，骑上摩托车时才发现忘记换衣服，身上穿的还是睡衣。他们懒得回去换，直接穿着睡衣上路。

今年春节，幸福里小区时隔多年再次举办居民大联欢，节目种类不限，小区居民都可参加。唐晚晚知道后，自作主张报名，过后才告诉了沈恪。

沈恪无奈："让我猜一猜，你报的是猪八戒背媳妇广场舞？"

"回答正确。"唐晚晚跳到他背上，"这次我一定要拿一等奖，沈恪的女人绝不认输。"

"一等奖是什么？"

"忘问了。"

"有可能还是辆自行车。"

"如果是辆自行车，我载着你绕桐市骑三圈。"

他们排练了半个月，去参加大联欢。

大联欢分老年组、青年组和少年儿童组。幸福里小区是个老破小，住的大部分都是老年人，青年住户本就少，抛开脸皮报名参加联欢会的青年人更加少。沈恪和唐晚晚讨了个大便宜，一举夺得了青年组的一等奖。

小区居委会非常接地气，坚决送奖送到居民心坎里。鉴于今年猪肉价格贵得离谱，怕居民吃不起肉，每组的一等奖都是一头生猪。分给沈恪和唐晚晚的是一头小粉猪，卖相很好。

唐晚晚非常高兴，问道："它是公猪还是母猪？"

沈恪说："母猪。"

"太好了。"唐晚晚开心得跳起来，"牵回家和三娃配对，然后它就有十二代十三代……九十九代，世世代代。"

沈恪看着她笑："好。"

番外四

小女儿

沈恪和唐晚晚生了个女儿，小名叫小挖，因为唐晚晚觉得女儿和挖掘机一样可爱。但是随着小挖渐渐长大，唐晚晚发现她的兴趣不在挖掘机，也不在摩托车，而是在人工智能。

唐晚晚找沈恪算账："小挖一点也不可爱，都是你的错。"

"我们不要小挖了好不好？"沈恪从背后抱住她哄道，"你骑摩托车载我去兜风，只有我们两个人，不带小挖。"

唐晚晚气鼓鼓地说："你以为你比小挖可爱？"

"都没你可爱。"沈恪说，"咱们家的可爱排位第一是晚晚，第二是晚晚的老公，第三是唐狗屁，第四才是小挖，小挖在食物链最底端。"

唐晚晚噘嘴，显然对这个排位不满意："先把唐狗屁踢出去。我今早让它下楼去叫你给我唱歌，它居然不去叫你，非要自己给我唱。谁要听它唱歌啊？我只想听你唱歌，然后我和它吵了起来。"

沈恪闷笑了几声，贴着她的耳朵哼唱了一首情歌。

唐晚晚消了气，哼哼唧唧地说："好吧，勉强让你和小挖跟我并列第一可爱十分钟。"

"谢谢老婆大人。"沈恪趁机撒娇，"可是我想把最可爱的十分钟全部给你。"

唐晚晚问："你想干什么？"

沈恪继续撒娇："想和你一起去看看小挖。"

"不去。"唐晚晚拒绝道，"她又不开挖掘机。你知道我为了给她买这款儿童挖掘机费了多大劲吗？"

"知道知道。"沈恪牵着她的手往楼下走，"可是她现在真的在玩挖掘机。"

唐晚晚不信，但还是跟着他下了楼。

小挖果然正在客厅玩挖掘机，她操纵着一台玩具挖掘机拌饭，弄得满桌都是米粒。

唐晚晚惊喜地问："小挖，你在干什么？"

小挖奶声奶气地说："我想给妈妈做饭吃。"

唐晚晚拉着沈恪一起挨着小挖坐在地板上，观察她是怎样指示挖掘机做饭的："你要做什么饭？"

"蛋炒饭。"小挖说，"本来我想只蒸米饭，可是爸爸说蒸米饭太简单了。"

唐晚晚瞪他："小挖才多大，你居然要求她做这么复杂的事情？"

"别看我们小，但是我们会做蛋炒饭，是不是呀，小挖？"沈恪笑道。

"是！"小挖兴奋地说，"我做的蛋炒饭可好吃了，四娃昨天吃了一大盆。"

四娃是三娃的后代，非常能吃，饭量是普通猪的两倍。昨天沈恪教小挖用挖掘机做蛋炒饭，废掉了一大锅饭，全倒进了四娃的猪盆里，四娃吭哧吭哧吃了个干干净净。

唐晚晚拧沈恪的胳膊，磨牙小声说："让我吃猪食？"

沈恪笑着转移她的注意力："哇！挖掘机居然会搅拌鸡蛋。"

唐晚晚果然被挖掘机吸引了注意力，跟着他去看挖掘机打鸡蛋。

小挖拿着遥控器全程熟练地操作。挖掘机先是铲走了两个鸡蛋，然后把鸡蛋运到蛋壳分离器里，蛋液和蛋壳分离得很干净，而且不用专门搅拌鸡蛋，可以直接拿来用。小挖又操纵着挖掘机铲了一车兜的米饭，动作有条不紊，像模像样。

唐晚晚看得兴起，也跟着小挖一起玩，感慨道："现在的玩具模型已经这么厉害了吗？"

小挖骄傲地说：“爸爸给这些玩具都安装了人工智能的东西，所以它们才这么听话。”

“人工智能的挖掘机失去的是灵魂。”唐晚晚嘴上这样说着，双手却没松开遥控器，一双眼睛也紧追着挖掘机，脸上始终洋溢着灿烂的笑。

沈恪在她嘴角的梨窝上浅浅吻了下。

“爸爸，我也要亲亲。”小挖抗议道。

沈恪笑着亲了亲她肥嘟嘟的脸颊。

在唐晚晚的协助下，小挖顺利地做好了一锅蛋炒饭，邀功地问妈妈好不好吃。唐晚晚勉为其难地尝了一口，滋味居然不错。

小挖把一锅蛋炒饭端到唐晚晚面前，奶声奶气地说：“妈妈吃，我帮你看着蛋炒饭。”

唐晚晚甜到心坎里，她捏捏小挖的脸颊，笑眯眯地问：“小挖为什么要帮妈妈看着蛋炒饭呀？是怕妈妈吃不完会凉掉吗？”

“不是。”小挖说，“我怕四娃过来偷吃，它昨天吃我做的蛋炒饭吃得可香了。”

唐晚晚脸上的笑容渐渐凝固，顿时觉得嘴里的饭不香了。她委屈地去看沈恪。

沈恪忍笑：“我也帮你看着蛋炒饭，不让四娃过来跟你抢。”

唐晚晚捶他。沈恪把小挖哄走：“小挖，爸爸在这里看着蛋炒饭，你出去看看四娃在哪里。”

小挖应声离开。沈恪端起锅，对唐晚晚说：“我去倒掉，趁小挖不注意的时候再去喂给四娃。”

唐晚晚拦住他，吞吞吐吐地说：“我觉得有点点好吃。”

沈恪一愣：“你还想吃？”

“可是我不想吃猪食，如果非要吃……”唐晚晚威胁地盯着沈恪，“你必须我和一起吃。”

沈恪看着她，无奈又宠溺地说：“好吧，老公陪你吃猪食。”

两个人你喂我一口，我喂你一口，不知不觉吃掉了半锅。

"爸爸，妈妈。"小挖拿着几颗巧克力豆过来，"四娃刚把太爷爷的菜地拱了。太爷爷很生气，把它关进猪圈里了。"

"你有没有帮太爷爷出气？"沈恪放下喂饭的勺子，问道。

"有的，太爷爷说他看到我就不气了。"小挖说着，拿起一颗巧克力豆放进嘴巴里。

"赶紧吐出来！"唐晚晚慌忙跑过去捏小挖的脸，把巧克力豆从她的嘴里抠出来，说道，"这是羊的粪便！"

沈恪蹙眉："家里有羊？"

"那就是猪粪。"唐晚晚问小挖，"你在哪里捡的？"

小挖忽闪着大眼睛，摊开手掌："太奶奶奖励我的巧克力豆，让我一天只能吃一颗。太奶奶说，吃多了会牙疼。"

唐晚晚将信将疑地拿起一颗舔了舔，喃喃道："有点甜，好像真的是巧克力豆。"

沈恪扶额："上次小挖吃薯片，你非要说她袋子里的碎末是耳屎。"

唐晚晚回头瞪他："还不是因为我小时候上过你的当！你以前就是这样骗我的，捡来羊粪骗我说是巧克力豆，掏出的耳屎骗我说是薯片碎末。"

沈恪双手举起来，笑眼弯弯："我错了，对不起，我投降。"

小挖听懂了，歪着小小的脑袋看着他们，问道："爸爸妈妈，你们小时候也认识吗？"

"认识啊，妈妈小时候跟你爸爸是对门邻居。"唐晚晚给小挖讲她和沈恪小时候的事情。

沈恪看着她们，时不时笑一笑。

冬日午后，暖暖的太阳光透过落地窗照在幸福的一家三口身上，舍不得移走。

院子里有棵粗壮的大树，沈恪在上面给小挖打造了一个漂亮的树屋。小挖非常喜欢，几乎每天都要爬上去玩，在里面藏了好多玩具和零食。这天唐晚晚去树屋清理小挖藏起来的零食，从零食堆里翻出了熟悉又久违的《挖掘机性能记录本》。

唐晚晚坐在树屋里，把记录本放在腿上，翻开了第一页。

【别人撅我，我撅沈恪。】

这是她的笔迹。唐晚晚笑出声，继续往下翻，不知不觉翻完，发现后面全是沈恪写的日记。

她和沈恪在一起后，把写有"喜欢上沈恪的心路历程"的《挖掘机性能记录本》上交给了沈恪，之后她再没关心过这个记录本，没想到沈恪会偷偷接着写。

【我今天和唐晚晚一起吃了猪食，有点好吃。】

【今天唐晚晚骑摩托载我和小挖去兜风，我老婆超酷的。】

【不喜欢唐晚晚两秒。好啦，两秒过去，现在又开始喜欢了。】

【唐晚晚真可爱，快点自己想办法来追我。好吧，她早就追上我了，现在是我老婆。可是我还想再被她追一次，怎样才能让老婆再追我一次？好苦恼。】

唐晚晚看到这里，沈恪正好踩着梯子过来，四目相对。唐晚晚急中生智，大声叫道："树屋里有鬼啊！"

没想到沈恪当即钻进树屋去找"鬼"，结果找到了唐晚晚怀里藏着的《挖掘机性能记录本》。

沈恪的耳朵立马红了："你都看完了？"

"没有看完，刚看到你让我追你。"唐晚晚有点委屈地说，"你不是怕鬼吗？所以我才喊这里有鬼想让你掉头跑，这样我就可以在后面追你了，结果你就是不跑，不但不跑还钻进来找鬼。"

"我以为你被小挖的玩具吓着了。"沈恪揉她的脑袋，"老婆还在危险中，老公怎么可能丢下老婆一个人跑掉？"

唐晚晚："但是我想追你嘛。"

沈恪好笑地问："这就是你理解的追？"

"我当然知道不是。"唐晚晚理直气壮地说，"但我可以在追你的时候把你扑倒然后向你表白。"

沈恪想象了一下这个画面，无奈地笑道："傻子，你再接着看下一篇。"

唐晚晚靠在沈恪怀里，摊开《挖掘机性能记录本》接着往下看。

【唐晚晚今天送我去上班，是在追我；她偷亲我，是在追我；她总是无缘无故地看着我笑，是在追我。我不管，反正我老婆每天都在追我，不接受反驳。】

唐晚晚笑着看完，仰头看沈恪："老公，你知道我为什么总是喜欢看着你笑吗？"

沈恪垂眸看着她，顺着问："为什么？"

唐晚晚说："因为一看你就喜欢我。"

"那你再看看？"

唐晚晚在他怀里翻了个身，面对他坐着，双手捧住他的脸看了又看，说道："再看你还是喜欢我。"

"我一直都喜欢你。"沈恪轻轻亲在她眼睛上，"唐晚晚，你每天都要多看看我。"